T0160855

EL ELEFANTE DESAPARECE

colección andanzas

Obras de Haruki Murakami
en Tusquets Editores

Escucha la canción del viento y Pinball 1973
El fin del mundo y un despiadado país de las maravillas
Tokio blues. Norwegian Wood
Baila, baila, baila
Al sur de la frontera, al oeste del Sol
Crónica del pájaro que da cuerda al mundo
Underground
Sputnik, mi amor
Kafka en la orilla
Después del terremoto
After Dark
El elefante desaparece
De qué hablo cuando hablo de correr
Sauce ciego, mujer dormida
1Q84 (Libros 1 y 2)
1Q84 (Libro 3)
Los años de peregrinación del chico sin color
Hombres sin mujeres

HARUKI MURAKAMI
EL ELEFANTE DESAPARECE

Traducción del japonés
de Fernando Cordobés y Yoko Ogihara

TUSQUETS
EDITORES

Título original: 象の消滅 *(Zo no shometsu)*

Ilustración de portada: © Planeta Arte y Diseño
Fotografía del autor: © Iván Giménez / Tusquets Editores

© 1993, Haruki Murakami. Todos los derechos reservados

© 2016, Fernando Cordobés González y Yoko Ogihara

Diseño de la colección: Guillemot-Navares

© 2016, Tusquets Editores, S.A. - Barcelona, España

Reservados todos los derechos de esta edición para:
© 2016, Editorial Planeta Mexicana, S.A. de C.V.
Bajo el sello editorial TUSQUETS M.R
Avenida Presidente Masarik núm. 111, 2o. piso
Polanco V Sección, Miguel Hidalgo
C.P. 11560, Ciudad de México.
www.planetadelibros.com.mx

1.ª edición en Andanzas en Tusquets Editores España: marzo de 2016
2.ª reimpresión en Andanzas en México: junio de 2023
ISBN: 978-607-421-778-0

Impreso en los talleres de Litográfica Ingramex, S.A. de C.V.
Centeno núm. 162-1, colonia Granjas Esmeralda, Ciudad de México
Impreso en México – Printed in Mexico

Índice

El pájaro que da cuerda y las mujeres del martes   9
Nuevo ataque a la panadería   41
El comunicado del canguro   57
Sobre el encuentro con una chica cien por cien perfecta
   en una soleada mañana del mes de abril   75
Sueño   83
La caída del Imperio romano. La revolución india de 1881.
   La invasión de Polonia por Hitler y El reino de los
   vientos enfurecidos 119
Lederhosen 127
Quemar graneros 139
El pequeño monstruo verde 159
Asunto de familia 165
Una ventana 195
La gente de la televisión 205
Un barco lento a China 231
El enanito bailarín 255
El último césped de la tarde 281
Silencio 305
El elefante desaparece 325

El pájaro que da cuerda
y las mujeres del martes

Estoy en la cocina preparando unos espaguetis cuando llama la mujer. Apenas falta un minuto para que estén cocidos y ahí me encuentro yo, silbando el preludio de *La gazza ladra* de Rossini que suena en la radio. Una música perfecta para preparar un plato de pasta.

Oigo el teléfono y me digo a mí mismo: ignóralo. Espera a que se termine de cocer la pasta. Además, la Orquesta Sinfónica de Londres dirigida por Claudio Abbado está en pleno crescendo. Sin embargo, me lo pienso mejor. Bajo el fuego y me dirijo al salón con los palillos de cocinar en la mano. Levanto el auricular. Podría ser un amigo. Quizá me llama para ofrecerme un nuevo trabajo.

—Te pido diez minutos de tu tiempo. —Una voz de mujer surge de la nada.

—¿Cómo? —respondo sorprendido—. ¿Cómo dice?

—Diez minutos de tu tiempo. Es todo lo que te pido —repite la mujer.

No recuerdo en absoluto haber escuchado nunca la voz de esa mujer y siempre me he jactado de tener un oído casi perfecto para las voces. No me equivoco, seguro. Es la voz de una desconocida, suave, baja, indefinible.

—Discúlpeme, ¿a qué número llama? —le pregunto educadamente.

—¿Y eso qué importa? Lo único que te pido son diez minutos de tu tiempo. Diez minutos para llegar a un entendimiento.

Desde luego, no se anda con rodeos.

—¿Llegar a un entendimiento?

—Sobre nuestros sentimientos —dice la mujer de manera sucinta.

Estiro el cuello para echar un vistazo a la cocina. Tras la puerta abierta, un penacho de vapor blanco se eleva alegre desde la olla donde se cuece la pasta, mientras Abbado dirige a la orquesta.

—Si no le importa, tengo unos espaguetis al fuego en este momento. Están casi a punto y si hablamos diez minutos se echarán a perder. Voy a colgar, ¿de acuerdo?

—¿Espaguetis? —pregunta con tono de incredulidad—. Son las diez y media de la mañana. ¿Qué haces cocinando espaguetis a estas horas? Es muy raro, ¿no crees?

—Raro o no, ¿a usted qué le importa? Apenas he desayunado, tengo hambre y mientras sea yo quien cocine, cuándo y qué como es asunto mío.

—Está bien, como quieras. En ese caso cuelga —dice la mujer con una entonación plana, como si una película de aceite cubriera sus palabras.

Es una voz peculiar. A la más mínima variación emocional, el tono cambia a otra frecuencia.

—Te llamaré más tarde —dice.

—Espere un momento. Si quiere venderme algo, mejor no vuelva a llamar. En este momento no tengo trabajo y no puedo permitirme comprar nada.

—Lo sé. No le des más vueltas.

—¿Lo sabe? ¿Qué sabe?

—Que no tienes trabajo, por supuesto. Hasta ahí sé. Sigue con tus espaguetis y después volvemos a hablar, ¿de acuerdo?

—¡Eh! ¿Quién demonios...? —digo antes de darme cuenta de que me ha colgado. Lo ha hecho demasiado rápido para dejar el auricular en su sitio. Debe de haber cortado la línea con el dedo.

Me siento como si estuviera suspendido en el aire. Miro absorto el auricular que aún sostengo en la mano y solo entonces me acuerdo de los espaguetis. Cuelgo y vuelvo deprisa a la cocina. Apago el fuego, vacío la cazuela en un colador, sirvo la pasta y la cubro con la salsa de tomate que había calentado en la sartén. Me siento a comerlos. Están demasiado cocidos por culpa de esa absurda llamada. No es una cuestión de vida o

12

muerte, ni tampoco quiero enfadarme por detalles. Tengo demasiada hambre. En lugar de eso, me limito a escuchar la sintonía de despedida del programa de radio mientras envío lentamente a mi estómago los ciento cincuenta gramos de pasta sin dejarme uno solo.

Lavo los platos y demás cacharros y pongo agua a calentar para prepararme un té. Me lo tomo y vuelvo a pensar en la llamada de teléfono.

«¿Llegar a un entendimiento?»

¿Qué demonios quería decir con eso? ¿Cómo se le ocurre llamarme? ¿Quién diablos es esa mujer?

Todo el asunto es un verdadero misterio. No entiendo por qué razón tiene que llamarme una desconocida, ni tengo la más mínima idea de con quién quería hablar. De todos modos, no pretendo entender sus sentimientos. No me sirve de nada. Lo único que me importa es encontrar un nuevo trabajo y, a ser posible, iniciar un nuevo ciclo en mi vida.

Sin embargo, cuando me voy al sofá para reanudar la lectura de la novela de Len Deighton que he sacado de la biblioteca, un simple vistazo con el rabillo del ojo al teléfono basta para que mi mente se disperse. ¿Qué clase de sentimientos son esos que necesitan diez minutos para ponerse de acuerdo? ¿Se puede hacer algo así en diez minutos?

La mujer ha sido muy precisa con el tiempo. Parecía estar muy segura respecto al número exacto de minutos que le hacían falta, como si nueve fueran pocos y once demasiados. Lo mismo que para cocer unos espaguetis *al dente*.

A causa de todos esos pensamientos pierdo el hilo de la trama de la novela. En lugar de continuar con la lectura, me estiro y decido hacer algo. Planchar un par de camisas, por ejemplo. Cuando las cosas se complican, plancho camisas. Es una vieja costumbre.

Divido el proceso de planchado en doce pasos, desde el primero, la parte exterior del cuello, hasta el décimo segundo, el puño de la manga izquierda. Jamás me desvío un milímetro de esa regla. Cuento los pasos uno por uno. Lo que plancho no queda bien si no lo hago así.

Voy por la tercera camisa y me deleito con el silbido del vapor que sale de la plancha, con ese olor tan peculiar del algodón caliente. Antes de colgarlas en el armario, compruebo que no queda ni una arruga. Desenchufo la plancha y la guardo en su sitio con la tabla. Parece que se me ha despejado algo la cabeza.

Tengo sed. Me dirijo a la cocina para beber un poco de agua cuando vuelve a sonar el teléfono. Aquí está de nuevo, me digo. Dudo un instante si no sería mejor ignorarlo y seguir hasta la cocina. No sé qué hacer. Al final, vuelvo sobre mis pasos hasta el salón y descuelgo el auricular. Si es esa mujer otra vez, le diré que estoy planchando y le colgaré.

Es mi mujer. El reloj encima de la televisión marca las once y media de la mañana.

—¿Qué tal todo?

—Bien —respondo aliviado.

—¿Qué haces?

—Planchar.

—¿Pasa algo?

Una ligera tensión atenaza su voz. Conoce esa costumbre mía de planchar cuando algo me inquieta.

—Nada, nada. Solo me apetecía planchar un par de camisas. Nada especial —digo mientras me cambio el auricular de la mano izquierda a la derecha y me siento en una silla—. ¿Querías decirme algo?

—Sí. Existe la posibilidad de un trabajo.

—¡Vaya!

—¿Puedes escribir poesía?

—¿Poesía? —pregunto sorprendido—. ¿Cómo que poesía?

—Para una revista mensual dirigida a chicas jóvenes. Ahí trabaja un conocido mío que busca a alguien para hacerse cargo de seleccionar los poemas que envían las lectoras y darles un repaso. Quieren publicar un poema en portada todos los meses. Es un trabajo fácil y no está mal pagado. Es a tiempo parcial, por supuesto, pero si las cosas van bien te incorporarían a la redacción y...

—¿Fácil? —la interrumpo—. Esperaba encontrar trabajo en

14

un despacho de abogados, no en una revista de chicas para seleccionar poemas.

—¿No me dijiste que escribías cuando estabas en el instituto?

—En un periódico. En el periódico del instituto. Que si este equipo o el de más allá ganó el campeonato de fútbol, que si el profesor de educación física se cayó por las escaleras y tuvieron que llevarle a urgencias... Artículos intrascendentes de ese estilo. Eso escribía, no poesía. Soy incapaz de escribir poesía.

—No es poesía de verdad, solo esas cosas que les gusta leer a las chicas. No esperan obras que pasen a la posteridad. Con que hagas lo que puedas es suficiente.

—Aunque solo sea eso, me siento incapaz —le espeto—. ¿Cómo voy a hacer semejante cosa?

—¡Hmm! —se lamenta—. Ese asunto de los abogados... No parece que se vaya a concretar, ¿verdad?

—Me han llegado varias propuestas últimamente. Me darán una respuesta a finales de semana. Si no sale, quizá lo tenga en cuenta.

—Está bien, como quieras. Por cierto, ¿qué día es hoy?

—Martes —digo después de pensar un poco.

—Está bien. ¿Puedes pasar por el banco para pagar el gas y el teléfono?

—Por supuesto. Pensaba salir de todos modos a comprar algo para la cena.

—¿Qué vamos a cenar?

—Aún no lo he pensado. Lo decidiré cuando salga.

—¿Sabes? —dice ella en un tono de voz muy distinto—, he estado pensando y quizá no deberías buscar un nuevo trabajo.

—¿Por qué no? ¿Alguna otra sorpresa? Parece que todas las mujeres del mundo os habéis puesto de acuerdo para asustarme. ¿Por qué razón voy a dejar de buscar trabajo? Tres meses más y se me acabará el subsidio. No es el momento de quedarme de brazos cruzados.

—Me han subido el sueldo y las cosas van bien en el trabajo. Por no hablar del dinero que tengo ahorrado. Si evitamos lujos innecesarios, no tendremos ningún problema y seguiré trayendo comida a nuestra mesa.

—¿Tendría que hacerme cargo de todo el trabajo de la casa?

—¿Te parece mal?

—No lo sé. Sinceramente no lo sé. Tendría que pensarlo.

—Piénsalo entonces —insiste ella—. ¡Ah, por cierto! ¿Ha vuelto el gato?

—¿El gato?

La pregunta me pilla por sorpresa. Me había olvidado del gato por completo.

—No, creo que no.

—Puedes ir a echar un vistazo por el barrio. Hace cuatro días que no lo veo.

Le doy una respuesta cualquiera y vuelvo a cambiar el auricular de mano.

—Debe de estar en el jardín de esa casa vacía que hay al final de la calle. El que tiene una escultura de piedra que representa un pájaro, ya sabes. Lo he visto ahí varias veces. ¿Sabes dónde te digo?

—No, me temo que no. ¿Desde cuándo te dedicas a investigar por el barrio? Nunca me lo habías contado.

—Lo siento, pero tengo que colgar. Debo volver al trabajo. No te olvides del gato, ¿de acuerdo?

En ese momento, la llamada se corta.

Contemplo perplejo el auricular durante unos segundos antes de dejarlo en su sitio.

¿Por qué conoce tantos detalles sobre ese jardín? No lo entiendo. ¿Acaso ha trepado el muro de cemento que separa las dos casas para echar un vistazo? En caso afirmativo, ¿para qué?

Voy a la cocina para beber un poco de agua. Enciendo la radio y me corto las uñas. Hablan sobre el nuevo trabajo de Robert Plant. Escucho dos temas antes de que empiecen a dolerme los oídos. Apago la radio. Voy a la galería para comprobar si el plato de comida del gato está lleno o vacío. El pescado seco que le puse la noche anterior sigue intacto. Es obvio que no ha regresado.

Miro el resplandeciente sol de principios de verano que ilumina nuestro minúsculo jardín. No es precisamente la clase de jardín que invite a la contemplación. El sol apenas le llega unos minutos al día, de manera que la tierra siempre está húmeda y oscura. Apenas crece nada. Un par de hortensias en un rincón a lo sumo. Unas plantas que no me vuelven precisamente loco.

Desde unos árboles cercanos llega el monótono piar de un pájaro, agudo y chirriante como si fuera un resorte muy tensado. Lo llamamos el pájaro que da cuerda. Al menos mi mujer lo llama así. En realidad, no tengo ni idea de cuál es su verdadero nombre, ni de su aspecto. Es el pájaro que se posa en los árboles del barrio todas las mañanas para dar cuerda a las cosas. Al mundo tranquilo al que pertenecemos.

Por qué demonios me toca ir a buscar al gato, me pregunto. Es más. En el caso de que lo encuentre, ¿qué se supone que debo hacer entonces? ¿Arrastrarlo a casa y leerle la cartilla? ¿Suplicarle? Escucha, gato, estamos muy preocupados, así que vuelve a casa de una vez, por favor.

Estupendo, me digo. Muy bien. ¿Qué hay de malo en dejar que un gato se marche a donde le venga en gana para hacer lo que le plazca? Lavar la ropa, pensar en el menú para la cena, buscar al gato... ¿Qué demonios estoy haciendo con mis treinta años de vida?

Hace poco yo también era una persona decente con una vida llena de esperanzas. En el instituto leí la autobiografía de Clarence Darrow y decidí convertirme en abogado. No sacaba malas notas y en el último año los compañeros me eligieron el segundo de entre los que más posibilidades teníamos de triunfar en la vida. Me admitieron en la facultad de derecho de una reputada universidad. ¿En qué momento la fastidié?

Apoyo los codos en la mesa de la cocina, la barbilla en las manos, y me pregunto cuándo se rompió la aguja de mi brújula, cuándo me perdí en esta vida errante. Preguntas que me siento incapaz de responder. En realidad, no ha ocurrido nada especial. No he fracasado en ningún movimiento político, la universidad no me decepcionó, nunca he tenido grandes problemas con las chicas. Hasta donde soy capaz de recordar, siempre he llevado una existencia normal, y, sin embargo, llegó el día de la graduación y me di cuenta de que ya no era la misma persona.

Es probable que la semilla de un cisma, por microscópica que fuera, estuviera plantada en mí desde hacía tiempo, y que en un determinado momento un abismo se abriera dentro de mí y perdiera de vista allí dentro a la persona que solía ser. En términos del sistema solar, si se entiende mejor así, debe de ser como si en este momento me encontrase en algún punto entre Saturno y Urano. Un poco más y divisaré Plutón a lo lejos. Y después de eso qué. ¿Qué puedo hacer más allá?

A comienzos de febrero dejé mi trabajo en un despacho de abogados después de muchos años. No tenía una razón especial para hacerlo. No es que estuviera harto. Obviamente, no era lo que se puede considerar un trabajo estimulante, pero no pagaban mal y la atmósfera era relajada.

Mi función allí, en pocas palabras, era la de chico de los recados especializado.

Creo que realicé un buen trabajo. Por extraño que parezca viniendo de mí, me siento muy capaz de hacerme cargo de las cosas urgentes del día a día en una oficina. Me ponía a ello enseguida, operaba de manera mecánica, pensaba en términos puramente prácticos, no me quejaba. Por eso, cuando le comuniqué mi renuncia al jefe (eran dos, padre e hijo, pero yo hablé con el padre), se ofreció incluso a subirme el sueldo si era eso lo que quería.

Lo que quería era marcharme. No sé bien por qué, pero el caso es que lo dejé y me marché. No tenía una idea clara sobre qué hacer después, pero la idea de encerrarme en casa y ponerme a estudiar de nuevo para sacarme la licencia de abogado, me intimidaba demasiado. Además, tampoco tenía especial intención de convertirme en abogado.

Cuando saqué el tema en la cena y le dije a mi mujer que pensaba dejar el trabajo, su única respuesta fue: «Me parece bien». Nada más. Eso fue todo. Tampoco yo dije nada y al final fue ella quien volvió al asunto: «Si quieres dejarlo, adelante. Es tu vida. Haz lo que consideres más conveniente». Después se concentró en el pescado que se esforzaba por limpiar con los palillos.

Trabajaba en la oficina de una escuela de diseño y no le pagaban mal. A veces le encargaban ilustraciones amigos editores

18

y con eso se sacaba un buen extra. Por mi parte, podía optar a un subsidio de desempleo durante seis meses, de manera que si me hacía cargo de la casa, podríamos permitirnos pequeños lujos como salir a cenar de vez en cuando o llevar la ropa a la lavandería. Nuestra vida no se iba a resentir gran cosa. Por eso me decidí a dejarlo.

A las doce y media salgo a comprar. Como de costumbre, llevo un bolso de lona colgado al hombro. Primero me paro en el banco para pagar el gas y el teléfono, luego en el supermercado para comprar algo de cenar, y al final en un McDonald's para comerme una hamburguesa con queso y tomar un café.

Vuelvo a casa, y cuando estoy colocando las cosas en la nevera, suena el teléfono. El timbre parece más irritado de lo normal. Dejo el envase del tofu a medio abrir encima de la mesa, voy al salón y descuelgo.

—¿Ya has terminado con los espaguetis?

Es la mujer de antes.

—Sí, pero ahora tengo que salir a buscar al gato.

—¿No puede esperar diez minutos? ¡Buscar al gato!

—Está bien, si de verdad son diez minutos.

Qué demonios hago, me pregunto. ¿Por qué me siento obligado a dedicar diez minutos de mi tiempo a esta extraña?

—En ese caso, quizá lleguemos a un entendimiento —dice en un tono de voz bajo y suave.

Por los ruidos que llegan desde el otro lado de la línea, entiendo que la mujer, sea quien sea, está sentada en una silla y ha cruzado las piernas.

—No estoy muy seguro de eso. Hay parejas que llevan diez años juntas y son incapaces de entenderse.

—¿Por qué no lo pruebas?

Me quito el reloj y pongo a cero el cronómetro. Empieza a contar. Diez segundos.

—¿Por qué yo? ¿Por qué no llama a otra persona?

—Tengo mis razones —responde despacio, como si masticara algo—. Es porque te conozco.

—¿Desde cuándo? ¿Dónde?

—En algún momento, en alguna parte —dice ella—. ¿Eso qué importa? Lo importante es el presente. Hablar de eso solo va a servir para perder tiempo y no disponemos de todo el tiempo del mundo, ya lo sabes.

—En ese caso, deme una prueba. Una prueba de que me conoce.

—Por ejemplo.

—Mi edad.

—Treinta —responde sin pensarlo—. Treinta y dos meses. ¿Te vale con eso?

Su respuesta me deja mudo. Realmente me conoce, pero por mucho que me estruje los sesos soy incapaz de identificar esa voz. Puedo olvidar caras y nombres, pero voces jamás.

—Es tu turno de demostrar lo que sabes de mí —dice en un tono insinuante—. ¿Qué te sugiere mi voz? ¿Qué clase de mujer soy? ¿Te haces una idea? Ese es tu fuerte, ¿verdad?

—No lo sé —confieso.

—Venga, inténtalo —insiste.

Miro el reloj. Ha pasado un minuto y cinco segundos. Dejo escapar un suspiro de resignación. Me tiene atrapado y, una vez comenzado el desafío, no hay forma de echarse atrás. Como hacía en el pasado, me concentro en su voz para tratar de imaginarla.

—Casi en la treintena, licenciada, nacida en Tokio, clase media alta, bien educada...

—¡Impresionante! —exclama mientras prende un mechero para encenderse un cigarrillo—. Continúa.

—Atractiva, al menos eso piensas de ti misma, pero algo te acompleja. No eres muy alta o tienes muy poco pecho. Algo así.

—Caliente, caliente —se ríe.

—Estás casada, pero las cosas no van todo lo bien que deberían. Hay problemas. Ninguna mujer que no tenga problemas llama a un hombre sin decir quién es. A pesar de todo, no te conozco. Al menos nunca había hablado contigo. Por mucho que lo intente, no logro formarme una imagen.

20

—¿De verdad? —dice en un tono perfectamente calculado, como si clavara con suavidad una cuña en mi cabeza—. ¿Cómo puedes estar tan seguro? ¿No tendrás un espacio en blanco en alguna parte? De no ser así, ¿no lo habrías logrado ya? ¡Alguien con tu inteligencia, con tu talento!

—Me atribuyes demasiadas virtudes —protesto mientras pienso que no me he dado cuenta del momento en que he empezado a tutearla—. No sé quién eres, pero te aseguro que yo no soy ese maravilloso ser humano del que hablas. Ni siquiera soy capaz de terminar las cosas. Doy vueltas y más vueltas a las cosas solo para desviarme de mi camino.

—A pesar de todo, sentía algo por ti. Hace mucho tiempo.

—¿Entonces hablamos del pasado?

Dos minutos y cincuenta y tres segundos.

—No tanto. No es historia.

—Sí, es historia —replico yo.

Un espacio en blanco. Quizá no le falte razón. En algún lugar de mi cabeza, de mi cuerpo, de mi existencia es como si hubiera un elemento subterráneo que ha ido torciendo mi vida de una manera sutil.

No, nada de sutil. A gran escala, hasta llegar a un punto sin solución.

—Ahora mismo estoy en la cama. Acabo de ducharme y no llevo nada puesto.

Eso es, me digo. Está desnuda. A partir de ahora, esto se va a desarrollar como una peli porno cualquiera.

—¿O prefieres que me ponga la ropa interior? ¿Qué te parecen unas medias? ¿Te pone cachondo?

—Cualquier cosa me parece bien. Ponte lo que quieras, pero si no te importa, no soy de esa clase de hombre, de esos a los que les excitan estas cosas al teléfono, quiero decir.

—Diez minutos, eso es todo. Tan solo diez minutos. No es una pérdida irrecuperable de tiempo, ¿verdad? No te pido nada más. Solo por nuestra amistad de antaño. Pero responde a la pregunta: ¿prefieres que esté desnuda o quieres que me ponga algo? Tengo todo tipo de cosas, ¿sabes? Ligueros y...

¿Ligueros? Debo de estar volviéndome loco. ¿Qué clase de

mujer tiene ligueros hoy en día? A lo mejor trabaja como modelo para el *Penthouse*.

—Desnuda está bien, no tienes por qué moverte.

Han transcurrido cuatro minutos.

—Aún tengo mojado el vello púbico —dice la mujer—. No me lo he secado con la toalla. Está húmedo. Caliente y húmedo. Es muy suave. Negro y suave. Acaríciamelo.

—Escucha, si no te importa...

—Y más abajo está aún mucho más caliente, como crema de mantequilla para un pastel. Muy caliente, de verdad. ¿En qué postura crees que estoy ahora mismo? Tengo la rodilla derecha levantada y la pierna izquierda abierta hacia un lado. Como las manillas de un reloj a las diez y cinco.

Gracias a ese detalle, me doy cuenta de que no se lo inventa. Debe de ser cierto que sus piernas marcan las diez y cinco y su vagina está húmeda y caliente.

—Acaricia los labios. Despacio, con suavidad. Después ábrelos también despacio. Eso es. Acarícialos con todos los dedos. Así, así, despacio, despacio. Ahora sube tu mano para acariciarme el pecho izquierdo y tírame del pezón con suavidad, retuércelo ligeramente. Hazlo una y otra vez hasta que esté a punto de correrme...

Cuelgo el teléfono sin decir nada más. Me siento en el sofá y me fumo un cigarrillo con la mirada perdida en el techo. El cronómetro marca cinco minutos y veintitrés segundos. Cierro los ojos y la oscuridad se apodera de todo, una oscuridad pintada con colores superpuestos.

¿Qué ha sido eso? ¿Por qué no me dejan en paz de una vez?

No han pasado ni diez minutos cuando el teléfono vuelve a sonar. En esta ocasión no contesto. Quince timbrazos y cuelgan. Al desvanecerse el sonido me rodea un profundo silencio, como si la gravedad hubiera perdido su equilibrio. El silencio pétreo de rocas aplastadas en lo más profundo de un glaciar durante cincuenta mil años. Los quince timbrazos del teléfono han transformado por completo la atmósfera que me rodea.

Poco antes de las dos en punto, salto la valla de hormigón color ceniza del jardín que da al callejón. No es la clase de callejón que uno esperaría en un lugar así. Si lo llamamos así es porque no encontramos un nombre más adecuado. En sentido estricto, no lo es. Un callejón tiene entrada y salida, conecta un lugar con otro, pero este no. Si lo sigo, solo encuentro al final otro muro de hormigón o una verja metálica. Al menos debería haber una entrada. Si los vecinos lo llamamos callejón, es por pura conveniencia.

Serpentea entre los patios traseros a lo largo de unos doscientos metros. Con apenas un metro de ancho, la mayor parte de su extensión está cubierta de trastos viejos, algún seto ocasional y en muchos tramos se puede pasar a duras penas.

Un tío mío que tuvo la gentileza de alquilarnos la casa a un módico precio me contó que en un principio tenía entrada y salida y se usaba como atajo para pasar de una calle a otra. Sin embargo, durante los años del *boom* económico construyeron edificios en cualquier rincón disponible hasta transformar espacios comunes en lugares angostos. Para impedir el paso a indeseables, los vecinos terminaron por bloquear la entrada. Al principio un matorral inocente, luego uno de los propietarios aprovechó para ampliar su patio trasero hasta que el muro de su casa terminó por cerrar el paso. El extremo opuesto se cerró con una verja metálica. La excusa, impedir el paso a los perros. Los vecinos nunca lo habían usado para nada, de manera que nadie protestó. Después de todo, cerrarlo era una buena medida para evitar robos. Con los años terminó abandonado, como un canal entre casas con el suelo tapizado de malas hierbas y gruesas telarañas colgando por todas partes.

¿Por qué frecuenta mi mujer semejante lugar? Es algo que se escapaba a mi comprensión. Hasta ahora, solo he puesto el pie ahí en una ocasión. Y encima ella no soporta las arañas.

Al pensarlo noto como si la cabeza se me llenara de una especie de sustancia gaseosa. Anoche no dormí bien y encima hace demasiado calor para estar a principios de mayo. Eso sin contar con esa desconcertante llamada de teléfono. En fin. Debía salir a buscar al gato de todos modos. Ya pensaré en todo eso más tarde. Es mejor estar fuera que encerrado en casa a la espera de que vuelva a sonar el teléfono. Al menos así tengo un objetivo.

El sol primaveral se cuela a través del tejado natural que forman las ramas de los árboles y esparce sombras por el suelo. Con el viento en calma, las sombras se quedan pegadas como manchas imborrables. Manchas que quedarán impresas mientras el mundo siga girando durante miles y miles de años.

Las sombras se pegan a mi camiseta gris al pasar bajo las ramas, para volver enseguida al suelo. Todo está en silencio. Casi se puede escuchar la respiración de las briznas de hierba a la luz del sol. Unas cuantas nubes flotan en el cielo. Se ven nítidas y bien formadas, igual que el fondo de un grabado medieval. Todo resplandece con tal intensidad que siento como si mi existencia fuera algo inmenso, incoherente. Eso sin contar el terrible calor.

La camiseta es de algodón fino y me he puesto unas zapatillas de tenis. A pesar de todo, nada más ponerme a caminar las axilas y la hendidura del pecho se me inundan de sudor. Esta misma mañana he sacado la camiseta y unos pantalones del armario de invierno, así que cada vez que inspiro noto el olor penetrante de la naftalina, como si un diminuto bicho alado se me metiera por la nariz.

Camino despacio mirando a ambos lados. Me paro de vez en cuando para llamar al gato con un susurro. Las casas aprisionadas en el callejón son de estilos muy diferentes, como líquidos de densidades distintas metidos en un mismo recipiente. Las más antiguas tienen patios traseros relativamente grandes. Las más recientes no tienen nada que se pueda considerar un verdadero patio o un jardín. Algunas ni siquiera eso. Apenas un hueco libre donde colgar la colada. En algunos puntos el tejado no llega a cubrir del todo la ropa tendida y me obliga a pasar debajo de toallas y camisas que aún chorrean. Es tan estrecho que se escucha el sonido de los televisores encendidos, el de las cisternas al vaciarse. También huele al curry que alguien prepara en la cocina.

Las casas antiguas, por el contrario, apenas dan señales de vida. Con filas de cipreses y otros arbustos convenientemente plantados para evitar miradas curiosas, algunos huecos, sin embargo, permiten otear jardines bien cuidados. Los estilos arquitectónicos varían desde las casas tradicionales japonesas con largos corredores exteriores a casas de influencia occidental en que se imitan las tejas, a, incluso, algunas edificaciones reformadas no hace mucho y transformadas en casas de diseño. Un rasgo común de todas ellas es la ausencia visible de personas. Ni un ruido, ni una insinuación de vida.

Es la primera vez que me entretengo en contemplar los detalles del callejón. Todo me resulta nuevo. Apoyado en un rincón de un patio, hay un árbol de Navidad marchito. En otro, juguetes tirados de cualquier manera, como si hubieran amontonado recuerdos de infancia de mucha gente, un triciclo, anillas, espadas de plástico, pelotas de goma, una tortuga de juguete, camiones de madera... En otro hay una canasta de baloncesto, unas elegantes sillas de jardín alrededor de una mesa de ratán en el de al lado. Nadie ha debido de sentarse en meses por el aspecto que tienen. Están sucias y la mesa está cubierta con un mantel de pétalos de magnolia caídos tras la última lluvia.

Las puertas correderas de cristal de otra dejan ver el interior. Hay un sofá de cuero a juego con los muebles del salón, una televisión grande, un estante con una pecera de peces tropicales, dos trofeos y una lámpara de pie. Todo parece falso e irreal, como en el decorado de una comedia televisiva.

En otro jardín hay una enorme caseta de perro vacía, cerrada con una puerta de reja. Solo se ve un enorme agujero vacío. La puerta está deformada, como si hubieran apoyado algo muy pesado contra ella durante meses.

La casa vacía de la que habla mi mujer se encuentra a unos pocos metros pasada la de la caseta del perro. En efecto, está vacía. Me doy cuenta enseguida. Un simple vistazo basta para percatarse de que no se trata de una breve ausencia. Se la ve muy nueva, pero las contraventanas están cerradas a cal y canto para protegerla de las inclemencias del tiempo y en las ventanas del segundo piso las rejas están oxidadas, a punto de caerse. El diminuto jardín tiene una escultura de piedra que representa un pájaro con las alas extendidas. Se halla sobre un pedestal a la altura del pecho rodeado por un matojo de malas hierbas. Una de las más altas alcanzaría las patas de un animal. Al pájaro de piedra (me pregunto de qué especie será) parece molestarle la invasión vegetal, como si extendiera las alas para emprender el vuelo.

Aparte de eso, el jardín apenas tiene otro elemento decorativo. Bajo el alero del tejado, hay dos sillas de plástico desvencijadas colocadas junto a una azalea en flor. Lo demás son solo malas hierbas.

Me apoyo en la valla que me llega a la altura del pecho y echo un vistazo rápido al jardín. Es el típico sitio que les encanta a los gatos, pero no veo ninguno. En la antena parabólica del tejado se ha posado una paloma con esos tonos monocordes característicos que arrastran a todas partes. La sombra del pájaro de piedra se proyecta sobre el matojo de malas hierbas y las hojas le dan formas caprichosas.

Saco un cigarrillo, lo enciendo y me lo fumo sin moverme del sitio. La paloma tampoco se mueve de la antena sin dejar de zurear en ningún momento.

Acabo el cigarrillo, lo apago en la suela del zapato y sigo sin moverme durante un buen rato. Cuánto, no lo sé. Me siento adormilado. Contemplo en silencio la sombra del pájaro. Incluso me cuesta pensar.

Poco a poco tomo conciencia de algo (¿una voz?) que se filtra entre la sombra del pájaro. ¿De quién es? Parece que alguien me llama.

Me doy media vuelta. En el jardín de enfrente hay una chica de unos quince o dieciséis años. No es muy alta, tiene el pelo corto y muy liso. Lleva unas gafas de sol color ámbar y una camiseta azul clara de Adidas con las mangas recogidas a la altura de los hombros. Los delgados brazos se ven demasiado morenos para el mes de mayo. Tiene una mano metida en el bolsillo del pantalón corto y con la otra se apoya en una puerta baja de bambú en un precario equilibrio.

—Hace calor, ¿verdad? —dice a modo de saludo.

—Hace calor —repito como si fuera su eco.

Otra vez, pienso. Me voy a pasar el día conversando con desconocidas.

—¿Tienes un cigarrillo?

Saco el paquete de Hope del bolsillo y le ofrezco uno. Con la mano que tenía en el bolsillo extrae uno y lo examina un momento antes de llevárselo a los labios. Tiene la boca pequeña, el labio superior ligeramente levantado. Le doy fuego. Se inclina hacia delante y el pelo deja al descubierto una oreja. Es una oreja bien formada, de aspecto suave y esponjoso, preciosa, con su perfil delicado refulgiendo entre su cabello fino.

Abre los labios con la soltura de una experta y expulsa una bocanada de humo. Me mira como si acabase de recordar algo. Veo mi cara dividida en los dos cristales de sus gafas. Son tan oscuros, cubiertos incluso de una ligera pátina de espejo, que no tengo forma de verle los ojos.

—¿Eres del barrio? —me pregunta.

—Sí —digo tratando de encontrar la dirección de mi casa.

He doblado tantas esquinas, me he metido por tantos intersticios y recovecos que ya ni sé por dónde he venido. Señalo cualquier sitio. En realidad, qué más da.

—¿Qué buscas tanto?

—A mi gato. Lleva desaparecido tres o cuatro días —le explico mientras me seco las manos sudorosas en los pantalones—. Me han dicho que lo han visto por aquí.

—¿Qué clase de gato es?

—Un macho grande con rayas marrones y la punta de la cola ligeramente doblada.

—¿Nombre?

—¿Nombre...?

—El gato. Tendrá un nombre, ¿no? —pregunta con sus ojos clavados en los míos tras las gafas de sol. Al menos eso creo.

—*Noboru* —le digo—. *Noboru Watanabe*.

—Un nombre curioso para un gato.

—Es el nombre de mi cuñado. Es una especie de broma de mi mujer. Dice que hay algo que le recuerda a él.

—¿El qué?

—La forma de moverse. Sus andares, el aspecto somnoliento de sus ojos, no sé, pequeños detalles.

La chica sonríe por primera vez. Relaja su expresión de máscara y deja entrever unos rasgos más infantiles de lo que había apreciado en un primer momento. El extravagante arco de su labio superior forma un extraño ángulo.

«Acaricia.» Juraría que se lo he oído decir a alguien. Es la voz de la mujer del teléfono, no de la chica. Me seco el sudor de la frente con la mano.

—Un gato con rayas marrones y la cola ligeramente doblada —dice para confirmar—. ¿Lleva collar?

—Un collar antipulgas negro.

Se queda pensativa diez o quince segundos con la mano apoyada en la puerta de bambú. Después arroja la colilla del cigarrillo a mis pies.

—¿Puedes apagarla? Voy descalza.

La aplasto a conciencia con la suela de mis zapatillas de tenis.

—Estaba pensando que puede que haya visto a ese gato —dice cautelosa—. No llegué a ver su cola doblada, pero sí que era un macho marrón con un collar antipulgas.

—¿Cuándo?

—¿Cuándo fue? Lo he visto muchas veces. Salgo todos los días al jardín a tomar un poco el sol y al final todos los gatos me parecen iguales. De todos modos, no debe de haber sido hace más de tres o cuatro días. El jardín es su atajo. Pasa siempre por aquí. Viene por la valla de los Suzuki, cruza y continúa hasta el jardín de los Miyazaki.

Señala la casa vacía. El pájaro sigue con las alas extendidas, las hierbas se mecen bajo los rayos del sol primaveral, la paloma zurea en la antena parabólica.

—Gracias por la información —le digo.

—¿Por qué no entras y esperas a que aparezca? Antes o después, todos pasan por aquí. Si sigues husmeando, alguien te va a tomar por un ladrón y llamará a la policía. No sería la primera vez.

—No puedo esperarle en el jardín de otra persona.

—Claro que puedes. No es para tanto. No hay nadie en casa y estoy aburrida sin nadie con quien hablar. ¿Por qué no tomas el sol conmigo hasta que aparezca tu gato? Tengo una vista infalible, seguro que es de gran ayuda.

Miro el reloj. Las dos y treinta y seis. Solo me falta tender la ropa y preparar la cena.

—Está bien. Me quedaré hasta las tres.

Abro la cancela y sigo a la chica por la hierba. Me doy cuenta de que arrastra ligeramente la pierna izquierda. Sus minúsculos hombros se balancean al ritmo de un cigüeñal con tendencia a caer a la izquierda. Se detiene unos pasos por delante de mí y me hace una señal para que camine a su lado.

—Tuve un accidente el mes pasado —se explica—. Iba en el trasportín de la bici de otra persona y me caí. Mala suerte.

En mitad del jardín hay dos tumbonas de lona. Encima de una de ellas, una toalla azul oscuro extendida; y en la otra, un paquete de Marlboro, un cenicero, un encendedor, un aparato de radio y varias revistas. El volumen de la radio está bajo, pero se oye el ruido de un grupo de rock duro al que no identifico.

Lo deja todo sobre la hierba y me pide que me siente. Apaga la radio. Tan pronto como me tumbo, tengo una visión más amplia del lugar y de la casa al otro lado. Incluso puedo ver el pájaro de piedra, el matojo de malas hierbas y la valla. Ha debido de observarme desde ahí todo el tiempo.

El jardín es grande, sin pretensiones. La pradera de hierba forma una ligera pendiente hacia abajo salpicada de flores. A la izquierda de las tumbonas, hay un estanque de hormigón visiblemente abandonado. Sin agua, expone al sol su fondo cubierto de verdín y tiene el aspecto de una criatura vuelta del revés. La elegante fachada de una casa de estilo occidental, no especialmente grande ni lujosa, se atisba tras un grupo de árboles. El jardín es amplio y está bien cuidado.

—Hace tiempo ganaba algo de dinero cortando el césped de los jardines —le digo.

—¿De verdad? —pregunta sin demasiado interés.

—Debe de ser duro mantener uno tan grande como este —digo mirando a mi alrededor.

—¿No tienes jardín?

—Uno pequeño. Como mucho caben dos o tres hortensias. ¿Estás siempre sola?

—Tú lo has dicho. Durante el día, siempre. Por la mañana y por la tarde viene una chica. Aparte de eso, nada. Por cierto, ¿quieres beber algo frío? Tengo cerveza.

—No, gracias.

—¿En serio? No es ninguna molestia.

—No tengo sed. ¿No vas al colegio?

—¿Y tú no vas al trabajo?

—No tengo trabajo —admito.

—¿En paro?

—Algo así. Lo he dejado.

—¿A qué te dedicabas?

—Algo parecido a recadero de unos abogados —le explico sin demasiados detalles antes de lanzar un suspiro lento y profundo para evitar el tema cuanto antes—. Iba a por papeles al ayuntamiento o a las oficinas gubernamentales, los archivaba, comprobaba la jurisprudencia, me hacía cargo de los procedimientos judiciales... Trabajo pesado.

—Pero lo dejaste.

—Eso es.

—¿Tu mujer trabaja?

—Sí.

Saco un cigarrillo, me lo llevo a la boca y lo enciendo. El pájaro que da cuerda canta desde un árbol cercano. Después de piar doce o trece veces se marcha a otra parte.

—Por ahí los gatos siempre pasan de largo —dice sin ton ni son señalando uno de los jardines de enfrente—. ¿Ves ese incinerador detrás de la valla de los Suzuki? Salen por ahí, echan a correr, pasan por debajo de la puerta y se van al jardín de allí. Siempre la misma ruta. ¿Conoces al señor Suzuki, el profesor de universidad, ese que se pasa media vida en la tele?

—¿El señor Suzuki?

Se extiende en detalles, pero no sé de quién habla.

—Casi no veo la televisión.

—Una familia horrible —dice en un tono despectivo—. Unos

engreídos. Todos ellos. La gente que sale en la tele no son más que unos falsos.

—¡Vaya!

La chica alcanza el paquete de Marlboro, saca uno y se pone a darle vueltas entre los dedos sin encenderlo.

—Bueno, supongo que habrá alguien decente, pero desde luego no son mi tipo. Los Miyazaki, en cambio, eran buena gente. La mujer era muy simpática. Su marido tenía dos o tres restaurantes.

—¿Qué les pasó?

—No lo sé —dice mientras sacude la ceniza del cigarrillo con un golpe del dedo—. Lo más seguro es que debieran dinero. Fue una verdadera conmoción cuando se marcharon. Ya han pasado dos años. Lo abandonaron todo y se esfumaron. Los gatos no dejan de multiplicarse desde entonces y mi madre no para de quejarse.

—¿Tantos gatos hay?

Se lleva el cigarrillo a la boca y lo enciende. Asiente.

—Toda clase de gatos. Uno sarnoso, uno tuerto con un trozo de carne donde tenía el ojo antes. Asqueroso, ¿verdad?

—Asqueroso.

—Tengo una prima que tiene seis dedos. Es algo mayor que yo y siempre ha tenido ese dedito al lado del meñique. Lo esconde de forma que no resulta fácil vérselo. Es muy guapa.

Me limito a contestar con un murmullo.

—¿Tú crees que esas cosas son hereditarias? Como esas enfermedades de la sangre, ya sabes.

—No sabría decirte.

Durante un rato no habla. Me fumo el cigarrillo y recorro con la mirada el sendero de los gatos. En todo este tiempo no se ha asomado ni uno.

—¿Estás seguro de que no quieres beber nada? Yo me voy a tomar un refresco.

—No, gracias.

—Se levanta de la silla y desaparece bajo la sombra con su pierna izquierda a rastras. Alcanzo una de las revistas y me pongo a hojearla. Al contrario de lo que me esperaba, se trata de una revista mensual masculina. Las páginas centrales muestran la fotografía de una mujer en una posición poco natural, con las piernas muy abiertas de manera que sus genitales y su vello púbico se transparentan a través de la ropa interior. Qué cosas, me digo antes de dejar la revista en el mismo sitio y volver a concentrarme en el sendero de los gatos con los brazos cruzados sobre el pecho.

Después de lo que se me antoja una eternidad, la chica regresa con su refresco en la mano. Se ha quitado la camiseta y lleva la parte de arriba de un bikini a conjunto con sus pantalones cortos. Es una pieza pequeña sujeta a la espalda que deja ver la forma de sus pechos.

Es un día caluroso, sin duda. Solo con estar ahí sentado, la camiseta se me empapa de sudor.

—Dime una cosa —dice retomando la conversación donde la había dejado—, supongamos que conoces a una chica que te gusta, pero que tiene seis dedos. ¿Qué harías?

—Se la vendería a un circo.

—¿En serio?

—Es broma. Lo más seguro es que no me importase.

—¿Incluso si existiera la posibilidad de que se lo transmitiera a tus hijos?

Me lo pienso antes de contestar.

—No creo que me importase. Un dedo de más no me parece una cosa grave.

—¿Y si tuviera cuatro pechos?

Vuelvo a pensármelo.

—No lo sé —confieso.

¿Cuatro pechos? Esta conversación no va a ninguna parte, me digo. Es momento de cambiar de tema.

—¿Cuántos años tienes?

—Dieciséis —dice ella—. Acabo de cumplirlos. Estudiante de primer año en el instituto.

—¿No vas a clase?

—Si camino, la pierna me duele enseguida. También me he hecho una herida al lado del ojo. Es un instituto muy estricto. No quiero ni pensar en la clase de líos en los que me metería si se enteran de que me he caído de la bici. He dicho que estoy enferma. Puedo saltarme un año entero si quiero. No tengo ninguna prisa por acabar.

Murmuro algo al no saber qué decir.

—Bueno, volviendo a lo que hablábamos. Me has dicho que no te importaría casarte con una chica con seis dedos, pero si tuviera cuatro pechos la rechazarías.

—No he dicho semejante cosa, solo he dicho que no lo sabía.

—¿Y por qué no lo sabes?

—No puedo imaginármelo.

—Pero sí te imaginas a una con seis dedos.

—Más o menos.

—¿Cuál es la diferencia entre seis dedos y cuatro pechos?

Vuelvo a pensar en ello, pero no se me ocurre cómo explicarlo.

—Dime una cosa. ¿Hago demasiadas preguntas? —Sus ojos están fijos en mí tras sus gafas de sol.

—¿Ya te lo han dicho antes? —respondo con otra pregunta.

—A veces.

—No hay nada malo en hacer preguntas. Obliga a la gente a pensar.

—La mayoría de la gente no me hace demasiado caso —confiesa mientras observa los dedos de sus pies—. En general solo dan respuestas vagas.

Muevo la cabeza ligeramente para tener a la vista el sendero de los gatos. ¿Qué demonios hago yo aquí? No ha pasado ni un solo gato asqueroso por aquí.

Cierro los ojos veinte o treinta segundos con los brazos cruzados sobre el pecho. Tumbado así con los ojos cerrados, siento cómo el sudor resbala por distintas partes de mi cuerpo. En la frente, bajo la nariz, alrededor del cuello. Capto hasta el más mínimo movimiento, como si diminutas plumas humedecidas flotaran por aquí y por allá. La camiseta cuelga sobre mi pecho como una bandera en un día de calma. La luz del sol ejerce un curioso peso a medida que avanza sobre mí. Escucho el tintineo de los cubitos de hielo en el vaso de la chica.

—Duérmete si quieres. Te despertaré si aparece el gato —susurra.

Asiento en silencio sin abrir los ojos.

En este momento no oigo nada. La paloma y el pájaro que da cuerda han debido de marcharse a otra parte. No hay murmullo de brisa, ni ruido de un coche al arrancar. No puedo dejar de pensar en la voz de la mujer del teléfono. ¿De verdad la conocía?

Soy incapaz de recordarla. Simplemente no está ahí, hace tiempo que abandonó mi memoria. Solo veo su larga sombra frente a mí, como en un cuadro de De Chirico.

—¿Estás dormido?

La voz de la chica es tan tenue que apenas parece una voz.

—No, estoy despierto.

—Me puedo acercar. Me resulta más fácil hablar si susurro.

—Adelante —le digo sin abrir los ojos.

Oigo cómo arrastra su tumbona hacia la mía, el ruido de la madera al crujir y entrechocar.

Es extraño. Su voz con los ojos cerrados suena completamente distinta a como lo hace cuando los tengo abiertos. ¿Qué me pasa? Nunca me había sucedido nada igual.

—¿Puedo decirte algo? —me pregunta—. No tienes que responder. Incluso puedes quedarte dormido si te apetece.

—Claro.

—La muerte. La gente que se muere. Es tan fascinante —dice.

Susurra tan cerca de mi oído que sus palabras entran en mi cuerpo con el cálido y húmedo vaho de su respiración.

—¿Y eso? —le pregunto.

Me pone un dedo en los labios para hacerme callar.

—Sin preguntas —dice—. No quiero que ahora me hagas preguntas. Tampoco que abras los ojos. ¿De acuerdo?

Asiento.

Retira el dedo y empieza a deslizarlo por mi muñeca.

—Me pregunto cómo será la sensación de abrirlo con un bisturí. No el cadáver. Me refiero a esa masa de muerte. Debe de haber algo así en algún lugar del mundo. Como una de esas pelotas de béisbol para niños, flexible, como una maraña de nervios paralizados. Me gustaría quitársela a todos esos cuerpos muertos y cortarla con el bisturí. Siempre lo pienso, trato de imaginar qué habrá dentro. Es probable que sea una especie de goma, como la pasta de dientes que se queda dura en la boca del tubo, ¿no crees? Está bien. No tienes por qué contestar. Todo lo pegajoso del exterior se vuelve duro en el interior. Por eso lo primero que me gustaría hacer nada más cortar la piel exterior sería sacar toda esa masa blandengue con el bisturí, descubrir ese interior endurecido, duro y pequeño como los rodamientos de bolas de acero. ¿No te imaginas algo así?

Tose un par de veces.

—Es en lo único que pienso últimamente. Quizá tengo demasiado tiempo libre, pero es la verdad. Si no tengo nada que hacer, empiezo a divagar, mis pensamientos se van lejos, tan lejos que me resulta difícil encontrar el camino de vuelta.

Al decir eso, retira el dedo de mi muñeca para alcanzar su refresco. Lo deduzco por el tintineo de los cubitos contra el vaso.

—De acuerdo. Vigilaré por si pasa el gato, no te preocupes. En cuanto vea a *Noboru Watanabe* te lo diré. Puedes quedarte con los ojos cerrados. *Noboru Watanabe* pasará por aquí en pocos minutos. Quiero decir, todos los gatos toman el mismo camino, así que antes o después aparecerá. Imaginemos mientras esperamos cómo se acerca cada vez más. Camina sobre la hierba, se desliza bajo el muro, se detiene a olisquear las flores, cada minuto un poco más cerca. Trata de imaginártelo.

Intento seguirle el juego y representarme al gato mentalmente, pero solo consigo evocar una imagen borrosa. El sol radiante se cuela entre mis párpados, dispersa cualquier zona oscura que pueda tener la imagen. Por mucho que me esfuerce, soy incapaz de ver su carita peluda con un mínimo de definición. Mi representación de *Noboru Watanabe* es un fracaso, es una imagen distorsionada, falsa. Solo aparecen sus rarezas. Los rasgos más comunes han desaparecido. Ni siquiera puedo recordar sus andares.

La chica vuelve a acariciarme la muñeca y en esa ocasión empieza a dibujar una forma: un extraño diagrama. Mientras dibuja, siento como si una enorme variedad de oscuridades se infiltrasen en mi mente. Debo de haberme quedado dormido. No quería dormir, pero algo me dice que no puedo luchar contra lo irreversible. Una gran pesadez me aplasta cada vez más contra la silla.

En la oscuridad, una imagen nítida de las patas de *Noboru Watanabe* se abre paso. Cuatro patas marrones, silenciosas, con almohadillas que parecen de goma. Caminan por el terreno sin hacer ruido.

¿Qué terreno? ¿Dónde?

No tengo ni idea.

¿No será que tienes un espacio en blanco en la memoria? Es la voz de la mujer del teléfono quien pregunta.

Al despertarme me doy cuenta de que estoy solo. La chica acurrucada a mi lado ha desaparecido. La toalla, los cigarrillos y las revistas siguen ahí, pero la radio y el refresco no.

El sol cae hacia el oeste. La sombra de los pinos me cubre casi por entero. Las manecillas del reloj indican las cuatro menos veinte. Sacudo la cabeza en varias ocasiones como si agitara una lata vacía. Me levanto de la silla y miro a mi alrededor. Nada ha cambiado. Una pradera de césped grande, un estanque seco, una valla, un pájaro de piedra, un montón de malas hierbas, una antena. No hay gato. Tampoco hay chica.

Me dejo caer en el suelo en un rincón a la sombra y acaricio el césped sin apartar la vista del sendero de los gatos. Espero a que vuelva la chica. Pasan diez minutos y no hay rastro ni de ella ni del gato. Ni siquiera un olorcillo, un mínimo movimiento. No sé qué hacer ahora. Me siento como si hubiera envejecido terriblemente durante el sueño.

Me levanto y miro la casa. No se ve un alma. Solo el sol resplandeciente cayendo hacia el oeste. Solo me queda cruzar la hierba hasta el callejón y volver a casa. No he encontrado al gato, pero al menos lo he intentado.

De vuelta en casa, recojo la ropa seca y preparo una cena sencilla. En cuanto termino me siento en el suelo del cuarto de estar con la espalda apoyada en la pared para echar un vistazo al periódico de la tarde. A las cinco y media el teléfono suena doce veces, pero no me molesto en responder. Cuando se calla, un persistente vacío se cierne sobre la habitación oscura, como si fuera el polvo que flota en el ambiente. El reloj encima de la televisión golpea un panel invisible del tiempo con unas zarpas quebradizas. El nuestro es un mundo al que hay que dar cuerda, pienso. Una vez al día viene el pájaro que da cuerda y se encarga de ponerlo todo en orden. En ese mundo, yo soy el único que envejece, como si dentro de mí creciera una bola blanda y pálida. Aun cuando pudiera dormir en un lugar entre Saturno y Urano, el pájaro que da cuerda seguiría ocupándose de que las cosas marchen.

Pienso en escribir un poema sobre él, pero no se me ocurren los primeros versos. Además, no creo que a las chicas de instituto les emocione leer un poema sobre un pájaro que da cuerda. No creo que sepan siquiera que existe semejante cosa.

Son las siete y media cuando vuelve mi mujer.

—Lo siento —se disculpa—, he pasado una tarde de locos tratando de localizar el pago de la matrícula de un alumno. La chica que trabaja a tiempo parcial es tan lenta, que todo me cae a mí.

—No te preocupes.

Entro en la cocina, frío un trozo de pescado con mantequilla, preparo ensalada y sopa de miso. Mientras tanto, mi mujer lee el periódico en la mesa de la cocina.

—¿No estabas a eso de las cinco y media? —me pregunta—. Te llamé para decirte que iba a llegar un poco tarde.

—Me había quedado sin mantequilla y salí a comprar —miento.

—¿Te acordaste de ir al banco?

—Por supuesto.

—¿Qué pasa con el gato?

—No hay ni rastro de él.

—¡Vaya!

Después de cenar y darme un buen baño me encuentro a mi mujer sentada en el cuarto de estar a oscuras. Agachada en la oscuridad con una camiseta gris parece un equipaje olvidado. Me da pena verla en ese estado. Si la hubiera abandonado en otro lugar quizás habría sido más feliz.

Me siento en el sofá de enfrente para secarme el pelo.

—¿Qué ocurre? —le pregunto.

—El gato ha muerto. No sé por qué, pero lo sé.

—¡No digas eso! —protesto—. Estará por ahí explorando. Pronto tendrá hambre y volverá. Ya ha pasado otras veces, ¿no te acuerdas? Como aquella vez cuando aún vivíamos en Koenji.

—Esta vez es diferente. Lo siento. El gato está muerto, pudriéndose en un matojo de malas hierbas. ¿Lo has buscado entre las hierbas de esa casa abandonada?

—Déjalo ya. Puede que allí no viva nadie, pero tendrá un propietario y no puedo entrar sin más.

—¡Lo has matado tú!

Suspiro y me seco el pelo.

—¡Has dejado que se muera! —vuelve a acosarme desde la oscuridad.

—No te entiendo. El gato ha desaparecido por sus propios medios. Yo no tengo nada que ver con eso. Lo has podido comprobar con tus propios ojos.

—¡Nunca te ha gustado!

—Está bien, puede que nunca me haya gustado. Al menos nunca he estado tan loco por él como tú, pero jamás lo he maltratado y le he dado de comer todos los días. Solo por el hecho de que no me emocione, no quiere decir que quiera matarlo. Si empiezas así, al final resultará que soy responsable de todas las muertes de este mundo.

—Bueno, así eres tú. Siempre así, siempre igual. Lo matas todo sin necesidad de levantar una mano.

Estoy a punto de protestar, pero me trago las palabras al ver que está llorando. Tiro la toalla al cesto de la ropa sucia, voy a la cocina, saco una cerveza de la nevera y doy un buen trago. ¡Vaya día! Más que día, vaya mes. Mejor dicho, ¡vaya año!

Dónde te habrás metido, *Noboru Watanabe,* me pregunto. No te ha dado cuerda el pájaro.

Un poema podría empezar así:

> *Noboru Watanabe*
> ¿Dónde estás?
> No te ha dado cuerda
> el pájaro que da cuerda al mundo.

Me he bebido la mitad de la cerveza cuando suena el teléfono.

—¿Te importa cogerlo? —le digo a mi mujer desde la oscuridad del cuarto de estar.

—Sí me importa. Cógelo tú.

Ninguno de los dos responde y el teléfono no deja de sonar. El sonido remueve el polvo que flota en la oscuridad. Ni mi mujer ni yo decimos una palabra. Me termino la cerveza. Mi mujer sigue sollozando. Veinte timbrazos hasta que pierdo la cuenta y dejo que continúe. Uno no puede contar eternamente.

Nuevo ataque a la panadería

Sigo sin estar seguro de si hice bien en hablarle a mi mujer del ataque a la panadería. Quizá no se tratara de una cuestión sobre el bien o el mal, de lo que es correcto o incorrecto. Quiero decir, elecciones incorrectas producen a veces resultados correctos y al contrario. Ante este tipo de absurdos (creo que se les puede llamar así), he llegado a la convicción de que en realidad no elegimos nada. Esa es mi forma de entender la vida. Respecto a las cosas que ya han ocurrido, no hay nada que podamos hacer. En cuanto a las que aún no han tenido lugar, todo está por ver.

Visto desde esa perspectiva, ocurrió, sencillamente, que le hablé a mi mujer del ataque a la panadería. No tenía previsto hacerlo. De hecho, se me había olvidado por completo, pero tampoco era una de esas cosas que entran en la categoría de: «Por cierto, ahora que lo mencionas...».

Si me acordé del ataque a la panadería, fue por culpa de un hambre insoportable. Sucedió un poco antes de las dos de la madrugada. Habíamos cenado algo ligero sobre las seis de la tarde y a las nueve y media nos acostamos, pero, por alguna razón, nos despertamos al mismo tiempo. Teníamos un hambre feroz, casi desesperado, como si nos atacara el tornado de *El mago de Oz*. Unos terribles zarpazos de hambre que no tenían razón de ser.

En la nevera no había nada digno de ser considerado comida: una botella de aliño para ensalada, seis latas de cerveza, dos cebollas secas, un poco de mantequilla y una bolsa para absorber los malos olores de la nevera. Nos habíamos casado dos semanas antes y aún no habíamos establecido claramente unos hábitos alimenticios comunes. Teníamos muchas otras prioridades en ese momento.

Yo trabajaba en un despacho de abogados y mi mujer como secretaria en una escuela de diseño. Yo tenía veintiocho o veintinueve años (no sé por qué nunca recuerdo el año exacto de nuestro matrimonio) y ella era dos años y ocho meses menor que yo. La comida era la última de nuestras preocupaciones.

Teníamos demasiada hambre como para quedarnos en la cama. Fuimos a la cocina y nos sentamos uno frente al otro sin hacer nada especial. No podíamos conciliar el sueño (incluso estar tumbados nos resultaba doloroso) y el hambre era tan voraz que nos impedía hacer nada. No sabíamos de dónde surgía con semejante intensidad.

Abrimos la puerta de la nevera por turno, movidos por una vana esperanza, pero por mucho que lo hiciéramos nada cambiaba en su interior: cervezas, cebollas, mantequilla, aliño y un absorbente para los malos olores. Podríamos haber preparado un salteado de cebolla con mantequilla, pero no parecía suficiente para saciar nuestra hambre. La cebolla es siempre una buena base, pero no comida en sí misma.

—¿Por qué no hacemos un salteado de aliño con absorbente para los malos olores? —dije en broma. Como a mi mujer no pareció hacerle gracia mi ocurrencia, probé otra alternativa—: Mejor que vayamos en coche a buscar un restaurante abierto veinticuatro horas. Algo encontraremos.

Ella rechazó la propuesta. No quería salir a comer algo.

—Hay algo que no marcha bien si uno debe salir de casa para comer algo pasada la medianoche.

Para ese tipo de cosas me parecía una mujer chapada a la antigua.

—Supongo que tienes razón —me resigné con un suspiro.

Quizá sea normal en las parejas de recién casados, pero en ese momento sus opiniones (más bien sus tesis) me sonaban como una especie de revelación. Al decir eso, entendí que se trataba de un hambre especial, nada que pudiera satisfacerse en un restaurante abierto las veinticuatro horas.

Un hambre especial. ¿Qué significaba eso?

Podría tratar de describirlo mediante fotogramas.

Uno: Floto en un pequeño bote en mitad de un mar tranquilo. *Dos:* Miro hacia abajo y veo la cima de un volcán submarino. *Tres:* Entre la superficie del mar y la cima del volcán no parece haber mucha distancia, pero no logro calcularla con exactitud. *Cuatro:* Ocurre porque el agua está tan transparente que engaña a la vista.

Esa secuencia de imágenes me vino a la mente entre el momento en que mi mujer me dijo que no quería salir a buscar un restaurante abierto y yo admití que quizá tenía razón. Obviamente, no soy Sigmund Freud, por lo que no pude analizar su verdadero significado, pero comprendí enseguida que era algo revelador y acepté de inmediato su tesis (o su declaración). No nos quedó más remedio que abrir un par de latas de cerveza y bebérnoslas. Mejor beber cerveza que comer cebollas. A ella la cerveza no le gustaba especialmente, de manera que yo me bebí cuatro y ella dos. Mientras tanto, se puso a revolver las estanterías de la cocina como una ardilla en el mes de noviembre. Encontró cuatro galletas de mantequilla olvidadas dentro de una bolsa. Eran las sobras de la base de una tarta de queso. Estaban húmedas, reblandecidas, pero nos las comimos a pesar de todo. Dos para cada uno.

Por desgracia, ni las galletas ni las cervezas dejaron rastro o lograron ocultar el hambre. Nos sentíamos como si observásemos desde el espacio la vasta extensión de la península del Sinaí. Su efecto pasó como pasan los paisajes anodinos tras la ventanilla del coche.

Leímos el texto impreso en las latas de cerveza, miramos el reloj en numerosas ocasiones, la nevera, hojeamos el periódico de la tarde del día anterior y con una tarjeta postal recogimos las migas de las galletas esparcidas encima de la mesa. El tiempo pasaba lento y pesado, como el plomo por las entrañas de un pez.

—Jamás había tenido tanta hambre —dijo mi mujer—. ¿Tendrá relación con estar recién casados?

—Puede ser. O quizá no.

Empezó a investigar de nuevo en todos los rincones de la cocina a la búsqueda de un pedazo de comida y yo me asomé otra vez por la borda para contemplar la cima del volcán submarino. El agua transparente despertaba en mí un sentimiento de inquietud, como si se me hubiera abierto un inmenso vacío en el estómago, un vacío puro, sin entrada ni salida. Esa extraña sensación de ausencia en el interior de mi cuerpo, esa percepción existencial de la no existencia, se parecía al miedo, a la parálisis que le atenaza a uno después de trepar hasta la cima de una torre altísima. La conexión entre el hambre y el vértigo fue todo un descubrimiento.

Me acordé entonces de una experiencia similar que había vivido hacía tiempo. La misma sensación de vacío en el estómago... ¿Cuándo fue...? ¡Sí, era lo mismo!

—Ocurrió cuando el ataque a la panadería —dije sin querer.

—¿El ataque a la panadería? ¿De qué hablas? —preguntó mi mujer.

Fue así como empezó.

—En una ocasión atraqué una panadería —le expliqué—. Fue hace mucho. No era una panadería grande ni famosa. Tampoco hacían un pan especial, aunque no estaba mal. Era una panadería corriente y moliente, como muchas de las que se ven en las galerías comerciales de cualquier ciudad. La regentaba un hombre y era tan pequeña que cuando se le acababa el pan cerraba hasta el día siguiente.

—¿Y por qué elegisteis precisamente esa?

—Tampoco veíamos la necesidad de atracar una más grande. Nosotros solo queríamos pan, lo suficiente para saciar el hambre. No queríamos dinero. Éramos asaltantes, no ladrones.

—¿Nosotros? ¿A quién te refieres con nosotros?

—A mi mejor amigo de entonces y a mí. Ya han pasado casi diez años. Éramos tan pobres que ni siquiera nos alcanzaba para comprar pasta de dientes. La comida siempre faltaba y eso nos obligaba a hacer auténticas barbaridades para poder comer. El ataque a la panadería fue una de nuestras locuras...

—No lo entiendo —dijo ella sin apartar la mirada de mí, como si buscase el pálido resplandor de las estrellas en el cielo del amanecer—. ¿Por qué tuvisteis que hacer eso? ¿No podíais buscar un trabajo? Con un trabajo por horas alcanza para comprar un poco de pan. Es más fácil que atracar una panadería.

—No queríamos trabajar. Lo teníamos muy claro.

—Pero ahora trabajas como todo el mundo, ¿o no?

Asentí y di un sorbo a la lata de cerveza. Me froté los ojos con la parte anterior de las muñecas. La cerveza me había dado sueño, un sueño que se filtraba en la conciencia como barro líquido acompañado de retortijones.

—Los tiempos cambian —me limité a decir—. Cambian las circunstancias, cambian las personas, lo que pensamos. ¿Por qué no nos vamos a la cama? Tenemos que madrugar.

—No tengo sueño. Quiero saber más sobre ese ataque a la panadería —protestó ella.

—No hay mucho que contar. Es una historia insípida. No es tan interesante como imaginas. No hay acción, nada llamativo.

—¿Lo lograsteis?

Me resigné y abrí otra lata de cerveza. Cuando una historia despertaba su interés, no paraba hasta conocer el desenlace.

—En cierto sentido se puede decir que sí, lo logramos. Quiero decir, conseguimos todo el pan que queríamos, aunque la cosa no se desarrolló como un asalto propiamente dicho. Me explico: el dueño de la panadería nos lo regaló.

—¿Gratis?

—No del todo. Esa es la parte complicada. Era un melómano y justo cuando entramos acababa de poner un disco con las oberturas de Wagner. Nos propuso un trato: nos daría todo el pan que quisiéramos si escuchábamos el disco entero. Lo discutimos entre nosotros y estuvimos de acuerdo. No nos iba a pasar nada por escuchar un poco de música. No era un trabajo propiamente dicho y tampoco queríamos hacerle daño a nadie. Guardamos las navajas y nos sentamos a escuchar las oberturas de *Tannhäuser* y *El holandés errante*.

—¿Y después os dio el pan?

—Eso es. Nos llevamos a casa casi todo lo que había en la tienda. Fue nuestro único alimento durante cuatro o cinco días.

Di otro trago a la cerveza. El sueño agitaba mi bote imaginario, donde me mecía movido por las olas producidas por un terremoto submarino.

—Por supuesto, logramos nuestro objetivo. Teníamos pan

—continué—, pero lo que hicimos en ningún caso podía considerarse un delito. Más bien fue una especie de intercambio. Digámoslo así. Escuchamos a Wagner a cambio de pan. Desde un punto de vista legal fue una simple transacción.

—Pero escuchar a Wagner no se puede considerar un trabajo o un bien mercantil.

—¡Desde luego que no! Si el hombre nos hubiera pedido fregar los cacharros o limpiar las ventanas, nos habríamos negado y le habríamos robado sin más contemplaciones. Pero no nos pidió eso, sino que nos sentáramos a escuchar el disco de principio a fin. Los dos nos quedamos muy confundidos. Jamás hubiéramos imaginado que Wagner se iba a mezclar en nuestros asuntos. Fue como una maldición. Lo pienso ahora y me doy cuenta de que nunca deberíamos haber aceptado ese trato. Deberíamos haber usado las navajas para amenazarle y habernos llevado el pan. Así no hubiera habido ningún problema.

—¿Tuvisteis algún problema?

Volví a frotarme los ojos.

—Más o menos. Nada concreto en realidad, pero después de eso las cosas empezaron a cambiar y ya nunca volvieron a ser lo mismo. Regresé a la universidad, me gradué sin problemas, encontré mi trabajo en el despacho de abogados, me preparé las oposiciones, te conocí y me casé. Nunca he vuelto a hacer nada parecido. Se acabaron los asaltos a las panaderías.

—¿Eso es todo?

—Sí. No hay nada más que contar.

Me terminé la cerveza. Nos habíamos acabado todas las latas. En el cenicero había seis anillas metálicas que parecían las escamas de una sirena.

No era verdad que no hubiese ocurrido nada concreto después del ataque. De hecho, algunas cosas pudimos verlas claramente con nuestros propios ojos, pero no quería hablarle de eso.

—¿Qué fue de tu amigo, a qué se dedica ahora?

—No lo sé. Poco después sucedió algo y terminamos por alejarnos. No he vuelto a verle desde entonces. Tampoco sé a qué se dedica.

Mi mujer no habló durante un rato. Probablemente intuía que no le contaba toda la verdad, pero no insistió.

—¿Dejasteis de ser amigos por el asalto a la panadería?

—Tal vez. Lo que hicimos debió de dejar una huella en nosotros mucho más profunda de lo que nos pareció en un primer momento. Durante varios días no paramos de hablar de la relación entre el pan y Wagner. Nos preguntábamos si habíamos hecho lo correcto o no. De todos modos, no llegamos a ninguna conclusión. Honestamente, creo que la elección fue la correcta. Nadie resultó herido y todos acabamos más o menos contentos. El dueño de la panadería (aún hoy no entiendo por qué reaccionó de esa manera) hizo su propaganda de Wagner y nosotros nos hartamos de pan. A pesar de todo sentíamos como si, en cierta manera, hubiésemos cometido una grave equivocación. Sin saber por qué o por qué no, esa equivocación empezó a proyectar una sombra sobre nuestras vidas. Por eso hablo de maldición. No me cabe duda de que aquello fue una especie de maldición.

—¿Aún la sientes? ¿Y tu amigo?

Alcancé las seis anillas del cenicero e hice una pulsera.

—No lo sé. El mundo parece estar inundado de maldiciones. Si te sucede algo extraño, es difícil saber qué maldición exacta lo ha causado.

—No estoy de acuerdo —dijo ella con sus ojos clavados en los míos—. Si lo piensas detenidamente, terminarás de entender el porqué. Si no ahuyentas esa maldición con tus propias manos, te hará sufrir hasta la muerte, como una muela picada. Y no solo sufrirás tú. A mí también me incumbe.

—¿A ti también?

—Sí, porque ahora soy tu mujer, tu compañera. Este ataque de hambre atroz que nos atenaza es la clara demostración de ello. Antes de casarme nunca había sentido algo parecido. ¿No te parece anormal? Esa maldición de la que hablas también me afecta a mí.

Asentí. Deshice la pulsera de anillas y volví a dejarlas en el cenicero. No sabía a ciencia cierta si tenía razón o no, pero intuía que sí.

El hambre que había conseguido alejar de mis pensamientos durante un tiempo reapareció con mayor intensidad hasta el extremo de provocarme un fuerte dolor de cabeza. Los retortijones en el fondo del estómago se transformaban en temblores que me llegaban a la cabeza como si estuvieran conectados por algún tipo de sofisticada maquinaria.

Volví a echar un vistazo al volcán submarino bajo mis pies. El agua estaba aún más transparente que antes. Si no tenía cuidado, podía dejar de darme cuenta incluso de que estaba ahí. Sentía como si mi bote imaginario flotase en el aire, libre de amarras. Las piedras del fondo estaban al alcance de la mano.

—Apenas han pasado dos semanas desde que empezamos a vivir juntos —dijo mi mujer—, y en todo este tiempo he sentido como una presencia, una especie de maldición. —Sin dejar de mirarme fijamente, entrelazó los dedos encima de la mesa—. Antes de contarme esta historia —continuó—, no pensaba que se tratase de eso, pero ahora lo veo claro. Te han lanzado una maldición.

—¿Una presencia? ¿A qué te refieres?

—Como si colgara del techo una cortina pesada, polvorienta, sin lavar desde hace años.

—Quizá no se trate de una maldición, sino de mí —dije con una sonrisa.

Mi comentario no le hizo gracia.

—No se trata de ti.

—Está bien, supongamos que se trata de una maldición. ¿Qué puedo hacer en ese caso?

—Asaltar otra panadería. Ahora mismo. Es la única salida.

—¿Ahora?

—Sí, ahora. Mientras aún tengamos hambre. Debes terminar lo que dejaste a medias.

—Pero es noche cerrada. ¿Dónde vamos a encontrar una abierta a estas horas?

—La encontraremos, no te preocupes. Tokio es una ciudad grande. Alguna habrá.

Subimos a mi Toyota Corolla de segunda mano y empezamos a vagar por las calles de Tokio a las dos y media de la madrugada en busca de una panadería abierta. Sentada a mi lado, mi mujer no dejaba de escrutar ambos lados de la calle como un ave rapaz buscando una presa. En el asiento de atrás llevábamos una escopeta Remington que parecía un pez tumbado, largo y rígido. En los bolsillos del abrigo de mi mujer, las balas producían un ruido seco al entrechocar. También llevábamos unas gafas de esquí en la guantera. No tenía ni idea de qué hacía mi mujer con una escopeta, ni con esas gafas. Ni ella ni yo habíamos esquiado en nuestra vida. Ella no me explicó nada y yo tampoco le pregunté al respecto. En ese momento me di cuenta de que en la vida conyugal suceden muchas cosas extrañas.

A pesar de nuestra excelente infraestructura para el asalto, éramos incapaces de encontrar una panadería abierta. Conduje por calles desiertas desde Yoyogi hasta Shinjuku, desde Yotsuya hasta Akasaka, pasando por Aoyama, Hiroo, Roppongi, Daikanyama y Shibuya. En la madrugada de Tokio se veía todo tipo de gente y todo tipo de negocios, pero ni una panadería abierta. Al parecer, nadie en esta ciudad se dedicaba a hacer pan después de las doce.

Nos cruzamos en dos ocasiones con coches patrulla. Uno estaba parado y medio oculto a un lado de la calle. El otro nos adelantó a escasa velocidad. Me sudaban las axilas, pero mi mujer ni siquiera notó la presencia de la policía, entregada en cuerpo y alma como estaba a buscar una panadería. Cada vez que se movía, los muelles del asiento crujían como una de esas almohadas antiguas rellenas de cáscaras de trigo.

—¿Por qué no lo dejamos? —sugerí—. No vamos a encontrar ni una abierta a estas horas. Para este tipo de cosas, es mejor investigar antes...

—¡Para! —gritó de improviso.

Frené en seco.

—Lo haremos aquí —dijo sin inmutarse.

Miré a mi alrededor sin soltar las manos del volante. No vi nada parecido a una panadería. A ambos lados de la calle solo había tiendas cerradas a cal y canto con persianas metálicas negras. El silencio era absoluto. El letrero luminoso apagado de un barbero parecía flotar en la oscuridad como un ojo artificial medio torcido. Lo único que resplandecía en la zona era el cartel de un McDonald's doscientos metros más allá.

—Aquí no hay ninguna panadería —dije.

Ella no contestó. En lugar de eso abrió la guantera y sacó un rollo de cinta americana. Después salió del coche. Se agachó por la parte de delante, cortó varias tiras de cinta y tapó el número de la matrícula. En cuanto terminó, hizo lo mismo con la placa trasera. Se movía con agilidad, como si estuviera acostumbrada. Yo la observaba un tanto distraído.

—Asaltaremos el McDonald's —dijo con el mismo tono que hubiera utilizado para decir que íbamos a cenar allí.

—¡Pero eso no es una panadería!

—Como si lo fuera —replicó al entrar en el coche—. A veces no queda más remedio que hacer concesiones. Para delante de la puerta.

Avancé doscientos metros y detuve el coche en el aparcamiento del McDonald's. Solo había un Nissan Bluebird nuevo de color rojo. Mi mujer me entregó la escopeta envuelta en una manta.

—Jamás he disparado semejante cosa ni tengo intención de hacerlo —protesté.

—No hay ninguna necesidad de disparar. Tú ocúpate de llevarla y eso bastará para evitarnos problemas. Haz lo que te digo. Entraremos como si nada. En cuanto el empleado de turno nos salude, nos pondremos las gafas de esquí. Esa será la señal ¿Lo has entendido?

—Entendido, pero...

—Después apuntas a los empleados y los juntas con los clientes en un mismo sitio. Tienes que actuar rápido. Yo me encargo de todo lo demás. Confía en mí.

—Pero...

—¿Cuántas hamburguesas crees que nos harán falta? ¿Treinta bastarán?

—Supongo.

Cogí la escopeta con un suspiro. Levanté un poco la manta

para mirar debajo. Pesaba como un saco de arena y resplandecía a pesar de ser negra.

—¿De verdad es necesario hacer esto?

La pregunta iba dirigida tanto a ella como a mí mismo.

—Por supuesto que sí.

—¡Bienvenidos a McDonald's! —nos saludó una chica sonriente con uno de los gorros típicos de la cadena en la cabeza y un gesto estándar.

No pensaba que en el turno de noche trabajaran mujeres y al verla me sentí muy confundido. Sin embargo, no tardé en volver en mí y ponerme las gafas de esquí.

Al vernos de pronto a los dos con gafas oscuras nos miró con un gesto de pasmo. Resultaba obvio que el manual del empleado de la compañía no decía nada sobre cómo actuar en esas circunstancias. Parecía buscar la frase adecuada que venía tras el saludo, pero se había quedado petrificada y las palabras no le salían. A pesar de todo, su sonrisa preestablecida no se le borró de las comisuras de los labios, que le daban a su boca aspecto de luna en cuarto creciente.

Tan rápido como pude, quité la manta que envolvía la escopeta y me dirigí hacia las mesas. Allí solo había una pareja de estudiantes profundamente dormidos, con dos vasos de batido de fresa al lado perfectamente alineados como si fueran objetos de vanguardia. Más que dormidos parecían muertos. No iban a suponer ninguna molestia. En lugar de apuntarlos a ellos, dirigí el arma hacia el mostrador.

Había tres empleados en total: la chica que nos había saludado, el gerente, un tipo pálido de cara ahuevada que ya habría superado la mitad de la veintena, y otro en la cocina con aspecto de estudiante y rostro inexpresivo, que parecía una sombra escurridiza. Se acercaron los tres a la caja registradora, frente al cañón de la escopeta, con la mirada absorta como si fueran turistas contemplando los Baños del Inca. Nadie gritó. Nadie se lanzó sobre mí. Como la escopeta pesaba mucho, apoyé el cañón en la caja sin apartar el dedo del gatillo.

—Llévense todo el dinero —dijo el gerente con voz ronca—. Hemos ingresado la recaudación del día a las once de la noche, así que no hay gran cosa. De todos modos estamos cubiertos por el seguro.

—Baje las persianas de la entrada y apague las luces exteriores.

—Un momento —protestó el gerente—. No puedo hacerlo. Si cierro el restaurante sin consultarlo, tendré que asumir toda la responsabilidad.

Mi mujer repitió la orden más despacio.

—Será mejor que le haga caso —le advertí al verle tan indeciso.

Miró a mi mujer por unos instantes y después el cañón de la escopeta apoyado en la caja. Al final se resignó. Apagó la luz del letrero luminoso y presionó el botón que bajaba la persiana de la entrada principal. No le quité el ojo de encima, preocupado por que pudiera darle también al botón de llamada de la policía aprovechando el ruido de la persiana al bajar, pero, al parecer, los restaurantes de McDonald's no disponen de ese dispositivo. Tal vez hasta entonces a nadie se le había ocurrido la posibilidad de atracar uno de ellos.

Cuando cesó el ruido, un ruido que era como si alguien golpeara un cubo metálico con un bate de béisbol, miré a la pareja de estudiantes dormidos sobre la mesa y comprobé que ni se habían inmutado. No había visto dormir a nadie tan profundamente desde hacía tiempo.

—Treinta Big Mac para llevar —ordenó mi mujer.

—Le daré todo el dinero que tenemos. ¿Por qué no va con eso a otro restaurante y se lo pide a ellos? —protestó el gerente—. Si hago eso, voy a tener un verdadero problema con los libros de registro. Es decir...

—Será mejor que le haga caso —le repetí.

Los tres empleados entraron en la cocina y empezaron con el pedido. El más joven freía las hamburguesas, el gerente las colocaba en sus correspondientes panes y la chica los envolvía. Durante todo el proceso, nadie dijo una palabra. Me apoyé en una nevera grande y apunté con la escopeta hacia la plancha donde se freían las hamburguesas. Parecían un montón de lunares marrones siseantes. El olor dulzón de la carne frita se coló por los poros de mi piel como si fueran bacterias microscópicas. Se mezcló con el torrente sanguíneo y recorrió todo el cuerpo hasta llegar al centro mismo, a ese enorme vacío donde nacía el hambre. Allí se agarró a las paredes rosáceas de esa parte de mi anatomía.

Apilaban una hamburguesa tras otra y yo no pensaba más que en comerme un par de ellas, pero no estaba seguro de que hacer eso se ajustara a nuestro objetivo. Decidí esperar hasta que las treinta estuvieran terminadas. Hacía calor. Sudaba bajo las gafas de esquí, que me cubrían la cara como si llevara una máscara.

Los tres empleados miraban de reojo de vez en cuando el cañón de la escopeta. Me rasqué los oídos con la punta del dedo meñique de la mano izquierda. Cuando estoy nervioso, siempre me pican los oídos. Al hacerlo la escopeta se movía arriba y abajo. Ese movimiento les inquietaba. Tenía puesto el seguro. No había de qué preocuparse. Ellos no lo sabían, claro, y yo tampoco veía la necesidad de decírselo.

Mientras terminaban de preparar el pedido y yo los vigilaba, mi mujer se dedicaba a contar las hamburguesas ya listas para meterlas después en una bolsa de papel. En cada bolsa cabían quince.

—¿Por qué hacen esto? —me preguntó la chica—. ¿Por qué no se marchan con el dinero a otra parte y se compran lo que les apetezca? ¿Cómo van a comerse treinta Big Mac?

No le contesté. Me limité a sacudir la cabeza.

—Lo siento, pero no hemos encontrado ninguna panadería abierta —explicó mi mujer—. De haber encontrado una, la habríamos asaltado. Ese era nuestro objetivo.

No me pareció que la explicación ayudase a comprender mejor lo que ocurría, pero, en cualquier caso, no dijo nada más y los tres volvieron a concentrarse en su trabajo.

En cuanto las dos bolsas estuvieron llenas, mi mujer pidió dos Coca-Colas grandes y pagó las bebidas.

—No queremos robar nada excepto el pan —le aclaró mi mujer a la chica en la caja, que hizo un movimiento extraño con la cabeza que no supe interpretar si era de protesta o de asentimiento.

Tal vez fueran las dos cosas a la vez. Entendía cómo se sentía.

Mi mujer se sacó una fina cuerda del bolsillo (se había equipado a conciencia) y los ató con soltura, como si cosiera el botón de una camisa. Habían comprendido que de nada serviría protestar, por lo que los tres permanecieron en silencio, obedientes a todo lo que se les ordenaba.

—¿Duele? —preguntó mi mujer—. ¿Alguien necesita ir al baño?

Ninguno respondió. Envolví la escopeta con la manta. Mi mujer agarró las bolsas y salimos por debajo de la persiana. La pareja de estudiantes aún estaba sumida en el sueño, como si fueran peces abisales. Me pregunté qué podría sacarles de las profundidades.

Conduje media hora y nos detuvimos en el aparcamiento de un edificio cualquiera, donde comimos tranquilamente hasta saciarnos. Me llené el estómago con seis Big Mac. Mi mujer con cuatro. A pesar de la ingente comilona, en el asiento de atrás aún quedaban veinte. Esa hambre voraz que parecía que iba a perseguirnos hasta la eternidad terminó por esfumarse al alba. Las primeras luces del día tiñeron de un morado pálido la pared del edificio, como si estuviera cubierta de flores de glicinia. Un enorme cartel publicitario resplandecía: SONY BETA HI FI. A lo lejos se escuchaba el rumor de las ruedas sobre el asfalto de los camiones de largo recorrido que empezó a entremezclarse con el canto de los pájaros. En la radio de las Fuerzas Armadas Norteamericanas sonó música country. Compartimos un cigarrillo. Cuando nos lo terminamos, ella apoyó la cabeza en mi hombro.

—¿Era realmente necesario hacer esto? —le pregunté.

—Por supuesto.

Suspiró una sola vez y se quedó dormida. Su cuerpo era tan suave y ligero como el de un gato.

En cuanto me quedé solo, me asomé desde mi bote imaginario para contemplar el fondo del mar. El volcán submarino había desaparecido. La superficie del agua reflejaba el azul del cielo mientras olas pequeñas, como las arrugas de un pijama de seda mecido al viento, golpeaban su costado. Me tumbé y cerré los ojos. Esperé a que la marea subiera para llevarnos a algún lugar adecuado.

El comunicado del canguro

¿Qué tal, está bien?

Tenía el día libre, así que he aprovechado la mañana para ir al zoo que hay cerca de mi casa para ver los canguros. No es muy grande, pero tienen un poco de todo, desde gorilas a elefantes, aunque si uno busca llamas u osos hormigueros, es mejor ahorrarse la visita. Allí no hay nada de eso. Tampoco impalas, hienas o leopardos.

A cambio hay cuatro canguros.

Uno de ellos es un recién nacido de apenas dos meses de vida. Los otros, un macho y dos hembras. No tengo ni idea de cómo está organizada la familia.

Siempre que los veo me pregunto cómo se sentirá uno siendo canguro y eso me produce una gran inquietud. ¿Por qué demonios tienen que saltar de esa manera tan extraña en un lugar dejado de la mano de Dios como Australia? ¿Solo para que los maten con un palo al que llaman boomerang?

No lo entiendo. En cualquier caso, no tiene demasiada importancia. No se trata de un gran problema. Como mínimo, no tiene mucho que ver con el asunto del que pretendo hablarle.

De todos modos, quería decirle que, al contemplar a los canguros, sentí la necesidad de escribirle. Quizá le extrañe y se pregunte por qué se me ocurrió algo así en ese momento o la relación que hay entre los canguros y usted. No se preocupe por eso, se lo ruego. Los canguros son canguros y usted es usted. No hay una relación directa, nada que pudiera llamar la atención de nadie.

Me explicaré. Entre los canguros y el hecho de escribirle una carta median treinta y seis delicados pasos. Al dar el último de esos pasos sentí el impulso de escribirle. Por mucho que se los detalle, imagino que no llegaría a entenderlos del todo y tampoco yo los recuerdo uno a uno porque eran, ni más ni menos, treinta y seis.

Si se hubiera roto el orden durante el proceso, no le habría escrito esta carta. Estoy convencido. O tal vez se me hubiera ocurrido montarme a lomos de un cachalote en pleno océano Antártico. Tal vez le habría pegado fuego al estanco de cerca de mi casa. Quién sabe. Sin embargo, la consecución de esas treinta y seis casualidades me llevan a enviarle esta carta.

¿No le resulta extraño?

En primer lugar, permítame que me presente.

Tengo veintiséis años y trabajo en el departamento de control de calidad de unos grandes almacenes. El trabajo, estoy seguro de que se lo imaginará sin demasiadas dificultades, resulta muy aburrido. Lo primero que debo hacer es comprobar la mercancía que el departamento de compras decide almacenar y verificar que no hay irregularidades. Así prevenimos una posible colisión entre ellos y los proveedores, aunque mi responsabilidad real no es tan crucial como quizá pueda deducirse de estas frases. Es posible que antes la cosa fuera distinta, pero en la actualidad los grandes almacenes tratan con artículos muy variados, desde cortaúñas hasta botes neumáticos con motor, y encima cambian todo el tiempo de una cosa a otra. Si nos dedicásemos a examinar en detalle cada uno de los artículos, por mucho que el día tuviera sesenta y cuatro horas y uno ocho manos, jamás terminaríamos. Por eso la empresa tampoco se muestra demasiado exigente con nuestro departamento y el trabajo resulta sencillo, como quitarse unas zapatillas de velcro o picar algo de comer. Eso es lo que puedo decir sobre el control de calidad.

El trabajo consiste, sobre todo, en recibir quejas e investigar la razón de cada una de ellas. Debemos buscar la causa, transmitir la queja a la marca o tomar la decisión de no comprar más dicho artículo. Le daré algunos ejemplos: unas medias que se rompen a la primera de cambio; un oso de juguete cuyo mecanismo se desbarata con una simple caída; un albornoz que encoge a la mitad después del primer lavado. Cosas así.

Imagino que no lo sabrá, pero acabamos hartos de tantas quejas. Yo solo me ocupo de determinados artículos, pero en unos grandes almacenes es tal la cantidad, que uno solo no puede hacerse cargo. En el departamento somos cuatro y no exagero si le digo que las quejas nos persiguen desde que entramos por la mañana hasta que salimos por la tarde. Parecen animales hambrientos. De entre todas, algunas tienen fundamento y otras no. Habría un tercer tipo que es más difícil de definir.

Las clasificamos en tres niveles: A, B y C. Tenemos tres cajas etiquetadas con esas letras donde separamos las cartas que nos llegan. A esta fase del trabajo la llamamos «evaluación racional estimativa en tres niveles». Una broma entre nosotros sin mayor trascendencia.

En cualquier caso, le explicaré cómo funcionan los tres niveles:

A: Quejas razonables. Son casos en los que nos vemos en la obligación de asumir nuestra responsabilidad. Vamos a la casa del cliente con una caja de dulces para pedir disculpas y le cambiamos el artículo en cuestión.

B: Casos límite. En caso de duda, tratamos de asegurarnos. Si no sentimos una obligación moral o no existen precedentes comerciales o legales respecto a la queja, adoptamos medidas apropiadas que no pongan en cuestión la imagen de los grandes almacenes para evitar así complicaciones innecesarias.

C: Negligencia de los clientes. En esos casos, les explicamos cuál ha sido su error y les pedimos que retiren la queja.

En su caso, examinamos con suma atención la queja que nos envió hace unos días y al final llegamos a la conclusión de que reunía todas las características para ser clasificada entre las de tipo C. Las razones fueron, preste atención, las siguientes: un disco ya adquirido (1.ª), comprado una semana antes (2.ª), no se puede cambiar sin recibo (3.ª). ¡No lo haría nadie en ningún lugar del mundo!

¿Entiende lo que quiero decir?

Con esto concluyo la explicación sobre el estado de su queja. Ha sido debidamente procesada y rechazada.

No obstante, al margen del punto de vista profesional (para ser sincero, a menudo me alejo de esa perspectiva), mi reacción personal al explicarnos que se equivocó al comprar una sinfonía de Mahler en lugar de una de Brahms, me provoca una profunda compasión. No le miento. Por eso he decidido no enviarle una de las miles de cartas anodinas que enviamos a diario, sino una personal y hasta cierto punto íntima.

A decir verdad, he empezado con esta carta en varias ocasiones a lo largo de esta semana. «Lamentamos mucho informarle de que dada la política comercial de la compañía no es posible cambiar el disco como usted solicita. No obstante, la carta que nos ha enviado me ha llegado al corazón. Personalmente, bla, bla, bla...» Empezaba más o menos así y después me sentía incapaz de continuar. No se me da mal escribir. Quizá no debería decirlo, pero creo que, de hecho, se me da bien. No sufro especialmente cuando debo escribir una carta, pero en este caso no encontraba las palabras adecuadas. Todo lo que se me pasaba por la cabeza me parecía un desatino. La corrección de las frases no dejaba traslucir mis sentimientos. Una vez terminada, metida en el sobre y franqueada, la tiré varias veces a la papelera.

Por eso me decidí finalmente a no hacerlo. Quiero decir, me parecía mejor no decir nada si no lograba expresarme de una manera satisfactoria. ¿No está de acuerdo conmigo? Yo estoy convencido de ello. Un mensaje imperfecto es como un horario de trenes con errores. Mejor nada que eso.

Esta mañana, en cambio, delante de la jaula de los canguros en el zoo he tenido una revelación después de completar el proceso de las treinta y seis casualidades. A saber, un principio que podría llamar «nobleza de la imperfección».

Qué es eso, se preguntará. Y es muy lógico que lo haga. Para simplificar, algo así como cuando alguien perdona a alguien. Yo perdono a los canguros, los canguros le perdonan a usted y usted me perdona a mí. Es un ejemplo de lo que pretendo decir.

No se trata de un círculo permanente, por supuesto. Tal vez los canguros decidan en algún momento que ya no quieren perdonarle y no debe enfadarse con ellos. La culpa no es suya ni de usted. Tampoco mía. Los canguros tienen sus complejas razones, sus circunstancias. ¿Cómo reprochárselo?

Solo nos queda aprovechar el momento. Hacerlo y sacar una instantánea para guardarla en la memoria. De izquierda a derecha, en fila, estaríamos usted, los canguros y yo.

Finalmente me he resignado a no escribir nada. No me lleva a ninguna parte y tampoco me sirven las frases hechas que se usan en el lenguaje de oficina. No confío en las palabras. Por ejemplo, la palabra «casualidad». Lo que interpreta usted al leerla es completamente distinto a lo que interpreto yo y viceversa. ¿No le parece injusto? Yo me he bajado los pantalones, pero usted solo se ha desabrochado tres botones de la camisa. Piense lo que piense, ¿no le parece injusto? No me gustan las injusticias. Es obvio que el mundo es injusto, pero al menos trato de no participar en la injusticia voluntariamente. Es mi actitud ante la vida.

Por eso he decidido grabarle mi mensaje en una cinta magnetofónica.

(Silba ocho compases de La marcha del coronel Bogey.)

¿Qué tal, me oye bien?

En realidad no sé qué pensará al recibir esta carta, bueno, mejor dicho, esta cinta. No me lo puedo imaginar. A lo mejor le fastidia. ¿Por qué? Porque no es habitual que un empleado del departamento de control de calidad de unos grandes almacenes le envíe a un cliente una cinta magnetofónica en respuesta a su queja, que, además, es un mensaje personal. Sin duda, se trata de algo excepcional e incluso puede resultar absurdo. Si le desagrada, si le molesta y decide enviársela a mi jefe, le aseguro que mi situación en la empresa resultaría de lo más delicada.

En cualquier caso, si es lo que quiere hacer, adelante, por favor. No me enfadaré ni le guardaré rencor.

Mi posición y la suya son equiparables al cien por cien. ¿Estamos de acuerdo? Quiero decir, yo tengo derecho a escribirle y usted tiene derecho a amenazar mi sustento. ¿No le parece? Justo, ¿verdad? Asumo toda la responsabilidad de mis actos. No se trata de una broma ni de una travesura.

Por cierto, me había olvidado de decírselo. He decidido llamar a esta especie de carta «el comunicado del canguro».

Todo necesita un nombre, ¿no cree?

Supongamos, por ejemplo, que lleva un diario. En lugar de escribir entradas muy largas del tipo: «Hoy me ha llegado la respuesta del departamento del control de calidad de los grandes almacenes grabada en una cinta magnetofónica por uno de sus empleados...», podría anotar: «He recibido el comunicado del canguro». Un nombre fácil de recordar, maravilloso. ¿No le parece un acierto llamarlo así? Es como si un canguro hubiera venido a saltos desde el otro extremo de la llanura con su tripa llena de cartas.

¡Pom, pom, pom! *(Ruido de golpes en una mesa.)*

Esto es una llamada.

¡Toc, toc, toc!

¿Ha entendido? Llamo a la puerta de su casa. Si no quiere abrirme, no tiene por qué hacerlo. No le miento. Le aseguro que no me importa si no lo hace. Si no quiere escuchar más, pare la grabación y tírela a la basura. Tan solo me gustaría sentarme a la puerta de su casa y hablar un rato. Nada más. No sé si escucha o no y no tengo forma de saberlo. De todas maneras, como no lo sé, da igual. ¡Ja, ja, ja! Es otra prueba de que la situación es justa. Ejerzo mi derecho a hablar y usted el suyo a no escuchar.

En fin. Lo haremos igualmente. He llamado a la puerta y confirmo que usted ejerce su derecho a no contestar.

Sin embargo, la imperfección es difícil de soportar. Nunca había pensado que hablar para un micrófono sin una idea previa o un guión pudiera resultar tan duro. Me siento como si regara el desierto con un vaso de agua. No se nota nada, no hay reacción ni respuesta.

Por eso le voy a hablar ahora de las agujas del vúmetro. Sabe qué son las agujas del vúmetro, ¿verdad? Son esas agujas de un aparato de audio que se mueven en función del volumen. No sé qué quieren decir exactamente las letras VU, pero sea lo que sea son las únicas que reaccionan a mi discurso.

Esa pareja de agujas, V y U, cada una por su lado, son muy estrictas. Sin V no puede haber U y viceversa. Nada más. El suyo es un mundo maravilloso. Les da igual lo que piense, lo que diga, a quién me dirijo. Lo único que les interesa es cómo reverbera mi voz en el aire. Para ellas existo porque el aire se mueve.

¿No es una maravilla?

Al observarlas, siento que debo hablar mientras pueda. Da igual lo que diga. Por muy equivocado o imperfecto que sea mi discurso, no les preocupa. Su función es captar un temblor en el aire, no un significado. Solo un temblor. Ese es su alimento.

¡Buf!

Por cierto, el otro día vi una película lamentable. Era la historia de un cómico al que nadie le reía las gracias por mucho que se esforzara. Nada de nada, ¿se da cuenta?

En fin. Al hablarle de esta manera al micrófono, me he acordado de la película.

Es extraño.

Un mismo papel puede resultar gracioso en un cómico, hasta provocar un ataque de risa, pero interpretado por otro nada de nada. ¿No le parece curioso? He pensado en ello y he llegado a la conclusión de que se trata de algo innato. Es decir, algo parecido a lo que sucede con una persona que tiene la curvatura de los tres canales semicirculares del oído algo desplazada en relación con la de otra persona.

A veces pienso que con un don así sería muy feliz. Se me ocurren cosas graciosas y yo mismo me parto de risa, pero si lo traslado a palabras y se lo digo a otra persona no resulta gracioso en absoluto. Me siento como el hombre de arena de Egipto.

¿Conoce el hombre de arena de Egipto?

Se lo explicaré. Fue un príncipe de aquel país que nació hace mucho tiempo, en la época de las pirámides y de las esfinges, pero como era muy feo, terriblemente feo, el rey lo repudió y lo abandonó en lo más profundo de una selva. El príncipe sobrevivió con la ayuda de un mono o de un lobo, algo así. Es un cuento corriente. Al final, no se sabe bien por qué, se convirtió en un hombre de arena. Todo lo que tocaban sus manos se convertía en arena. La brisa se convertía en polvo, los riachuelos de agua se transformaban en un flujo de arena y los prados verdes se secaban para convertirse en desiertos. Esa es la historia. ¿La conocía? No, ¿verdad? Es que me la acabo de inventar. ¡Ja, ja, ja!

Cuando le hablo me siento así. Todo lo que toco se convierte en arena, arena, arena, arena, arena, arena...

Me parece que vuelvo a hablar demasiado de mí mismo. No hay remedio, ¿no cree? En realidad, no sé prácticamente nada de usted. Solo su nombre y su dirección. Nada sobre su edad, sus ingresos anuales, la forma de su nariz, si está delgada o gorda, casada o soltera, aunque en realidad nada de eso importa demasiado. Por otro lado, mejor así. A ser posible, me gustaría mantener las cosas en este nivel de sencillez y simpleza.

Tengo su carta en mis manos.

Eso me basta.

Es un ejemplo poco afortunado, pero al igual que hacen los biólogos en la jungla para deducir la dieta de los elefantes, sus hábitos, su peso e incluso su actividad sexual, con la toma de muestras de sus excrementos, yo deduzco su existencia gracias a una única carta. Cosas poco relevantes como su aspecto físico o el perfume que utiliza no soy capaz de adivinarlas. Hablo de su esencia.

Su carta me fascinó. Su estilo, su letra, la puntuación, el interlineado, la retórica. Todo era perfecto. No quiero decir brillante, tan solo perfecto. No cambiaría nada. Leo más de quinientas cartas e informes relacionados con quejas al mes, pero, honestamente, nunca hasta ahora había leído nada tan emocionante como su carta. Me la llevé a casa a escondidas y la leí muchas veces, hasta el más mínimo detalle. Como era breve, no me supuso demasiado esfuerzo. Al analizarla, comprendí muchas cosas. En primer lugar: hace un uso considerable de los puntos. 6,36 puntos por cada coma. ¿No le llama la atención? No se trata solo de eso, sino de que su forma de usarlos no atiende a normas.

No me gustaría que piense que me burlo de usted. Tan solo le manifiesto mi emoción.

Eso es: estoy emocionado.

Y tampoco se trata de las comas, sino de que todos los elementos de su carta, hasta una mancha de tinta, me conmueven, me sacuden.

¿Por qué?

En resumen, porque usted no está en la carta. Claro que hay una historia: una chica, tal vez una mujer, se equivoca al comprar un disco. Se da cuenta, una semana más tarde, de que la música allí grabada no es la que quería. Vuelve a donde lo compró, pero la dependienta no se lo cambia y por eso escribe una carta de queja. Esa es la historia.

Hasta que comprendí lo ocurrido tuve que leerla tres veces. Era una situación completamente distinta a las que tratamos habitualmente. Una queja suele responder a un patrón determinado. En general se nota un tono arrogante, uno servil o uno argumentativo, pero sea cual sea se aprecia, digamos, el núcleo existencial de la persona que manifiesta su queja. Alrededor del eje central de ese núcleo se componen muchos tipos diversos de quejas. No le miento. He leído cientos, si no miles, de cartas así. Incluso podría decir que soy una autoridad en la materia. Sin embargo, en mi opinión, la suya no se puede considerar una queja como tal porque no encuentro la conexión entre lo que escribe y usted. Es como un corazón desconectado de las arterias, como una bici sin cadena.

Para serle sincero, me desorienta, me llena de dudas. No entiendo si su objetivo es el de plantear una queja, hacer una confesión, una declaración o establecer los puntos principales de una tesis. Su carta me recuerda a una de esas fotos tomadas en lugares donde se ha cometido una masacre, pero sin pie, sin comentarios ni un artículo que la acompañe. Solo una imagen plagada de muertos en una calle desconocida de un país desconocido.

Ni siquiera sé qué pretende. Su carta me resulta difícil, confusa, como un hormiguero construido a toda prisa. No ofrece ni una sola pista para saber por dónde empezar a descifrarla. ¡Bravo! Es admirable.

¡Pum, pum, pum...! Una verdadera masacre.

Bueno, ahora simplificaremos un poco el asunto.

Quiero decir, su carta me excita sexualmente.

Eso es, sexualmente.

Me gustaría hablar de sexo.

¡Toc, toc, toc! *(Llamada a la puerta.)*

Si no le interesa, no tiene más que detener la cinta. Me callaré durante diez segundos y después volveré a hablar a las agujas del vúmetro. Si no quiere escuchar, no tiene más que detener la cinta en ese intervalo de diez segundos de silencio, tirarla o enviarla a los grandes almacenes. ¿De acuerdo? Ahora, silencio.

(Silencio de diez segundos.)

Empiezo.

Las patas delanteras son cortas y con cinco dedos. Las traseras son mucho más grandes con solo cuatro dedos. El cuarto dedo está hipertrofiado y el segundo y tercero son mucho más pequeños, conectados entre sí.

... Es la descripción de las patas de un canguro. ¡Ja, ja, ja!

Ahora hablaremos de sexo.

Desde que me llevé su carta a casa, solo pienso en dormir con usted. Me imagino que al meterme en la cama está a mi lado y al despertarme con la luz de la mañana sigue ahí. Abro los ojos

y oigo el sonido de la cremallera de un vestido al subir. Pero yo
—se lo digo como alguien que trabaja en un departamento de
control de calidad, no hay nada más delicado que las crema-
lleras de los vestidos— vuelvo a cerrar los ojos y finjo dormir.
No puedo verla. Cruza la habitación y desaparece en el baño.
Al fin abro los ojos. Luego me levanto para desayunar y me
voy a la oficina.

De noche está todo tan oscuro —he instalado una persiana
especial que oscurece por completo—, que no veo nada, tampoco su cara, por supuesto. Sigo sin saber su edad, su peso, de
manera que tampoco he podido tocar su cuerpo.

Me da igual.

A decir verdad, me da igual si hacemos el amor o no.

... Bueno, no es cierto.

Déjeme que piense un poco más en ello.

De acuerdo, las cosas están así. Me gustaría tener relaciones
sexuales con usted, pero al mismo tiempo no me importa no
tenerlas. Como le dije antes, quisiera mantenerme en la posición
más justa posible. No quiero presionar a nadie, ni que nadie me
presione a mí. Me basta con notar su presencia a mi lado o cómo
su forma de puntuar me da vueltas en la cabeza.

¿Lo entiende?

Trataré de explicarme.

A veces, cuando pienso en entidades, en entidades separadas,
siento como si me rompiera en pedazos.

Por ejemplo. Tomo un tren. El vagón al que subo está atestado de gente. Al principio son solo otros pasajeros que se diri-
gen de Aoyama y Chobe a Akasakamitsuke. A veces me preocu-
po por sus existencias individuales. Me pregunto quién será esa
persona, quién esa otra, por qué habrán tomado la línea Ginza.
Cosas así. Entonces siento que no puedo más, no puedo ahu-
yentar mis preocupaciones, la lástima que siento por aquel oficinista de enfrente al que ya se le notan las entradas, por la chica
a la que se le notan demasiado los pelos de las piernas. ¿Se depi-
lará solo una vez a la semana? ¿Por qué ese tipo que se ha sentado frente a mí lleva una corbata que no pega nada con la cami-

sa? Cosas así. Al final me dan temblores y me gustaría saltar del tren en marcha. Hace poco —imagino que se reirá de mí— estuve a punto de tirar de uno de los frenos de emergencia que hay junto a las puertas.

Aunque le cuente esto, no quiero que piense de mí que soy un tipo nervioso o un sensible. Desde luego, no más que cualquier otro. Soy un tipo corriente, un oficinista del montón, como los miles y miles que existen en cualquier parte. Trabajo en el departamento de control de calidad de unos grandes almacenes atendiendo las quejas de los clientes.

Tampoco tengo problemas sexuales. No puedo afirmarlo con rotundidad porque nunca he sido una persona distinta de mí. Desde esa perspectiva me considero demasiado normal. Tengo relación con una mujer a la que casi puedo considerar mi novia desde hace cerca de un año. Nos acostamos juntos dos veces por semana y los dos estamos satisfechos con nuestra relación. Sin embargo, me esfuerzo en no pensar demasiado en ella. No tengo ninguna intención de casarme. De hacerlo, empezaría a preocuparme por todos los detalles de su vida, y si eso llegase a ocurrir, pensaría que las cosas ya no van bien. ¿Cómo se puede continuar una relación si te preocupas de los dientes de tu pareja, de la forma en que se arregla las uñas? ¿No cree?

Permítame que hable un poco más de mí.

En esta ocasión no hay llamada a ninguna puerta.

Ya que ha escuchado hasta aquí, le ruego que escuche hasta el final.

Un momento, por favor. Voy a fumar.

¡Trac, trac, trac!

Hasta ahora nunca he hablado demasiado de mí y tampoco lo he hecho nunca con tanta honestidad. Es la primera vez. No me parece que les interese a otras personas y tampoco muestra nadie demasiado interés en mí.

¿Por qué le hablo entonces a usted?

Como he dicho hace poco, mi objetivo es cumplir con esa nobleza de la imperfección de la que le hablaba.

¿A qué se refiere la nobleza de la imperfección?

A su carta y a cuatro canguros.

Canguros.

Los canguros son unas criaturas fascinantes. Me paso las horas muertas observándolos y no me aburro. En ese sentido, los canguros se parecen mucho a su carta. ¿En qué pensarán sin dejar de pegar saltos todo el día, encerrados en una jaula y cavando un agujero tras otro? ¿Para qué hacen todos esos agujeros? Para nada. Escarban y punto. ¡Ja, ja, ja!

Los canguros solo tienen una cría por embarazo, de manera que tan pronto como nace, la hembra vuelve a quedarse preñada. De no ser así, su población no se mantendría. Eso quiere decir que las hembras de canguro se pasan la vida preñadas o criando a su descendencia. Si no está preñada, está criando. Si no está criando, está preñada. La única razón de su existencia es perpetuar la especie. De no ser así no existirían, por eso se empeñan tanto en su objetivo.

Es extraño.

Me voy por las ramas. Lo siento.

Le hablaré un poco más de mí mismo.

En realidad, estoy muy descontento por ser quien soy. No tiene nada que ver con mi aspecto o con mis capacidades, con mi estatus social ni nada de eso. Solo tiene que ver con la persona que soy. Me parece muy injusto.

Sin embargo, no quisiera que piense de mí que soy alguien en perpetuo estado de insatisfacción. No tengo queja respecto a mi trabajo o al salario que recibo. El trabajo es aburridísimo, pero lo mismo que casi todos. El dinero no es la principal de mis preocupaciones.

Se lo diré claramente.

Me gustaría estar en dos sitios a la vez. Es mi único deseo. Aparte de eso, no deseo ninguna otra cosa.

No obstante, por ser quien soy, mi personalidad dificulta la consecución de ese deseo. ¿No le parece un motivo de infelicidad? Mi deseo, como mínimo, es irrealizable. No pretendo gobernar el mundo, tampoco convertirme en un artista genial. No quiero surcar los cielos ni nada por el estilo. Solo deseo estar en dos lugares al mismo tiempo. No en tres o en cuatro, tan solo en dos. ¿Lo entiende? Me gustaría escuchar a una orquesta sinfónica en una gran sala de conciertos y al mismo tiempo patinar. Me gustaría seguir con mi trabajo y al mismo tiempo preparar esas hamburguesas del McDonald's de cuarto de libra. Me gustaría hacer el amor con mi novia y al mismo tiempo hacerlo con usted. Me gustaría llevar una existencia normal y al mismo tiempo distinguirme como una individualidad separada.

Permítame que me fume otro cigarrillo.
¡Fffff!
Estoy un poco cansado.
No estoy acostumbrado a sincerarme así.
Solo queda una cosa que me gustaría aclarar. No siento deseo sexual hacia usted. Como le he dicho hace poco, me enfada el hecho de ser simplemente yo y nada más. Ser una sola entidad individualizada es muy desagradable. No soporto los números impares, por lo que no me gustaría hacer el amor con usted, que también es una entidad única, individual.

Si nos dividiésemos en dos y pudiéramos pasar los cuatro resultantes una noche en la cama sería maravilloso. ¿No cree? De suceder algo así, creo que podríamos hablar honestamente de muchas cosas.

Por favor, no se tome la molestia de responderme. Si tiene ganas de hacerlo, hágalo como si dirigiera una carta de queja a la empresa. Si no hay nada de lo que quiera quejarse, invéntese algo.
En ese caso, adiós.

(Ruido de interruptor.)

He vuelto a escuchar la grabación. A decir verdad, estoy sumamente insatisfecho. Me siento como el cuidador de un acuario que deja morir a una foca por pura negligencia. Por eso dudo si enviarla o no.

Incluso después de haber decidido hacerlo, aún dudo.

Me he esforzado por cumplir con la imperfección. He renunciado a ser perfecto, así que no me queda otra que tratar de ser feliz con mi decisión. Me gustaría compartir esa imperfección con usted y con los cuatro canguros. Eso es todo.

(Ruido de interruptor.)

Sobre el encuentro con una chica
cien por cien perfecta en una soleada
mañana del mes de abril

Una soleada mañana del mes de abril me crucé con una chica cien por cien perfecta en una bocacalle del distrito de Harajuku.

A decir verdad, ni era tan guapa, ni tenía nada llamativo, ni vestía de una manera especial. Su pelo aún estaba un poco revuelto a la altura de la nuca a causa del sueño. No era tan joven, rondaría los treinta, así que para hablar con propiedad no debería referirme a ella como una chica. Fuera como fuera, cuando estaba a unos cincuenta metros de distancia me di cuenta: era cien por cien perfecta para mí. Desde el momento en que la vi, mi corazón se puso a brincar como si la tierra se moviera bajo mis pies, se me secó la boca, transformada, de pronto, en un desierto.

Tal vez tú tengas definido el tipo de chica que te gusta. Por ejemplo, las de tobillos finos, ojos grandes, con las manos estilizadas, tal vez, y puede que ni sepas por qué, las que comen despacio. A mí también me gustan las chicas así, por supuesto. En ocasiones estoy en un restaurante y me quedo embelesado cuando veo la nariz de una chica sentada cerca.

Sin embargo, nadie puede decir que su chica perfecta al cien por cien corresponda a un tipo preconcebido. Es curioso, no recuerdo la forma de su nariz. En realidad, ni siquiera recuerdo si tenía o no. Solo me acuerdo de que no era muy guapa. Qué extraño.

—Ayer me crucé en la calle con la chica cien por cien perfecta —le dije a alguien.

—¿De verdad? ¿Era guapa? —me preguntó.

—En realidad no.

—Entonces, es que era tu tipo.

—No lo sé. No recuerdo nada de ella, sus ojos, si tenía mucho pecho o poco.

—¡Qué extraño!

—Sí, muy raro.

—Y —continuó un poco aburrido—, ¿hiciste algo? ¿Hablaste con ella? ¿La seguiste?

—No, nada. Solo nos cruzamos.

Ella venía en dirección este y caminaba hacia el oeste. Yo al contrario. Era una preciosa mañana de abril.

Me hubiera gustado hablar con ella aunque solo fuera media hora. Saber algo de su vida, contarle de la mía. Sobre todo, explicarle los complejos mecanismos del destino que nos llevaron a cruzarnos en una calle de Harajuku en una soleada mañana de 1981. Todas esas cosas debían ocultar cálidos secretos, como el mecanismo de los relojes antiguos cuando el mundo aún vivía en paz.

Después de charlar, habríamos ido a almorzar a alguna parte, quizás a ver una película de Woody Allen o al bar de un hotel a tomar un cóctel. Si todo hubiera ido bien, quizás hubiera tenido la oportunidad de acostarme con ella.

La posibilidad llamaba a las puertas de mi corazón.

La distancia entre nosotros se redujo a unos quince metros.

¿Cómo podía abordarla? ¿Qué decir?

«Hola, ¿no dispondrás de treinta minutos para hablar conmigo?»

Ridículo. Suena a vendedor de seguros.

«Disculpe, ¿por casualidad no sabrá si hay por aquí una tintorería abierta las veinticuatro horas?»

Igual de absurdo. Para empezar, ni siquiera llevaba una bolsa con ropa sucia. ¿Cómo iba a tragarse semejante excusa?

Tal vez lo mejor fuera la honestidad.

«Hola. Eres la chica cien por cien perfecta para mí.»

Tampoco hubiera servido. Es probable que no se lo hubiera tragado y, en caso de que sí, lo más seguro es que no hubiera querido hablar conmigo. Podría haberme dicho:

«Aunque yo sea cien por cien perfecta para ti, tú no lo eres para mí. Lo siento».

Es más que probable. De encontrarme en esa situación, no habría sabido qué hacer, seguro, habría estado perdido. Quizá no hubiera podido recuperarme nunca de semejante golpe. Tengo treinta y dos años y hacerse mayor trae consigo este tipo de cosas.

Me crucé con ella frente a una floristería. Una pequeña bolsa de aire cálido me acarició la piel. El asfalto de la calle estaba mojado y desprendía un aroma a rosas. Fui incapaz de decirle nada. Llevaba un jersey blanco y un sobre también blanco sin franquear en la mano derecha. Había escrito a alguien. Tenía ojos de sueño. Quizá se había pasado la noche en vela escribiendo. Puede que ese sobre encerrase todos sus secretos.

Después de avanzar unos pasos, me di media vuelta para mirarla, pero su figura se había desvanecido entre la multitud.

En este momento sé cómo debería haberme dirigido a ella, obvio, pero las frases resultan demasiado largas, así que mis opciones de hacerlo sin equivocarme hubieran sido más bien escasas. No se me ocurren cosas prácticas.

De todos modos, la cosa podría empezar con un «Érase una vez» y terminar con una pregunta: «Una historia triste, ¿no te parece?».

Érase una vez un chico y una chica. El chico tenía dieciocho años y ella dieciséis. Ninguno de los dos era muy agraciado, más bien chicos solitarios de los muchos que existen en cualquier parte. Sin embargo, cada uno por su lado creía firmemente que en algún lugar del mundo existía un chico o una chica cien por cien perfectos para ellos. Sí. Creían en los milagros. De hecho, el milagro ocurrió como esperaban.

Un día se cruzaron casualmente en la esquina de una calle.

—¡Es increíble! —dijo él—. Te he buscado durante toda mi vida. A lo mejor no me crees, pero eres mi chica cien por cien perfecta.

—Y tú el chico cien por cien perfecto para mí —respondió ella—. Te había imaginado tal cual, hasta el más mínimo detalle. Parece un sueño.

Se sentaron en un banco del parque. Entrelazaron sus manos y hablaron sin parar durante horas. Ya no estaban solos. Habían encontrado a la persona cien por cien perfecta, la querían y eran correspondidos. Querer a alguien y ser correspondido. ¡Qué cosa tan maravillosa! Es un milagro. Un milagro de dimensiones cósmicas.

Sin embargo, la sombra de una duda cruzó el corazón de ambos. ¿Era bueno que un sueño se hiciese realidad con tanta facilidad?

Cuando la conversación se detuvo unos instantes, el chico aprovechó para decir:

—¿Por qué no probamos si de verdad somos cien por cien perfectos el uno para el otro? Estoy seguro de que volveremos a encontrarnos y, cuando eso suceda, nos casaremos. ¿Qué te parece?

—Estoy de acuerdo —respondió ella.

Después de eso se separaron. Uno se marchó en dirección este, el otro hacia el oeste.

Pero la verdad es que no tenían ninguna necesidad de demostrarse nada. De hecho, no deberían haberlo intentado siquiera, porque eran los amantes perfectos y haberse encontrado era un milagro. El problema radica en que eran demasiado jóvenes para darse cuenta. Las olas frías y crueles levantadas por el destino empezaron a sacudirles sin piedad.

Un invierno pillaron una gripe terrible y después de debatirse varias semanas entre la vida y la muerte terminaron por perder la memoria. Cuando despertaron, sus cabezas estaban tan vacías como la hucha de D.H. Lawrence en su niñez.

Sin embargo, eran jóvenes, sensatos y pacientes, de manera que, después de muchos esfuerzos, adquirieron nuevos conocimientos y sentimientos que les permitieron volver a integrarse en la sociedad. ¡Válgame el cielo! Se convirtieron en ciudadanos modélicos, que sabían cómo cambiar de línea de metro y enviar una carta urgente en una oficina de correos. De hecho, volvieron a vivir la experiencia del amor, un amor entre un 75 y un 85 por ciento perfecto.

El tiempo pasó. El chico cumplió treinta y dos años y la chica treinta.

El tiempo pasó a una velocidad de vértigo.

Una preciosa y soleada mañana del mes de abril, mientras buscaba un lugar donde tomarse el café para empezar el día en una bocacalle del distrito de Harajuku, el chico caminaba hacia el oeste y la chica en dirección contraria, hacia la oficina de correos donde debía enviar una carta urgente. Se cruzaron en mitad de la calle. El tenue destello de un recuerdo perdido iluminó por un instante sus corazones, que dieron un vuelco. Lo supieron.

Ella es cien por cien perfecta para mí.

Él es cien por cien perfecto para mí.

Sin embargo, ese destello era tan débil que las palabras no pudieron brotar con la misma facilidad que catorce años antes. No se dijeron nada y se desvanecieron entre la multitud. Para siempre.

Una historia triste. ¿No le parece?

Sí. Eso es lo que debería haberle dicho.

Sueño

Ya han pasado diecisiete días desde que no puedo dormir. No hablo de insomnio. Sé algo sobre el insomnio. Cuando estudiaba en la universidad, padecí algo parecido. Digo algo parecido, porque no estoy segura de que coincida del todo con lo que la gente suele llamar insomnio. Si hubiera ido a un hospital, sin duda me habrían aclarado de qué se trataba, pero lo cierto es que no fui. No me iba a servir de nada. Lo sabía a pesar de no tener ninguna razón especial para pensar algo así. Intuía que era inútil, por eso ni siquiera se lo dije a mi familia o a mis amigos. De haberlo hecho, me habrían recomendado ir al médico cuanto antes.

Aquella cosa parecida al insomnio duró cerca de un mes, un tiempo en el que no disfruté de nada que se pueda considerar un sueño decente. Me acostaba por la noche con el firme propósito de dormir y, al instante, como por un acto reflejo, me despertaba. Cuanto más me esforzaba, peor. Probé con el alcohol y con las pastillas sin ningún resultado.

Cuando ya estaba a punto de amanecer, dormitaba un poco, pero no era un sueño de verdad. Como mucho tenía la impresión de acariciarlo con las yemas de los dedos. Mi conciencia seguía despierta y me veía a mí misma al otro extremo de la habitación separada por un fino tabique. Mi cuerpo flotaba en la tenue luz de la mañana, a pesar de lo cual aún notaba claramente mi respiración. El mío era un cuerpo que se esforzaba por dormir dominado por una conciencia en alerta constante.

Esa especie de duermevela duraba todo el día. Tenía la cabeza envuelta en una niebla permanente. Era incapaz de calcular la distancia exacta de las cosas, la cantidad, el tacto. La somnolencia me llegaba por oleadas, a intervalos exactos. Me quedaba dormida sin querer en el tren, en el pupitre de clase, en mitad de una cena. La conciencia se alejaba de mí sin darme cuenta. El mundo empezaba a temblar sin hacer ruido. Se me caían las cosas de las manos, los lápices, el bolso, el tenedor, y provocaban un estruendo al golpear el suelo. Solo quería dormir profundamente allí donde estuviese. Sin embargo, me resultaba imposible. La vigilia rondaba siempre cerca. Sentía su gélida sombra, que en realidad era la mía. Qué extraño, me decía soñolienta. Estaba dentro de mi sombra. Caminaba, comía y hablaba medio dormida, pero por alguna razón nadie se percataba de que me encontraba en una situación límite. En ese mes adelgacé seis kilos y ni mi familia ni mis amigos se dieron cuenta. No notaron nada.

Vivía literalmente adormilada. Mi cuerpo llegó a perder la sensibilidad como el cadáver de un ahogado. Estuviera donde estuviera, todo se me antojaba turbio, sordo. Imaginaba que si se levantaba un fuerte viento, arrastraría mi cuerpo a una tierra lejana de la que no tenía noticias, en el fin del mundo. De ocurrir eso, cuerpo y conciencia se separarían para siempre. Quería agarrarme con fuerza a algo, pero no había nada donde agarrarme.

Caía la noche y regresaba la intensa vigilia ante la cual me sentía impotente, como si estuviera encerrada en su núcleo, atrapada por una enorme fuerza. Solo podía quedarme dócilmente despierta hasta el amanecer. En las horas más oscuras de la noche, yo estaba despierta. No podía pensar en nada. Tan solo escuchaba el sonido de las agujas del reloj marcando el paso del tiempo. La noche se oscurecía cada vez más y, a partir de cierto momento, empezaba a clarear.

Y un buen día, sin previo aviso, terminó todo. No hubo presagios ni nada que lo anunciara. Simplemente se terminó. Cuando estaba desayunando en la mesa de la cocina me sobrevino un sueño más grande que yo que casi me dejó inconsciente. Me levanté sin decir nada. Tal vez tiré sin querer algo de la mesa. Quizá me preguntaron algo, pero no recuerdo nada. Fui hasta mi habitación dando tumbos, me metí en la cama sin cambiarme y me quedé dormida durante veintisiete horas seguidas. Mi madre estaba muy preocupada. Trató de despertarme en varias ocasiones. Me sacudió e incluso me dio una bofetada, pero no sirvió de nada. No reaccionaba. Durante esas veintisiete horas no me desperté un solo momento, y cuando al fin lo hice, era la de siempre. La misma de antes. Quizá.

No sé qué me curó el insomnio. Es un misterio. Había aparecido como una amenazante nube negra arrastrada desde muy lejos por el viento. Estaba cargada de cosas siniestras desconocidas para mí. Nadie sabía de dónde venía y adónde se dirigía, pero ahí estaba, ocultando el cielo sobre mi cabeza, y un buen día desapareció.

De todos modos, aquello poco tiene que ver con lo que me sucede ahora. Todo es diferente. La única semejanza es que no puedo dormir un solo momento. Aparte de eso, el resto es normal. Me encuentro bien, no estoy adormilada y tengo la conciencia clara y equilibrada. Quizá más clara de lo normal. Mi cuerpo no acusa nada, siento apetito, no estoy cansada y en mi vida cotidiana no hay ningún problema. Lo único que sucede es que no puedo dormir.

Ni mi marido ni mi hijo se han dado cuenta de nada. Tampoco yo lo he mencionado. No quiero que me pidan que vaya al médico. Sé perfectamente que no serviría de nada. Lo sé. No es la clase de dolencia que se soluciona con unas pastillas. Es algo que debo solucionar por mí misma.

Por eso no sospechan nada. En apariencia, mi vida sigue como de costumbre, en paz, rutinaria. Después de despedir a mi marido y a mi hijo por la mañana, voy a comprar en mi coche. Mi marido es dentista. Su consulta está a diez minutos en coche de casa. Su socio es un compañero de la universidad y pueden permitirse tener contratada a una recepcionista y a un mecánico dentista. Cuando uno está muy cargado de trabajo, el otro le echa una mano. Son buenos profesionales y, aunque la consulta solo lleva abierta cinco años y no tenían contactos ni nada por el estilo, les va muy bien. Casi demasiado bien. Mi marido suele quejarse de que trabaja demasiado, pero enseguida se da cuenta y se calla.

Yo siempre le digo: «Es cierto, no puedes quejarte». Tuvimos que pedir un préstamo al banco para abrir la consulta, mucho mayor de lo que habíamos imaginado en un principio. Una clínica dental exige una fuerte inversión en equipos e instalaciones y la competencia es feroz. Los pacientes no aparecen de la nada el día después de abrirla. De hecho, muchas deben cerrar al no tener suficiente clientela.

Cuando la abrimos aún éramos jóvenes, pobres y con un niño recién nacido. Resultaba imposible saber si seríamos capaces de sobrevivir en un mundo tan despiadado, pero al cabo de cinco años y a pesar de todas las dificultades, puedo decir que lo hemos logrado. No podemos quejarnos. Aún quedan por devolver casi dos tercios del crédito. «Quizá los pacientes van por lo guapo que eres», suelo decirle. Es una broma habitual entre nosotros. No es guapo para nada, más bien al contrario. Tiene una cara extraña y a veces me pregunto por qué me casé con un hombre con semejante cara si yo tenía pretendientes mucho más agraciados.

No encuentro las palabras adecuadas para explicar a qué me refiero con eso de la cara extraña. No es guapo, pero tampoco feo. Tampoco es que tenga un encanto desmedido. Sinceramente, solo puedo describir su cara con una palabra: rara. Ambigua sería quizá más preciso, pero no se trata solo de eso. Hay algo que provoca esa ambigüedad. Me doy cuenta de ello, pero me siento incapaz de comprender el calado de esa rareza. En una ocasión traté de dibujar su cara. Fue inútil. Me puse delante del papel con un lápiz y no me acordaba de sus rasgos. Me asusté. Ya vivíamos juntos desde hacía mucho tiempo y, sin embargo, no me acordaba. Obviamente puedo reconocerle sin ningún problema e incluso tengo una imagen suya en mi cabeza, pero si se trata de dibujarle no hay nada que hacer. Es como si chocase contra un muro invisible. Solo recuerdo que su cara es rara.

Eso me inquieta.

No obstante, es una de esas personas a las que todo el mundo les tiene simpatía, una ventaja considerable en su profesión. Aunque no hubiera sido dentista, estoy convencida de que habría tenido éxito en cualquier profesión. Cuando hablan con él o le ven, la mayoría de las personas se tranquiliza casi sin darse cuenta. Antes de conocerle, nunca había visto un efecto semejante. Mis amigas están encantadas con él y yo también, por supuesto. Creo que le quiero, pero si tuviera que ser sincera conmigo misma diría que no me gusta especialmente.

Sonríe con la espontaneidad e inocencia de un niño. Los hombres adultos no suelen sonreír así. Tal vez sea lo lógico en su profesión, porque tiene unos dientes preciosos.

«No es culpa mía ser tan guapo», dice siempre con una sonrisa. Nuestra pequeña broma particular. Solo nosotros entendemos el sentido. Es una constatación de la realidad, del hecho de que, de un modo u otro, hemos logrado sobrevivir. Es un ritual importante.

Cada mañana a las ocho y cuarto sale con su Nissan Bluebird del garaje del bloque de pisos donde vivimos. Nuestro hijo se sienta a su lado. El colegio está de camino a la clínica. «Ten cuidado», le digo yo. «No te preocupes», contesta él. Siempre lo mismo. No puedo evitar decirlo y él no puede evitar responderme. Pone un disco de Haydn o de Mozart en el reproductor del coche, arranca canturreando y los dos se marchan agitando las manos. Es un gesto en el que se parecen tanto que casi me resulta extraño. Inclinan la cara en el mismo ángulo, levantan la palma de la mano hacia mí de la misma manera y la agitan de derecha a izquierda con un ligero movimiento, como si hubiesen aprendido una coreografía.

Tengo mi propio coche. Un Honda Civic de segunda mano. Una amiga me lo vendió casi regalado hace dos años. El parachoques está abollado, es un modelo antiguo y la carrocería está oxidada en muchos sitios. Tiene más de ciento cincuenta mil kilómetros y de vez en cuando, una o dos veces al mes, se niega a arrancar. Por mucho que gire la llave de contacto, el motor no responde, pero no hace falta llevarlo al taller. Lo mimo un poco, dejo que descanse diez minutos y luego el motor hace *brum* y empieza a moverse. Qué le vamos a hacer. Todos podemos sentirnos mal una o dos veces al mes. Hay muchas cosas que no marchan. El mundo es así. Mi marido se refiere a mi coche como «tu burro», pero diga lo que diga es mío.

Voy con mi Honda Civic a comprar al supermercado. Después vuelvo a casa, limpio, pongo la lavadora y preparo la comida. Procuro darme prisa y si me da tiempo preparo la cena. Así tengo las tardes libres.

Pasadas las doce del mediodía mi marido vuelve para el almuerzo. No le gusta comer fuera. Se queja de que los restaurantes están llenos, la comida es mala y la ropa coge olor a tabaco. Aunque pierda tiempo en ir y venir, prefiere comer en casa. No preparo nada que me lleve demasiado tiempo. Si hay sobras del día anterior las caliento en el microondas, y si no, comemos fideos de trigo sarraceno. Preparar la comida no me da demasiado trabajo. Yo también prefiero comer con él en lugar de hacerlo sola, en silencio.

Al poco de abrir la clínica no tenía citas a primera hora de la tarde y después de comer nos acostábamos. Era una costumbre maravillosa. Todo estaba en silencio a nuestro alrededor, la luz tranquila de primera hora de la tarde inundaba la habitación. Éramos jóvenes, éramos felices.

Ahora también somos felices. Lo creo sinceramente. No hay problemas en casa. Quiero a mi marido y confío en él. Estoy segura de que él siente lo mismo por mí. Sin embargo, a medida que pasan los meses y los años la vida cambia. Ahora tiene las tardes ocupadas. Cuando termina de comer, se lava los dientes y vuelve enseguida a la clínica. Le esperan una multitud de dientes enfermos, pero no pasa nada. Los dos sabemos que no podemos pedir demasiado.

Cuando se marcha, meto el bañador y una toalla en la bolsa de deporte y me voy al gimnasio que queda cerca de casa. Nado alrededor de media hora. Me esfuerzo mucho y no porque me guste la natación, sino para no coger peso. Siempre me ha gustado mi cuerpo. La cara no, honestamente. No es que esté mal, pero no me convence. En cambio, me gusta mirarme desnuda en el espejo, contemplar las líneas suaves del cuerpo, una vitalidad que me parece equilibrada. Me da la impresión de que contiene algo muy importante para mí. No sé qué es, pero no quiero perderlo. No debo hacerlo.

Tengo treinta años. Al llegar a esa edad, una se da cuenta enseguida de que el mundo no se acaba. No es que me alegre cumplir años, pero en muchos sentidos me alivia hacerlo. La cuestión es cómo afrontarlo, aunque una cosa está clara: si a una mujer de treinta años le gusta su cuerpo y desea mantenerlo, no le queda más remedio que esforzarse. Aprendí la lección de mi madre. Hace años era una mujer delgada, esbelta. Ahora ya no. No quiero que me ocurra lo mismo.

Después de nadar hago otras cosas en función del día de la semana. A veces voy cerca de la estación a mirar tiendas o regreso a casa y me siento a leer en el sofá, pongo la radio e incluso me quedo dormida. Mi hijo no vuelve tarde del colegio. Espero a que se cambie para darle la merienda. Luego sale a jugar un rato con sus amigos. Está en segundo de primaria y aún no tiene necesidad de ir a clase de apoyo ni a ninguna actividad extraescolar. A mi marido le parece bien que juegue. Mientras lo haga, crecerá con naturalidad. Eso dice. Antes de salir de casa, le digo que tenga cuidado y él responde: «No te preocupes», como su padre.

Al atardecer empiezo a preparar la cena. Mi hijo vuelve antes de las seis. Se sienta en el cuarto de estar a ver dibujos animados en la tele. Si no hay imprevistos, mi marido llega antes de las siete. No bebe alcohol y no le gustan las relaciones sociales. Termina el trabajo y regresa a casa directamente. Durante la cena hablamos de las cosas del día. Nuestro hijo siempre es quien más cosas tiene que contar. Es lógico. Todo cuanto le ocurre es nuevo y misterioso. Habla y nosotros le damos nuestras impresiones. Después de cenar se entretiene un rato con alguno de sus juguetes favoritos. A veces ve la televisión y a veces lee un cuento. Suele jugar con mi marido. Cuando tiene deberes, se encierra en su cuarto hasta que los termina y a las ocho y media se acuesta. Le tapo con el edredón, le acaricio la cabeza, le doy las buenas noches y apago la luz.

Después llega nuestro tiempo de pareja. Mi marido se sienta a charlar conmigo mientras hojea el periódico de la tarde. Habla de algún paciente o comenta alguna noticia. Luego escucha a Haydn o a Mozart. No me desagrada su música, pero por mucho que la escuche no soy capaz de distinguir a uno del otro. Me suenan igual. Se lo comento y él dice que dan igual las diferencias. Las cosas bellas lo son por sí mismas y nada más. Así están bien.

—Como tú —le digo yo en broma.

—Como yo —responde con una amplia sonrisa de hombre complacido.

Así es mi vida. Quiero decir, mi vida antes de no poder dormir. Una repetición de lo mismo día tras día. Llevo un diario sin grandes pretensiones, y cuando me salto un par de días, ya no puedo distinguir entre uno y otro. Si cambio ayer por anteayer, en realidad no hay ninguna diferencia. A veces me pregunto qué clase de vida es esta. No es que me sienta vacía, simplemente me sorprende ser incapaz de distinguir entre ayer y anteayer por el hecho de llevar esta vida, que me ha tragado por completo y en la que ni siquiera puedo dar media vuelta para mirar mis propias huellas antes de que las borre el viento. Cuando me siento así, me miro en el espejo del baño. Me quedo así unos quince minutos sin pensar en nada, tratando de vaciar mi cabeza. Me miro como si mi cara no fuera más que un objeto. Poco a poco el rostro se separa de mí, como si adquiriera existencia propia. En ese momento comprendo que eso solo ocurre en los momentos de presente puro. Me dan igual mis huellas. Existo en el presente y eso es lo único que importa.

Ahora no puedo dormir, y desde que no puedo hacerlo he dejado de llevar el diario.

Recuerdo perfectamente la primera noche que no pude dormir. Tenía un sueño muy desagradable. Un sueño oscuro, viscoso. No recuerdo qué era, solo me acuerdo de que tenía un tacto siniestro y de que en el momento álgido me desperté. Fue justo antes de pasar el punto de no retorno. Me desperté sobresaltada como si algo tirase de mí para que regresara. Respiraba muy agitadamente. Tenía las extremidades paralizadas, no podía moverme. Tumbada en la cama, escuchaba mi respiración como si estuviera encerrada en una caverna.

«Solo es una pesadilla», me dije. Me puse boca arriba y esperé hasta que se me calmara la respiración. El corazón me latía deprisa y, para ayudar a bombear la sangre, los pulmones se inflaban y desinflaban como un fuelle. La cadencia disminuyó a medida que pasaba el tiempo. Me pregunté qué hora sería. Quería mirar el reloj que había en la mesilla, pero no podía torcer el cuello. En ese instante me pareció ver algo al pie de la cama. Algo semejante a una sombra oscura, tenue. Me quedé sin respiración. El corazón, los pulmones, todos los órganos de mi cuerpo dejaron de funcionar como si se hubieran congelado. Agucé la vista.

La sombra pronto adquirió una forma concreta, como si hubiera estado esperando el momento oportuno. Los perfiles se definieron, se llenaron de una sustancia, empezaron a notarse los detalles. Era un anciano delgado, vestido con ropa negra y estrecha. Tenía el pelo corto, gris, las mejillas hundidas. Estaba de pie al borde de la cama. Me miraba fijamente con ojos penetrantes sin decir nada. Pude ver incluso las venas que atravesaban el blanco de sus grandes globos oculares. Era una cara sin expresión, vacía, como un agujero en la oscuridad.

No era un sueño, pensé. No me había despertado poco a poco sino de golpe. No, eso no era un sueño. Era la realidad. Traté de moverme. Quería despertar a mi marido, al menos encender la luz, pero por mucho que me esforzara era incapaz de mover un solo dedo. Al comprender mi situación sentí miedo. Verdadero terror. Un frío glacial que brotaba del fondo de un pozo sin memoria y que terminó por filtrarse en la mismísima raíz de mi existencia. Quise gritar. Nada. La voz no me salía del cuerpo. La lengua no respondía a los estímulos nerviosos. Mi única opción era mirar al anciano.

Llevaba algo en la mano. Un objeto fino, alargado y redondeado que desprendía un resplandor blanco. Al mirarlo fijamente empecé a distinguirlo con más claridad. Era una jarra; una jarra antigua de porcelana. Al cabo de un rato la levantó y vertió agua sobre mis pies. Sin embargo, no sentía nada. Podía ver cómo caía, escuchar el ruido, pero no sentía nada.

El anciano no dejaba de echar agua sobre mis pies. Por mucha agua que vertiera nunca se acababa. Pensé que de seguir así, mis pies terminarían por pudrirse. No era nada descabellado al ver la cantidad de líquido que caía. No aguantaba más.

Cerré los ojos y grité tan fuerte como pude, pero el grito no salió de mi interior. Las cuerdas vocales no eran capaces de hacer vibrar el aire. Fue un grito sordo que solo resonó en el vacío, un grito que recorrió mi cuerpo sin encontrar la salida. Mi corazón se detuvo. Me quedé en blanco. El grito penetró en cada una de mis células. Dentro de mí murió algo, se desintegró, como el resplandor provocado por una explosión que hubiera destruido todas las cosas de las que dependía mi existencia.

Cuando abrí los ojos, el anciano había desaparecido. Tampoco estaba el jarrón por ninguna parte. Me miré los pies. Ni rastro de agua. El edredón estaba seco. Mi cuerpo, sin embargo, estaba empapado en sudor. Nunca había imaginado que fuera capaz de sudar así. Moví un dedo detrás de otro. Después doblé el brazo, moví los pies en círculos, levanté las piernas. No lograba hacerlo con movimientos suaves, pero al menos era capaz de moverme. Me levanté despacio, con precaución. Escruté hasta el último rincón de la habitación iluminada por la luz tenue de una farola de la calle. El anciano había desaparecido.

El reloj marcaba las doce y media. Apenas había dormido una hora y media desde que me acosté. Mi marido estaba profundamente dormido. Su respiración era imperceptible, como si hubiera perdido la conciencia. En cuanto conciliaba el sueño, no se despertaba a menos que sucediera algo verdaderamente grave.

Fui al baño. Me quité el camisón, lo metí en la lavadora y me duché. Me sequé y me puse un camisón limpio que había en el armario. Encendí una lámpara en el salón y me senté para tomar un coñac. Casi nunca bebo. No porque tenga una especie de incompatibilidad, como mi marido. De hecho, antes bebía bastante, pero después de casarme lo dejé de golpe. Esa noche tenía que beber algo para calmar los nervios.

El único alcohol que había en casa era una botella de Rémy Martin olvidada en una estantería. Un regalo de no sé quién de hacía siglos. La botella estaba cubierta de polvo. Como no tenía vasos para coñac, me lo serví en uno corriente y di un sorbo.

Aún temblaba, pero el miedo se fue disipando poco a poco.

Debía de haber sido una especie de trance. Nunca había experimentado nada semejante, pero sí había oído hablar de ello a una amiga de la universidad que había sufrido uno. Me contó que todo ocurría con tal claridad, que ni siquiera podías creer que fuera un sueño. Tal cual. No creía que lo que acababa de vivir fuera un sueño, pero al parecer no podía ser otra cosa. Un sueño que no parecía un sueño.

Aunque el pánico se diluía, no dejaba de temblar. Mi piel vibraba como las ondas en la superficie del agua después de un terremoto. Un temblor visible a simple vista. El epicentro era ese terrible grito que no había encontrado la forma de salir del cuerpo.

Cerré los ojos y di otro sorbo de coñac. Sentí cómo el líquido hirviente bajaba por la garganta hasta el estómago, como si fuera un ser vivo.

Me acordé de mi hijo y el corazón me dio un vuelco. Me levanté del sofá y me apresuré a su habitación. Estaba profundamente dormido. Tenía una mano en la boca y la otra extendida hacia un lado. Dormía tranquilo, como mi marido. Le tapé bien con el edredón. No sabía qué era aquello que me había atacado con semejante virulencia, pero solo se había dirigido a mí. Ellos dos no se habían enterado de nada.

Regresé al salón y me puse a dar vueltas sin propósito. No tenía nada de sueño.

Pensé en servirme otro vaso de coñac. Quería beber más, calentarme, calmar los nervios, sentir otra vez ese olor fuerte en mi boca. Vacilé y al final decidí no tomar más para evitarme la resaca del día siguiente. Dejé la botella en su sitio y fregué el vaso. Saqué unas fresas de la nevera.

Antes de darme cuenta, el temblor había desaparecido casi del todo.

¿Quién era aquel anciano vestido de negro? Jamás le había visto. Su ropa era de lo más extraña, como un chándal pasado de moda. Era la primera vez que veía una prenda así. Igual que sus ojos rojos, que ni siquiera parpadeaban. ¿Quién era? ¿Por qué me había echado agua en los pies? ¿Por qué tenía que hacer algo así?

No entendía nada. No recordaba nada.

Mi amiga de la universidad sufrió el trance un día que dormía en casa de su prometido. Se le apareció en sueños un hombre de unos cincuenta años. Tenía un semblante serio y le dijo que se marchara de aquella casa. Fue incapaz de moverse. Estaba empapada en sudor, como yo. Pensó que era el fantasma del padre fallecido de su novio. Se le había aparecido para decirle que se marchara de allí, pero al día siguiente, cuando su novio le enseñó una foto de su padre, descubrió que su cara era completamente distinta. Lo achacó a un exceso de nervios. Yo, en cambio, no estaba nerviosa en absoluto y, encima, estaba en mi casa. No había nada amenazante. ¿A qué se debía entonces que hubiera pasado por semejante experiencia?

Sacudí la cabeza. Debía apartar esos pensamientos de mí. Eran inútiles. Solo se trataba de un sueño más real de lo normal. Quizás estaba más cansada de lo que pensaba. Quizá por el partido de tenis que había jugado dos días antes. Después de nadar, fui a jugar con una amiga que me encontré en el gimnasio. Durante un tiempo noté las piernas y los brazos cansados, era cierto.

En cuanto me terminé las fresas me tumbé en el sofá. Cerré los ojos para tratar de dormir.

Imposible.

No sabía qué hacer. No tenía sueño. Decidí leer un libro

—Mi madre abandonó a mi padre —me dijo un día una amiga de mi mujer— por culpa de unos pantalones cortos.

—¿Por unos pantalones cortos? —le pregunté extrañado.

—Sé que suena raro —contestó—, pero es, realmente, una historia extraña.

Para ser mujer es bastante grande. Por altura y constitución es casi como yo. Es profesora de órgano eléctrico, pero la mayor parte de su tiempo libre lo dedica a la natación, el esquí o el tenis. No le sobra un gramo de grasa y siempre está morena. Se podría decir que es una maniática del deporte. Los días que no trabaja corre por la mañana, luego va a la piscina que queda cerca de su casa a hacer unos largos, a las dos juega al tenis y para terminar hace aerobic. A mí también me gusta el deporte, pero no así, desde luego.

No quiero dar a entender que tenga un carácter agresivo u obsesivo. Más bien al contrario; es tranquila y nada avasalladora, pero su cuerpo, y probablemente le sucede lo mismo a su espíritu, nunca se detiene, es incansable como un cometa.

Eso tal vez guarde relación con el hecho de que no está casada. Por supuesto que ha salido con hombres. Es una mujer grande, cierto, pero bastante guapa. De hecho, le han propuesto matrimonio en varias ocasiones, aunque en el momento de la verdad siempre encuentra alguna pega y la cosa nunca termina de cuajar.

«No tiene suerte», dice siempre mi mujer. «Supongo», respondo yo.

En realidad no estoy de acuerdo con ella. Es cierto, la suerte es un factor que juega un importante papel en nuestras vidas, puede incluso llegar a proyectar sombras sobre nosotros, pero a mí me parece que una mujer con esa voluntad, capaz de nadar treinta largos y correr veinte kilómetros, puede superar la mayor parte de los obstáculos que se le pongan por delante. Lo cierto es que no quiere casarse. Esa es, al menos, mi opinión. El matrimonio no queda atrapado en el campo gravitatorio que provoca su cometa al pasar. Al menos no del todo.

Se dedica a sus clases de órgano eléctrico, la mayor parte de su tiempo libre practica deporte y a veces se enreda, o no, en las complicaciones de un amor desafortunado.

Es una tarde lluviosa de domingo y ha llegado dos horas antes de lo previsto. Mi mujer aún no ha vuelto de sus compras.

—Lo siento —se disculpa—. Iba a jugar al tenis, pero he tenido que cancelarlo por la lluvia y no sabía qué hacer en estas dos horas libres. Me aburre estar sola. No me gusta estar en casa, por eso he venido antes. ¿Te interrumpo en algo?

—En absoluto —le digo.

Como no tenía ganas de hacer nada estaba viendo una película con el gato acurrucado en mi regazo. La invito a pasar y preparo un café. Nos lo tomamos mientras vemos juntos los últimos veinte minutos de *Tiburón*. Ya la habíamos visto antes, quizás en más de una ocasión, por eso no le prestamos demasiada atención. Miramos la tele simplemente porque está ahí, delante de nosotros.

Cuando termina aparecen en la pantalla los títulos de crédito. Mi mujer no da señales de vida y nos ponemos a hablar de cualquier cosa, de tiburones, de playas, de natación... Mi mujer sigue sin venir. No nos queda más remedio que alargar la conversación. No sé cómo explicarlo, pero siento una especial simpatía por ella. Después de charlar durante una hora, sin embargo, me queda claro que entre nosotros apenas hay algo en común. Al fin y al cabo es amiga de mi mujer, no mía.

No se me ocurre qué hacer y me pregunto si no será buena

idea poner otra película, pero en ese momento es cuando me habla del divorcio de sus padres. No entiendo por qué ha sacado ese tema así de improviso, dónde está la conexión entre la natación y sus problemas. Los circuitos de mi mente, al menos, no son capaces de conectar ambas cosas. Alguna razón habrá, me digo.

—En realidad no eran pantalones cortos, sino unos *Lederhosen* —me explica.

—¿Te refieres a esos pantalones cortos de cuero con peto típicos de la zona de los Alpes que visten los alemanes?

—Sí, sí, eso es. Mi padre dijo que quería unos de recuerdo. Es muy alto para su generación y estaba seguro de que le iban a quedar bien. ¿Te imaginas a un japonés con *Lederhosen?* Hay gustos para todo, supongo.

No capto el hilo de la historia, por lo que me veo obligado a preguntarle por qué quería su padre esos pantalones, cuáles eran las circunstancias, a quién se los encargó.

—¡Ay, lo siento! Siempre mezclo las cosas sin ton ni son. Si te pierdes, no dudes en preguntarme.

—Está bien.

—La hermana pequeña de mi madre vivía en Alemania y desde hacía tiempo insistía en que ella fuera a verla. Mi madre no hablaba alemán, de hecho, ni siquiera había salido al extranjero, pero como era profesora de inglés tenía mucho interés en viajar. Además, hacía mucho tiempo que no se veían. Le propuso a mi padre ir juntos diez días, pero él no podía ausentarse tanto tiempo del trabajo. Al final se marchó sola.

—Fue entonces cuando tu padre le pidió unos *Lederhosen,* ¿no?

—Eso es. Mi madre le preguntó si quería algo de recuerdo y se los encargó.

—Hasta ahí lo entiendo todo.

Sus padres mantenían una buena relación. No eran de esos matrimonios que se pasan la noche enfrascados en discusiones interminables. Su padre tampoco había desaparecido nunca, aunque al parecer había tenido más de un lío de faldas. Era algo del pasado y había dejado de ser motivo de discordia.

—No era un mal hombre, trabajaba duro, pero le perdían las mujeres —me explica como si hablase de los asuntos de un desconocido.

De hecho, he llegado a pensar que estaba muerto, pero no es así. Está sano y salvo.

—En aquel entonces, mi padre se había calmado y ya no causaba molestias. A mí me parecía que se llevaban muy bien.

La historia, sin embargo, no era tan simple. Su madre tenía previsto regresar en diez días, pero al final tardó un mes y medio, tiempo durante el cual apenas llamó a casa y a su regreso aterrizó en Osaka, donde se quedó con otra hermana suya. No volvió nunca a casa.

Ni ella, ni su tía ni su padre entendían lo que ocurría. Hasta entonces, cuando había surgido algún problema en la familia, su madre siempre actuaba con calma, con tanta paciencia que ella llegaba a preguntarse si realmente entendía o imaginaba lo que pasaba. La familia era siempre lo primero. Pasara lo que pasase, su obligación era proteger a su hija. Por eso, cuando no apareció por casa el día previsto para su regreso, cuando ni siquiera llamó por teléfono, su padre y ella no entendieron nada por lo inesperado. Llamaron una y otra vez a casa de su tía en Osaka, pero por mucho que insistieran, su madre no se ponía al teléfono.

Un buen día llamó a su marido de improviso: «Te voy a mandar los papeles del divorcio», le dijo. «Fírmalos, por favor, y me los envías de vuelta.» Su marido quiso saber qué ocurría, la razón de pedirle semejante cosa. «Haga lo que haga, no puedo recuperar mi amor por ti.» «¿No podríamos hablar del asunto con un poco de calma?», le preguntó su padre. «No, lo siento», zanjó ella. «Hemos terminado.»

Las negociaciones telefónicas se alargaron dos o tres meses, pero su madre no cedió un ápice y a su padre no le quedó más remedio que concederle el divorcio. No estaba en posición de presionar, arrastraba sus propias faltas y envalentonarse no le habría servido de nada. Tampoco tenía un carácter demasiado persistente.

—Aquello fue un verdadero drama para mí —dice—. No por el divorcio en sí. Había pensado muchas veces que mis padres acabarían separándose y estaba mentalmente preparada para ello.

Si se hubieran divorciado de una manera, digamos, normal, sin que hubiera un hecho incomprensible de por medio, no creo que me hubiera afectado tanto. El problema no era que mi madre abandonase a mi padre. Es que me abandonó a mí también. Eso fue lo que más me hirió.

Asiento con una inclinación de la cabeza.

—Antes de eso, siempre me ponía de su parte y ella de la mía. Y, de repente, nos abandonó como si fuéramos una bolsa de basura, sin dar ninguna explicación. Me hizo tanto daño que durante mucho tiempo no pude perdonarla. Le escribí muchas cartas. Le rogaba que me explicase lo que había pasado, pero nunca me contestó. Ni siquiera quiso verme.

Al cabo de tres años se encontraron de nuevo en el funeral de un pariente. Se había independizado y vivía sola. Estaba en segundo de carrera cuando se divorciaron sus padres y decidió irse de casa sin posponerlo más. Después de graduarse, empezó a trabajar como profesora de órgano eléctrico. Mientras tanto, su madre seguía enseñando inglés en una academia de refuerzo.

«No podía responderte ni explicarte nada, porque no sabía cómo hacerlo», le confesó al fin. «Yo misma no entendía lo que me pasaba, adónde me llevaba la vida, pero puedo decirte que todo empezó por culpa de esos pantalones cortos.»

«¿Por unos pantalones cortos?», le preguntó con la misma perplejidad que le había preguntado yo. Había tomado la firme decisión de no volver a dirigirle la palabra nunca más, pero la curiosidad terminó por vencerla. Vestidas de luto, madre e hija entraron en una cafetería cercana y pidieron té frío. Fue entonces cuando escuchó aquella historia. No le quedó más remedio.

La tienda donde vendían *Lederhosen* estaba a una hora de Hamburgo, en una pequeña ciudad. Su hermana se había tomado muchas molestias para encontrarla.

«Mis amigos alemanes dicen que es el mejor sitio por aquí cerca», le explicó. «Al parecer, la manufactura es de muy buena calidad y el precio razonable.»

Tomó un tren hasta allí para comprar el regalo a su marido.

En el compartimento se sentó junto a una pareja alemana de mediana edad que le hablaron en un inglés a trompicones.

—Voy a comprar unos *Lederhosen* para mi marido —les explicó.

—¿Dónde? —le preguntaron.

Les dio el nombre de la tienda.

—*¡Jawohl*, sí, sí, por supuesto! —contestaron los dos al unísono—, es el mejor sitio.

Se alegró al verlos tan entusiasmados.

Era una tarde agradable de principios de verano. La ciudad era antigua y estaba bien conservada. Un río impetuoso atravesaba el centro con sus riberas cubiertas de vegetación. La mayor parte de las calles estaban adoquinadas y se veían gatos por todas partes. Entró en una cafetería a descansar y pidió una tarta de queso. Mientras se estaba bebiendo el último sorbo del café y jugueteaba con el gato del establecimiento, se le acercó el dueño para preguntarle la razón de su visita. El hombre le dibujó en un papel el camino hasta la tienda.

—Gracias —le dijo de todo corazón—. Es usted muy amable.

Iba caminando por una calle estrecha de adoquines y pensó que era muy divertido viajar sola. Era la primera vez en sus cincuenta y cinco años de vida que lo hacía. En ningún momento había tenido miedo, ni se había sentido sola o aburrida. Todo cuanto veía le resultaba fresco, nuevo. Las personas con las que se cruzaba eran amables y todas esas experiencias despertaron algo enterrado muy profundamente en su interior, casi intacto. Hasta entonces, lo más importante para ella habían sido su marido y su hija y ahora estaban al otro lado del mundo y ni siquiera se acordaba de ellos.

Encontró la tienda sin dificultad. Era un negocio antiguo en un local pequeño con toda la atmósfera de un taller artesano. No había ningún reclamo en el exterior para los turistas, pero el escaparate estaba repleto de *Lederhosen*. Abrió la puerta y entró.

En el interior trabajaban dos hombres mayores. Hablaban en voz baja, casi en susurros. Tomaban medidas y las anotaban en un cuaderno. Detrás de una cortina se intuía lo que parecía un amplio taller.

—*Darf ich Ihnen helfen, Madame?* ¿Puedo ayudarla, señora? —le preguntó el que parecía mayor de los dos.

—Quisiera unos *Lederhosen* —respondió ella en inglés.

—Eso es problema —dijo el hombre—. No hacemos *Lederhosen* para clientes que no existen.

—Pero mi marido existe —dijo ella muy segura.

—*Jawohl, Madame.* Marido existe, por supuesto, por supuesto —respondió el hombre aturdido—. Perdón por mal inglés. Quiero decir, no podemos vender *Lederhosen* a persona que no está aquí.

—¿Y eso por qué? —preguntó desconcertada.

—Política de tienda. *Ist unser Prinzip,* nuestro principio. Clientes se ponen *Lederhosen,* vemos cómo quedan y después arreglamos. Cien años trabajamos así. Es reputación de tienda.

—¡Pero me ha llevado medio día venir hasta aquí desde Hamburgo solo para comprar unos pantalones!

—Lo siento mucho, *Madame* —le contestó uno de los dos hombres con una expresión sincera—. No excepciones. Es un mundo incierto. Confianza muy difícil de ganar, muy fácil de perder.

La madre suspiró sin moverse de la entrada. Se exprimió el cerebro para encontrar una salida a aquel imprevisto. El hombre le explicó la situación al otro, que en ningún momento dejó de asentir con una expresión triste: «*Jawohl!*». Había una gran diferencia en la constitución física de aquellos dos hombres, pero por los rasgos de su cara hubiera dicho que eran gemelos.

—Está bien. Les propongo una cosa —sugirió ella—. Encontraré a alguien con la misma constitución que mi marido y se lo traeré. Se prueba los pantalones, ustedes hacen sus arreglos y me los venden.

—Pero, señora, eso infringe principio —dijo el mayor de los dos—. La persona no es marido. Lo sabemos. No podemos aceptar.

—Pues hagan como que no lo saben. Le venden los pantalones a él y él me los vende a mí. De ese modo nadie infringirá sus reglas ni su política comercial. Se lo ruego, por favor. Hagan la vista gorda por una vez. Es probable que no vuelva nunca a Alemania. Si no compro esos pantalones ahora, nunca los compraré.

—Pues... —murmuró el mayor con gesto preocupado.

Pensó unos instantes antes de mirar al otro y decirle algo en alemán a toda velocidad. Discutieron algo y volvió a dirigirse a ella:

—Entiendo, *Madame*. Haremos excepción. Única excepción. Espero que lo entienda. Fingiremos no saber nada. No vienen muchos japoneses y los alemanes no tan cabeza cuadrada como dicen. Busque hombre que se parezca a su marido. Mi hermano está de acuerdo.

—Gracias —dijo ella, y después se dirigió al hermano en alemán—: *Das ist so nett von Ihnen.* Muy amable por su parte.

Ella, es decir, la amiga de mi mujer que me cuenta la historia, entrelaza los dedos sobre la mesa y suspira. Me termino el café, frío desde hace ya un rato. No deja de llover. Ni rastro de mi mujer. ¿Quién iba a imaginar que la conversación tomaría estos derroteros?

—¿Qué pasó después? —le pregunto impaciente por conocer el final de la historia—. ¿Encontró a alguien?

—Sí —continúa ella con un gesto inexpresivo—. Se sentó en un banco en la calle para buscar a un hombre con una complexión parecida a la de mi padre y al cabo de un rato lo vio. Sin mayores explicaciones, casi a la fuerza, pues el hombre no hablaba inglés, le arrastró hasta la tienda.

—Parece una mujer decidida —digo admirado.

—No lo sé. En casa siempre se la veía tranquila, casi retraída —me explica con un suspiro.

Los dos hombres de la tienda le explicaron la situación al desconocido, que al final pudo entender lo que ocurría. Se hizo pasar por mi padre. Se puso unos *Lederhosen*, los hombres marcaron, cortaron y arreglaron para reducirlos una talla. Todo el tiempo bromearon en alemán en un tono familiar. El asunto terminó más o menos en media hora. Fue en ese intervalo de tiempo cuando tomó la decisión de divorciarse.

—Espera un momento —le digo—. No lo entiendo. ¿Pasó algo en esa media hora?

—No, nada especial. Eran solo tres alemanes que charlaban animados entre ellos.

—¿Qué le pasó a tu madre entonces?

—Tampoco ella lo entendió en ese momento. No sabía qué le ocurría, solo se daba cuenta de que estaba muy confundida. Mientras miraba a aquel hombre probarse los pantalones, le dominó un desagrado casi insoportable hacia mi padre. Era incapaz de apartar o expulsar esa sensación. Aquel hombre con los *Lederhosen* puestos era casi igual que él excepto por el color de piel; la forma de las piernas, la tripa abultada, su alopecia. Parecía divertirle la situación, tenía un aire triunfante, un poco orgulloso, como si fuera un niño pequeño. Le observaba y lo que al principio solo fue una vaga intuición empezó a tomar forma. Comprendió que odiaba a su marido.

Mi mujer vuelve al fin de la compra y las dos se enredan en una de esas conversaciones de mujeres. Yo, por mi parte, no puedo dejar de pensar en los pantalones. Cenamos pronto y bebemos algo. Aun así, la historia no se me va de la cabeza.

—¿Ya no estás enfadada con tu madre? —le pregunto cuando nos quedamos solos.

—Nuestra relación no es como la de antes, pero no, no estoy enfadada.

—¿Porque te contó esa historia?

—Creo que sí. Después de oírla, ese profundo enfado que sentía hacia ella desapareció. No puedo explicar por qué con pocas palabras, pero supongo que tiene que ver con el hecho de ser mujeres.

—Si no te hubiera contado esa historia de los *Lederhosen,* si hubiera descubierto algo escondido en ella por el hecho de viajar sola, ¿habrías podido perdonarla?

—Por supuesto que no —dice sin vacilar—. Lo más importante en todo este asunto son los *Lederhosen.* ¿Lo entiendes?

Unos *Lederhosen* por poderes que su padre jamás debía de haber recibido, pienso.

Quemar graneros

La conocí en la boda de un amigo y nos hicimos íntimos. Fue hace tres años. Entre nosotros casi había una generación de diferencia; ella tenía veinte años, yo treinta y uno, aunque en verdad eso no representaba ningún impedimento. Tenía muchas otras preocupaciones en mente en aquel momento y, para ser sincero, no le dediqué un solo minuto de mi tiempo al asunto de la edad. Tampoco significó nada para ella desde el principio. Yo estaba casado y eso tampoco le importó. Cuestiones como la edad, la familia o el dinero que ganaba no parecían importarle lo más mínimo. Era algo innato en ella, como la talla de sus zapatos, el tono de su voz o la forma de sus uñas. Esa clase de cosas que no podían cambiarse por mucho que uno pensara en ellas. Visto así, no le faltaba razón.

Se ganaba la vida como modelo publicitaria y así se pagaba las clases de pantomima que impartía no sé qué maestro. No le gustaba su trabajo y a menudo rechazaba lo que le ofrecía la agencia, de ahí que sus ingresos fueran exiguos. Sus carencias financieras las cubría, al parecer, gracias a la buena voluntad de unos cuantos novios. En ese momento no podía saberlo a ciencia cierta, solo eran piezas sueltas de un puzle que fui juntando a lo largo de muchas conversaciones.

De ningún modo insinúo que se acostase con hombres por dinero. Puede que la realidad no fuera muy distinta, pero eso tampoco representaba un problema para mí. Su encanto residía en algo mucho más simple: tenía un carácter abierto y sencillo que atraía a la gente. Al toparse con esa sencillez, los hombres se sentían arrastrados por ella y trataban de aplicarla a sus complejos sentimientos. No sé cómo explicarlo mejor, pero sucedía algo así. Digamos que vivía sostenida por su sencillez.

Obviamente, algo así no podía durar para siempre. En caso de hacerlo, hasta el propio universo se habría vuelto del revés. Esa virtud solo podía existir en un momento y en un lugar concreto. Era como pelar mandarinas.

Hablaré sobre pelar mandarinas.

La primera vez que la vi me contó que estudiaba pantomima. «¡Vaya!», dije yo a pesar de que en realidad no me sorprendía mucho. Las chicas jóvenes y modernas siempre están enfrascadas en algo y ella no parecía de esas que se concentran en una actividad seria con el objetivo de desarrollar su talento.

Ella pelaba mandarinas. Literalmente. Pelaba mandarinas. A su izquierda había un cuenco de cristal lleno de mandarinas y a la derecha otro para dejar las mondas. En realidad, no hacía otra cosa con su vida. Tomaba una mandarina imaginaria con la mano izquierda, la pelaba despacio, se metía los gajos lentamente en la boca y tiraba la piel con la derecha. Repetía sin cesar el mismo movimiento. Al explicarlo así no parece gran cosa, pero al verla haciéndolo, durante veinte o treinta minutos, con mis propios ojos (charlábamos mientras tomábamos algo en la barra de un bar y ella pelaba mandarinas de manera casi inconsciente), sentí como si perdiera la noción de la realidad. En la época del juicio a Eichmann en Israel, se habló de que un castigo proporcional a sus crímenes sería encerrarle en un cuarto y extraer poco a poco el aire del interior. No sé qué sucedió con él al final, pero algo así era lo que me venía a la cabeza cuando estaba con ella.

—Tienes mucho talento —le dije.

—No se trata de talento ni nada de eso —repuso ella—. No se trata de pensar que allí hay una mandarina, sino de olvidar que no la hay. Eso es todo.

—Parece uno de esos sofisticados acertijos zen.

Fue entonces cuando me di cuenta de que me gustaba.

No nos veíamos muy a menudo. Una o dos veces al mes como mucho. La llamaba para invitarla a salir. Comíamos algo y después bebíamos en algún bar. Hablábamos todo el tiempo. Yo la escuchaba a ella y ella me escuchaba a mí. Entre nosotros no había muchas cosas en común, pero no nos importaba. Nos hicimos amigos. Por supuesto, siempre pagaba yo. Alguna vez llamaba ella. Cuando lo hacía solía ser porque tenía hambre y ni un céntimo. En ocasiones así devoraba cantidades increíbles de comida.

Cuando estábamos juntos me relajaba de verdad. Me olvidaba del trabajo, de las cosas que no quería hacer, de problemas insignificantes que era incapaz de resolver o de pensamientos humanos incomprensibles. Era una habilidad suya. No decía nada que tuviera un sentido especial y, en ocasiones, aunque asentía con la cabeza, en realidad apenas la escuchaba. De todos modos, hacerlo me producía una sensación agradable, me distraía, como si observara las nubes en el horizonte.

Le conté muchas cosas. Desde asuntos personales a temas generales, le hablé de mis sentimientos y lo hice con toda honestidad. Quizás ella tampoco me prestaba demasiada atención y se limitaba a asentir. Aun en ese caso, no me importaba. Yo buscaba una determinada atmósfera con ella, no esperaba compasión ni entendimiento.

En la primavera de hace dos años, su padre murió de una enfermedad coronaria y heredó una considerable cantidad de dinero. Al menos eso me dijo entonces. Con el dinero quería viajar por el norte de África. ¿Por qué el norte de África? No lo sé, pero por casualidad yo tenía una conocida que trabajaba en la embajada de Argelia y se la presenté. Se decidió por Argelia y, gracias a diversas circunstancias, fui a despedirla al aeropuerto. No llevaba más que un miserable bolso de viaje con algo de ropa de recambio. Cualquiera hubiera dicho que volvía del norte de África en lugar de ir allí.

—Regresarás a Japón sana y salva, ¿verdad? —le pregunté medio en broma.

—Por supuesto.

Volvió tres meses después. Había perdido tres kilos, estaba muy morena y venía acompañada de un nuevo novio al que había conocido en un restaurante de Argel. No había muchos japoneses en aquel país, por lo que no tardaron en intimar y en hacerse novios. De todos los que le había conocido, era el primer novio oficial.

Tendría alrededor de veinticinco años, era alto, con un aspecto impecable y hablaba con mucha corrección. Quizás un poco inexpresivo, pero se le podía considerar guapo y agradable. Me llamaron la atención sus manos grandes, sus largos dedos.

Me acuerdo bien de él porque fui a buscarlos al aeropuerto. Me había llegado por sorpresa un telegrama de Beirut con una fecha y un número de vuelo. Comprendí el mensaje. Cuando aterrizó el avión —se retrasó cuatro horas a causa del mal tiempo y me las pasé enteras en una cafetería leyendo revistas—, salieron por la puerta agarrados del brazo. Parecían una simpática pareja de recién casados. Me lo presentó. Nos dimos la mano como movidos por un acto reflejo. Un fuerte apretón de manos habitual en la gente que vive mucho tiempo en el extranjero. Fuimos a comer algo. Ella se moría por comer arroz con tempura y nosotros dos pedimos cerveza.

Me explicó que se dedicaba al comercio, pero no concretó nada. No entendí si es que no quería hablar de ello o no quería aburrirme. Lo cierto es que no tenía ningunas ganas de hablar de intercambios comerciales, así que tampoco le molesté con preguntas. Como no teníamos nada de que hablar, conversamos sobre la seguridad en Beirut y el agua potable en Túnez. Parecía estar bien informado sobre la situación de todo el norte de África e incluso Oriente Próximo.

Cuando terminó de comer, ella bostezó y dijo que tenía sueño. Parecía como si se fuera a dormir allí mismo. He olvidado mencionarlo, pero tenía la costumbre de quedarse dormida en cualquier parte. Él se ofreció a llevarnos a todos en taxi, pero preferí ir en tren porque era más rápido. No entendí para qué había ido al aeropuerto.

—Me alegro de haberle conocido —dijo él como si se disculpara.

—Lo mismo digo.

Volvimos a encontrarnos en algunas ocasiones más. Si me cruzaba con ella en alguna parte por casualidad, él nunca andaba lejos. Si quedábamos, la llevaba en coche hasta el lugar de la cita. Tenía un deportivo alemán inmaculado, de color gris plateado. Yo apenas entiendo de coches, pero me recordaba a uno de esos que aparecen en las películas en blanco y negro de Fellini. Desde luego, no era el automóvil de un oficinista medio.

—Debe de tener un montón de dinero —le comenté a ella en una ocasión.

—Sí —se limitó a contestar con un desinterés total—. Supongo.

—¿Tanto se gana con los intercambios comerciales?

—¿Intercambios comerciales?

—Me dijo que se dedicaba a eso.

—Quizá. No tengo ni idea. Tampoco trabaja tanto. Ve a mucha gente y habla todo el tiempo por teléfono, eso sí.

Me lo imaginé como una suerte de Gran Gatsby. Nadie sabe a qué se dedica, pero tiene mucho dinero. Un joven enigmático.

Un domingo por la tarde del mes de octubre me llamó. Mi mujer había ido a visitar a un pariente y me encontraba solo desde por la mañana. Era un día agradable y soleado. Me estaba comiendo una manzana mientras contemplaba el alcanforero del jardín. Era la séptima del día. A veces me pasaba eso. Me dominaba una terrible ansiedad por las manzanas. Quizá fuese el presentimiento de algo.

—Estoy cerca de tu casa. ¿Podemos ir? —me preguntó.

—¿Podemos?

—Él y yo —dijo.

—Desde luego. No hay problema.

—De acuerdo. Llegaremos en media hora.

La llamada se cortó sin más.

Estaba sentado en el sofá. Me levanté para darme una ducha y afeitarme. Me limpié bien los oídos. No sabía si recoger el cuarto de estar o no, pero al final desistí. Mejor no disimular si no tenía tiempo de recoger la casa entera. Había un considerable desorden de libros, revistas, cartas, discos, lápices e incluso un jersey tirado por el medio. A pesar de todo, no daba la impresión de estar sucia. Acababa de terminar un trabajo y no tenía ganas de hacer nada. Me había sentado en el sofá y mientras contemplaba distraído el alcanforero del jardín me comía la séptima manzana de día.

Llegaron pasadas las dos. Oí el ruido de un coche deportivo acercándose a la casa. Salí a la entrada y aquel vehículo plateado que ya conocía se encontraba allí delante. Ella sacó la cabeza por la ventanilla y agitó la mano. Los seguí con la mirada hasta que aparcaron en la parte de atrás del jardín.

—Ya estamos aquí —dijo sonriente.

Llevaba una camisa tan fina que casi se le transparentaban los pezones, y una falda corta de color verde oliva. Él vestía una chaqueta *sport* azul marino. Daba una impresión muy distinta respecto a la última vez que le había visto debido a una barba descuidada de no menos de dos días. No obstante, su aspecto general era correcto. Tan solo se apreciaba en él una sombra algo más densa de lo normal. Nada más salir del coche se quitó las gafas de sol y se las guardó en el bolsillo.

—Siento aparecer así de improviso en su día de descanso —se excusó.

—No pasa nada. Para mí, casi todos los días son de descanso. Además me aburría de estar solo.

—Hemos traído algo de comer.

Sacó una bolsa grande de papel blanco del asiento trasero.

—¿Comida?

—Poca cosa —aclaro él—, pero es domingo y me pareció adecuado.

—Se lo agradezco. No he comido más que manzanas en todo el día.

Entramos en casa y dejamos la comida en la mesa. Había un surtido considerable: sándwiches de rosbif, ensalada, salmón ahumado y helado de arándanos. No estaba mal, la verdad. Ella lo sirvió todo en platos y yo saqué una botella de vino blanco de la nevera. Parecía una fiesta.

—Vamos a comer. Me muero de hambre.

Estaba muerta de hambre, como de costumbre.

Comimos los sándwiches, la ensalada y picamos salmón ahumado. Cuando se terminó el vino, saqué unas cervezas. En la nevera siempre había cerveza. Un amigo tiene una empresa pequeña y me proporciona vales de descuento.

Por mucho que bebiera, la expresión de la cara de él no cambiaba. Yo también aguanto bien la cerveza. Ella bebió a su vez y, en menos de una hora, había una considerable cantidad de latas vacías encima de la mesa. Era una visión sorprendente. Se levantó de la mesa, eligió unos cuantos discos de la estantería y puso uno en el reproductor. *Airegin*, de Miles Davis, fue su primera elección.

—Un Garrard de cambio automático —dijo él—. Qué cosa tan poco habitual en estos tiempos.

Le expliqué que era un maniático de los reproductores automáticos y que encontrar un Garrard en buen estado había significado todo un triunfo. Escuchaba mis explicaciones sin dejar de asentir con la cabeza.

Cuando se acabó el tema de la filia por los reproductores musicales, se calló unos instantes.

—Tengo hierba —dijo—. ¿Quiere fumar?

Vacilé. La única razón era que había dejado el tabaco tan solo un mes antes y aún me encontraba en un momento delicado. No sabía qué efecto podía tener en mí la marihuana. Al final me decidí. De una bolsa de papel sacó una hierba negra envuelta a su vez en papel de aluminio. Fue colocándola sobre el papel de fumar, lo enrolló y chupó uno de los bordes para sellarlo. Lo encendió con un mechero, inhaló varias veces, confirmó que tiraba y me lo pasó. Era maría de primera. Durante un rato no dijimos nada. Nos limitábamos a pasarnos el canuto después de unas cuantas caladas. Miles Davis dio paso a una recopilación de valses de Johann Strauss. Una combinación extraña, pero no estaba mal.

A ella el porro le dio sueño. Había dormido poco, se había bebido tres cervezas y encima había fumado marihuana. La acompañé arriba y la ayudé a meterse en la cama. Me pidió una camiseta. Se desvistió y se quedó en ropa interior. Se puso la camiseta y se tumbó. Cuando quise preguntarle si tenía frío, su respiración ya era lenta y pesada. Sacudí la cabeza y bajé.

Su novio estaba en el salón liando el segundo porro. Iba

fuerte, pensé. Yo hubiera preferido acostarme con ella y quedarme dormido a su lado, pero no podía hacerlo. Fumamos. Los valses no terminaban. No sé por qué, pero me acordé de una función de teatro en la que participé en el colegio. Mi papel era el del dueño de una tienda de guantes que atendía a un zorrito que quería comprarse unos, pero el dinero no le alcanzaba.

«Con eso no te llega», le decía yo en mi papel de malo. «Pero mi mamá tiene mucho frío», protestaba él, «y se le agrietan las manos.» «No puede ser», insistía yo. «Ahorra y vuelve cuando lo tengas.» Entonces...

—A veces quemo graneros —dijo él.

—¿Cómo? —le pregunté, debía de haber oído mal.

—A veces quemo graneros —repitió.

Le miré.

Acariciaba el dibujo del mechero con la yema del dedo. Dio una profunda calada que debió de inundar el fondo de sus pulmones, contuvo la respiración diez segundos y expulsó el humo poco a poco, como si fuera un ectoplasma.

El humo no dejó de salir de su boca hasta que inundó la atmósfera de la habitación.

—Buena calidad, ¿verdad?

Asentí.

—La he traído de India. Elegí esta en concreto por su calidad. Cuando fumo, por alguna razón me acuerdo de muchas cosas, de luces, de olores, cosas así. Es como si la calidad de la memoria... —se calló de repente, como si se esforzase por encontrar la palabra adecuada mientras chascaba los dedos— cambiase por completo. ¿No le parece?

—Eso creo —dije.

Eso era. Me acordaba del rumor que escuchaba desde el escenario del teatro del colegio, del olor de las acuarelas de los decorados.

—¿Qué es eso de los graneros?

Me miró a los ojos. Como siempre, su gesto era inexpresivo.

—¿Puedo contárselo?

—Por supuesto.

—Es sencillo. Los rocío con gasolina y les pego fuego con

una cerilla. Se oye una explosión y así se acaba todo. No tardan ni quince minutos en derrumbarse por completo.

—¿Y...? —Me quedé mudo al no encontrar tampoco las palabras adecuadas—. ¿Por qué graneros?

—¿Tan raro le parece?

—No sé. Tú quemas graneros y yo no. Hay una evidente diferencia entre nosotros. En lugar de averiguar si es raro o no, me interesa más esa distinción. Además, tú has sacado el tema.

—Tiene razón —admitió—. Es verdad. Por cierto, ¿no tendrá algún disco de Ravi Shankar?

—No.

Se quedó un rato distraído. Su conciencia parecía retorcerse como el caucho, aunque tal vez la que se retorcía era la mía.

—Quemo un granero más o menos cada dos meses —dijo antes de chascar los dedos de nuevo—. Me parece el ritmo más adecuado. Para mí, claro está.

Asentí vagamente. ¿Ritmo?

—Solo por saberlo, ¿son tuyos los graneros que quemas? —le pregunté.

El tipo me miró con gesto de no entender.

—¿Por qué iba a pegarle fuego a mi propio granero? ¿Qué le hace pensar que tengo tantos graneros?

—Eso quiere decir que quemas los de otra gente.

—Eso es. Son los graneros de otras personas. Es un delito. Un delito como el que cometemos usted y yo en este momento al fumar marihuana.

Me apoyé en el reposabrazos de la silla y me quedé callado.

—Es decir, le pego fuego a un granero propiedad de otra persona. Naturalmente, elijo solo los que están en lugares apartados donde no pueden provocar grandes incendios. No es eso lo que quiero. Solo quiero quemar graneros. Nada más.

Asentí y apagué la colilla.

—Si te detienen, te enfrentarás a un verdadero problema. Son incendios intencionados. Un solo error e irás a la cárcel.

—No van a meter a nadie en la cárcel —dijo él como si nada—. Rocío gasolina, tiro una cerilla y huyo a toda prisa. Después lo observo a cierta distancia con unos prismáticos. No me van a detener porque se trata del incendio de un granero de mala muerte. La policía ni se molesta.

Quizá tenía razón. Además, un joven bien vestido con un coche de importación no podía levantar demasiadas sospechas. A nadie se le podía ocurrir que se dedicase a quemar graneros.

—¿Lo sabe ella? —dije señalando hacia las escaleras.

—No sabe nada. Jamás se lo he dicho a nadie excepto a usted. Esa es la verdad. No es algo de lo que pueda hablar con cualquiera.

—¿Y por qué a mí?

Estiró los dedos de la mano izquierda y se rascó la mejilla. La barba hizo un ruido seco, como el de un bicho al desplazarse por un papel fino.

—Usted se dedica a escribir novelas. Pensé que quizá le interesaría un comportamiento como el mío. Un escritor disfruta de una historia antes de juzgarla. Si disfrutar no le parece la palabra adecuada, diré mejor que la recibe tal cual. Por eso se lo he contado. Tenía ganas de hacerlo.

Asentí, aunque no sabía realmente qué significaba recibir una historia tal cual.

—Puede que no sea la mejor forma de expresarlo —dijo mientras abría la mano y volvía a cerrarla sin dejar de contemplarla—, pero el mundo está lleno de graneros y siento que es como si esperasen a que los queme. Graneros solitarios cerca de la costa, en pleno campo... Los hay de todo tipo. Se queman en un cuarto de hora y desaparecen como si nunca hubieran existido. Nadie lo lamenta. Simplemente desaparecen en un abrir y cerrar de ojos.

—Entonces, tú sí decides si son necesarios o no, ¿no es así?

—Yo no decido nada. Están esperando a que los queme. Yo solo cumplo con mi obligación, la acepto. ¿Lo entiende? Acepto lo que hay, como la lluvia. Llueve, se desbordan los ríos, el agua arrastra las cosas. ¿Le parece que la lluvia decide algo? Me explico: ¿me convierte eso en un inmoral? Yo creo en mi propia moral. Es una fuerza esencial para la existencia humana. No existiríamos sin moral. No dudaría de ella si no estuviera equilibrada por la simultaneidad.

—¿Simultaneidad?

—Eso es. Estoy aquí y estoy allí. Estoy en Tokio y al mismo tiempo estoy en Túnez. Soy quien acusa y también quien perdona. Algo así. Me refiero a ese tipo de equilibrio. Sin él no podríamos vivir. Es el eje de todas las cosas. Si lo perdemos nos despedazamos, literalmente, pero gracias a él puedo existir simultáneamente.

—Lo que quieres decir, si lo entiendo bien, es que quemas graneros para afirmar esa moral tuya, ¿no?

—No exactamente. Es un acto para mantenerla, pero lo mejor es que nos olvidemos de eso. No se trata de algo esencial. Lo que quiero decir es que el mundo está plagado de ese tipo de construcciones. Yo tengo el mío y usted tiene el suyo. Es verdad. He viajado casi por todo el mundo, he vivido casi de todo, he estado a punto de morir muchas veces. No se lo digo porque esté orgulloso de ello, pero, en fin, dejémoslo. En general soy un tipo callado, pero la marihuana me desata la lengua.

Nos quedamos callados un buen rato, sin movernos, como si quisiéramos enfriar algún tipo de acaloramiento. No sabía qué decir. Me sentía el viajero de un tren que observa aparecer y desaparecer un extraño paisaje al otro lado de la ventanilla. Estaba tan relajado que no comprendía cómo conectaban entre sí las distintas partes que formaban mi cuerpo, a pesar de que mi conciencia se mantenía bien despierta. El tiempo marcaba minutos polirrítmicos imposibles.

—¿Quieres tomar una cerveza? —le pregunté al cabo de un rato.

—Sí, muchas gracias.

Fui a la cocina y volví con cuatro latas de cerveza y un poco de Camembert.

—¿Cuándo quemaste un granero por última vez?

—Pues... —se quedó pensativo con la lata de cerveza vacía en la mano—. En verano, a finales de agosto.

—¿Y cuándo quemarás el próximo?

—No lo sé. No lo planifico ni lo señalo en el calendario. Lo hago cuando me parece bien.

—Pero cuando te dan ganas, no sueles tener por casualidad un granero cerca que te resulte conveniente, ¿verdad?

—Por supuesto que no. Por eso lo elijo con antelación.

—O sea, que es como si los tuvieras en depósito.

—Eso es.

—¿Puedo hacerte otra pregunta?

—Claro.

—¿Ya tienes decidido cuál será el próximo?

Frunció el ceño e inhaló aire con un ruido.

—Sí, ya está decidido.

Di un sorbo a la cerveza.

—Es un granero estupendo, como no encontraba otro desde hace mucho tiempo. A decir verdad, hoy he venido hasta aquí para investigar.

—¿Quieres decir que está cerca de aquí?

—Muy cerca.

Llegados a ese punto, dejamos el tema de los graneros.

Ella se despertó. Eran las cinco. Volvió a disculparse por lo inesperado de la visita. A pesar de la cantidad de cerveza que había ingerido, él estaba sobrio. Sacó el coche del jardín trasero.

—Estaré atento a los graneros —le dije antes de despedirnos.

—De acuerdo. Recuerde que está muy cerca.

—¿Qué es eso de los graneros? —preguntó ella.

—Cosas de hombres —dijo él.

—¡Uf!

Desaparecieron los dos.

Volví al salón y me tumbé en el sofá. La mesa estaba en completo desorden. Alcancé la trenca colgada en el perchero, me la eché por encima hasta taparme la cabeza y me quedé profundamente dormido.

Cuando me desperté, la habitación estaba a oscuras. Habían dado las siete. Era una oscuridad azulada impregnada de olor a tabaco y marihuana, una oscuridad desigual, extraña. Sin levantarme del sofá, traté de recordar cómo continuaba la función del colegio que me había venido a la memoria, pero había perdido el hilo. ¿Había conseguido el zorrillo finalmente los guantes?

Me levanté. Abrí la ventana para ventilar la habitación y me preparé un café.

Al día siguiente fui a una librería y compré un mapa de la zona. Era un mapa a escala 1:20.000 en el que aparecían hasta las calles más pequeñas. Anduve con el mapa en la mano y marqué con una X todos los lugares donde había graneros. Los tres días siguientes caminé en todas direcciones en un radio de cuatro kilómetros. Mi casa estaba en las afueras y en la zona aún quedaban muchas casas de campo viejas. Había un considerable número de graneros. Dieciséis en total.

Su siguiente objetivo debía de ser uno de ellos y, por lo que me había dicho, suponía que no estaría muy lejos de mi casa.

Examiné con atención uno a uno el estado de todos ellos. Excluí los que se encontraban demasiado cerca de viviendas, los invernaderos, los que guardaban maquinaria agrícola o los que tenían algún cartel de advertencia de productos químicos como pesticidas. No imaginaba que quisiera destruir maquinaria agrícola o provocar una catástrofe química.

Al final quedaron cinco. Cinco graneros candidatos a desaparecer devorados por las llamas o, visto de otro modo, cinco graneros que podían arder sin mayores consecuencias. Construcciones que arderían en apenas quince minutos y cuya desaparición nadie lamentaría. No podía decidir, en cambio, cuál de todos ellos elegiría. Ahí jugaba un elemento de subjetividad. Me moría de ganas por descubrir cuál sería.

Extendí el mapa, borré las X descartadas y dejé solo las cinco candidatas más sólidas. Cogí un cartabón, un transportador de ángulos y un compás. Salí de casa para trazar desde allí la ruta más rápida que pasaba por todos ellos. La operación resultó difícil. Todos las alternativas eran sinuosas, había colinas, arroyos. La distancia más corta resultó de 7,2 kilómetros. La calculé varias veces para reducir al máximo el margen de error.

A las seis de la mañana del día siguiente, me puse la ropa de deporte y las zapatillas para hacer la ruta corriendo. Tenía la costumbre de correr todos los días seis kilómetros, por lo que aumentar uno no me suponía demasiado esfuerzo. El paisaje era interesante, y aunque había dos pasos a nivel, la frecuencia de trenes era más bien escasa.

Salí de casa y di varias vueltas en el campo de deportes de una universidad cercana. Después atravesé una calle sin asfaltar de unos tres kilómetros de longitud. A mitad de camino estaba el primero de los graneros, seguido de una arboleda en ligera pendiente. Más allá, otro granero y una cuadra. Si los caballos llegaban a ver el fuego, se alborotarían mucho, pero poco más. No había verdadero peligro. El tercer y cuarto granero se parecían como dos hermanos gemelos, viejos, feos y sucios. Apenas había doscientos metros de distancia entre ambos. Si se había decidido por uno de esos, casi me parecía mejor quemar los dos juntos.

El último se encontraba junto a uno de los pasos a nivel, en el punto kilométrico seis de mi ruta. Estaba completamente abandonado. En la fachada que daba a la vía había un cartel de Pepsi-Cola. Esa construcción, ni siquiera sé si debería llamarla así, amenazaba ruina. Era cierto que parecía esperar a que alguien le pegara fuego, como decía él.

Me detuve delante. Respiré hondo un par de veces, crucé el paso a nivel y volví a casa. El recorrido me llevaba 31 minutos y 30 segundos. Me duché y desayuné. Me tumbé en el sofá y, después de escuchar un disco, me puse a trabajar.

Durante un mes seguido hice la misma ruta todas las mañanas, pero no ardía ningún granero. Llegué incluso a pensar que lo que quería en realidad era que lo quemase yo. Quizá me había metido esa idea en la cabeza para que se hinchara poco a poco como la rueda de una bicicleta. En lugar de esperar, a lo mejor sería más rápido encender una cerilla y pegarle fuego yo mismo. No eran más que viejos graneros.

Pero al pensarlo dos veces, me di cuenta de que hubiera sido llevar las cosas demasiado lejos. No me dedicaba a quemar graneros. Por mucho que esa idea se hubiese apoderado de mí, no era un pirómano. Lo era él, no yo. Tal vez había cambiado de idea o tal vez estaba ocupado y no encontraba el momento de hacerlo. Fuera como fuera, tampoco tenía noticias de ella.

Llegó diciembre. El otoño tocó a su fin y el aire de la mañana empezó a calar en la piel. Los graneros seguían en pie. La escarcha cubría los tejados y los pájaros de invierno aleteaban en el interior de la arboleda congelada. El mundo seguía su curso sin apenas cambios.

La siguiente vez que le vi fue a mediados de diciembre del año pasado, poco antes de Navidad, cuando, fuera uno a donde fuera, no se oían más que las canciones típicas de la época. Había ido al centro para comprar unos regalos y mientras caminaba por Nogizaka vi su coche. Un deportivo gris plateado. No había duda. Matrícula de Shinagawa y junto al faro izquierdo un pequeño arañazo. Estaba en el aparcamiento de una cafetería, pero, a decir verdad, ya no refulgía como la última vez. Se veía mate. Quizá fuera solo una impresión mía, porque tengo tendencia a modificar los recuerdos a conveniencia. Entré en la cafetería sin pensármelo dos veces.

Estaba a oscuras y en ella reinaba un fuerte olor a café. No se oían voces, solo una música barroca no demasiado alta. Lo reconocí de inmediato. Se hallaba sentado junto a la ventana frente a una taza de café con leche. Hacía tanto calor allí dentro que se me empañaron las gafas. Sin embargo, él no se había quitado su abrigo negro de cachemir. Ni siquiera la bufanda.

Vacilé antes de hablarle. No mencioné que había visto su coche aparcado fuera. Fingí que había entrado por pura casualidad.

—¿Puedo sentarme? —le pregunté.

—Por supuesto, se lo ruego —respondió él con su habitual cortesía.

Hablamos de generalidades sin que la charla llegara a fluir del todo. En realidad no teníamos nada en común y él parecía distraído, con la cabeza en otra parte. En cualquier caso, no parecía molestarle mi presencia. Me contó algo sobre un puerto de Túnez, sobre los langostinos que se conseguían allí. No hablaba por obligación. Los langostinos parecían interesarle de verdad, pero la conversación se quedó a medias, como si a una fina corriente de agua se la hubiera tragado la arena del desierto.

Levantó la mano para llamar al camarero y pidió otro café con leche.

—Por cierto, ¿qué paso con el granero? —me atreví a preguntarle.

Sonrió apenas con un gesto de la comisura de los labios.

—¡Vaya, aún se acuerda de eso!

Sacó un pañuelo del bolsillo, se limpió la boca y lo guardó de nuevo.

—Lo quemé como le dije.

—¿Cerca de mi casa?

—Sí, muy cerca.

—¿Cuándo?

—Unos diez días después de nuestra visita.

Le hablé de mi mapa, de mi recorrido diario por los graneros.

—Me extraña que se me pasara por alto.

—Un plan minucioso —dijo él con aire divertido—. Minucioso y muy teórico, pero debió de pasársele algo por alto. Son cosas que ocurren. A veces algo se escapa cuando está demasiado cerca.

—No lo entiendo.

Se ajustó el nudo de la corbata y miró la hora.

—Demasiado cerca —repitió—. Lo siento, debo marcharme. ¿Por qué no hablamos de eso la próxima vez? Tengo una cita y no me gusta llegar tarde.

No había razón para retenerle. Se levantó y se guardó el tabaco y el mechero en el bolsillo.

—Por cierto, ¿ha vuelto a verla desde entonces? —me preguntó.

—No, ¿y tú?

—No. No hay forma de contactar con ella. No la encuentro en su casa, no responde al teléfono y hace tiempo que no va a clase.

—Se habrá marchado a alguna parte. Una de sus ocurrencias, ya sabes. Ya lo ha hecho varias veces.

De pie, con ambas manos metidas en los bolsillos, miró fijamente la mesa.

—¿Se va por ahí durante un mes y medio sin un céntimo? Tampoco es tan espabilada a la hora de ganarse la vida.

Chascó los dedos un par de veces dentro del bolsillo.

—La conozco bien. No tiene dinero ni amigos a los que se les pueda llamar verdaderamente así. Su agenda está repleta de nombres, pero todo es pura apariencia. No puede contar con nadie. Solo confiaba en usted y no lo digo por cortesía. Creo de verdad que siempre ha sido alguien especial para ella. Incluso yo estaba celoso, y se lo dice alguien que nunca había tenido celos.

Suspiró ligeramente y volvió a mirar la hora.

—Tengo que irme. Nos veremos en otra ocasión —se despidió.

Asentí con la cabeza sin saber qué decir. Siempre me ocurría delante de él. Las palabras se resistían a salir.

Después de nuestro encuentro la llamé varias veces, pero le habían cortado el teléfono por falta de pago. Me preocupé. Fui a su apartamento. La puerta estaba cerrada a cal y canto y el buzón desbordante de publicidad. No encontré al conserje y no tuve forma de confirmar si aún vivía allí. Arranqué una hoja de mi agenda para dejarle una nota en la que le pedía por favor que me llamara. La firmé y la metí en el buzón. No me llamó.

La siguiente vez que fui allí, en su puerta estaba escrito el nombre de otra persona. Llamé, pero nadie respondió. Como en la ocasión anterior, tampoco encontré al conserje.

Me resigné. De eso hace ya casi un año.

Desapareció.

Aún corro todas las mañanas por el camino de los cinco graneros y ninguno ha sido pasto de las llamas. Tampoco tengo noticia del incendio de ninguno en otro lugar. Llegó otra vez el mes de diciembre y los pájaros de invierno sobrevolaron mi cabeza. Así fui cumpliendo años.

En la oscuridad de la noche, a veces pienso en graneros que se derrumban al incendiarse.

El pequeño monstruo verde

Mi marido se marchó a trabajar como de costumbre y yo ya no tenía nada que hacer. Me senté junto a la ventana para contemplar el jardín a través del hueco que se abría entre las cortinas, sin ninguna razón especial. Simplemente no tenía nada que hacer y miraba sin más a la espera de que se me ocurriera algo. De entre todas las cosas del jardín, me fijé en el roble. Era mi árbol favorito. Me gustaba desde que era pequeña. Lo había plantado de niña y lo había visto crecer a lo largo de los años. Lo consideraba mi amigo y a menudo hablaba con él.

Creo que volví a hablar con él, aunque no recuerdo bien de qué. Tampoco sé cuánto rato estuve allí sentada. Cuando contemplo el jardín, el tiempo se me pasa volando. Antes de darme cuenta ya había empezado a oscurecer, así que debió de ser mucho tiempo. De pronto, oí un ruido sordo, una especie de susurro extraño en la distancia. Al principio me pareció que brotaba de mi interior, como si padeciera una alucinación auditiva, un oscuro presentimiento hilándose despacio dentro de mi cuerpo. Aguanté la respiración para no distraerme y agucé el oído. No cabía duda, poco a poco el ruido fue acercándose. No tenía ni idea de qué se trataba. Me ponía la carne de gallina.

El suelo en la base del tronco del árbol empezó a abultarse como si brotara hacia la superficie un líquido espeso. De nuevo contuve la respiración. El montículo de tierra se resquebrajó y algo afilado como una especie de uñas salió de dentro. Apreté los puños y agucé la mirada atenta a aquello. Sabía que iba a ocurrir algo. Las uñas rasgaban con fuerza la tierra y el

161

agujero se hacía cada vez más grande. No tardó en salir a rastras un pequeño monstruo verde.

Tenía el cuerpo cubierto de brillantes escamas verdes. En cuanto salió del agujero se sacudió para limpiarse los restos de tierra. Tenía la nariz larga, de un extraño verde intenso, más fina cerca de la punta y aguda como un látigo. Sus ojos, sin embargo, eran humanos. Me estremecí. En su mirada se apreciaban los mismos sentimientos que en los tuyos o en los míos.

Se acercó despacio a la entrada y llamó a la puerta con la punta de la nariz. Un ruido seco resonó en el interior de la casa. Caminé de puntillas hasta la habitación del fondo con la esperanza de que no se diera cuenta de mi presencia. Ni siquiera podía gritar. No había ninguna casa en los alrededores y mi marido aún tardaría en volver. Tampoco podía huir por la puerta de atrás porque no había. Era una casa con una sola puerta a la que llamaba un monstruo verde de aspecto repugnante. Contuve la respiración para pasar inadvertida, rezando para que se cansara y se marchara a otra parte. Sin embargo, no lo hizo. La punta de su nariz se estrechó todavía más, la introdujo por la cerradura y, después de manipularla, hizo un ruido y la abrió. Detrás de la puerta entornada apareció la nariz, que se quedó allí mucho tiempo, como una serpiente olfateando con la lengua. Si hubiera sabido que al final iba a abrir, me habría quedado tras la puerta armada con un cuchillo para cortarle la nariz. Tenía montones de cuchillos afilados en la cocina. Como si me leyera el pensamiento, el monstruo dibujó una sonrisa. «No servir nada hacer semejante cosa», dijo. Hablaba de un modo extraño, como si no hubiera aprendido del todo a hacerlo. «Es como cola de lagarto», se explicó, «por mucho cortar sale nueva, cada vez más fuerte. No sirve de nada.» Movía sus horribles ojos como si fueran peonzas.

Me pregunté si podría leer los pensamientos. En caso afirmativo, sería terrible porque en general es algo que no soporto, y especialmente si lo hacía un horrible monstruo que ni siquiera sabía lo que era. Tenía el cuerpo empapado de sudor frío. «¿Qué querrá de mí?», me pregunté inquieta. «¿Devorarme, arrastrarme dentro de su agujero? Sea como sea», pensé, «al menos no es tan horrible como para no poder mirarlo de frente.» Unas delgadas extremidades rosáceas que nacían bajo las escamas verdes terminaban en unas uñas largas, pero no resultaba una visión desagradable. Al mirarlo bien, me di cuenta de que no albergaba malas intenciones ni hostilidad hacia mí.

«Por supuesto», dijo con una ligera inclinación de cabeza. Al hacerlo, sus escamas crujieron con un ruido parecido al de una mesa llena de tazas de café al moverse. «¿Cómo voy a devorarla? No debería pensar horribles cosas. No tengo mala intención. ¿Cómo podría?», me preguntó.

No me había equivocado. Leía mis pensamientos.

«Señora, señora. Escúcheme. He venido a pedir mano. ¿Lo entiende? Me arrastro hasta aquí desde muy muy profundo. Mucho esfuerzo. He escarbado tierra y mis uñas rotas. Si tuviera mala intención, mala intención, mala intención, no tomar molestia. He venido porque la quiero mucho. La quería desde lugar profundo. No podía soportar y me arrastré hasta aquí arriba. Todos me querían detener, pero no podían. Me hacía falta coraje. Pensará que soy descarado por pedir mano y ser monstruo.»

Mi corazón me dijo que tenía razón, un monstruo descarado que se presentaba de esa manera para cortejarme. En su cara se dibujó entonces un gesto triste y, como si respondieran a su estado de ánimo, las escamas de su cuerpo se tornaron moradas. Incluso me pareció que encogía. Me crucé de brazos y lo miré fijamente. «Quizá sus mutaciones se deben a los cambios de humor», pensé. A pesar de su terrible e impresentable aspecto, su corazón podía ser blando y vulnerable, como un dulce de malvavisco. De ser así, tenía probabilidades de vencerle. «Lo intentaré de nuevo», me decidí. «Eres un impresentable», pensé como si hablase en voz tan alta que casi pareció resonar en mi corazón. «Eres un impresentable.» Sus escamas volvieron a ponerse moradas en fracciones de segundo. Se le hincharon los ojos, como si absorbieran toda mi mala sangre. Sobresalieron de la superficie de la cara como si fueran higos y derramó unas lágrimas en forma de líquido rojo que hicieron ruido al caer.

No me daba miedo. Quise probar con la mayor crueldad que era capaz de imaginar: le até mentalmente a una pesada silla con gruesos alambres y le arranqué una a una sus escamas verdes con unas pinzas. Puse la hoja de un cuchillo afilado al fuego hasta que estuvo al rojo vivo y le hice profundas marcas en sus pantorrillas rosas de aspecto blandengue. Dirigí la llama de un soplete hacia sus ojos hinchados como higos. Cada vez que imaginaba una nueva fase del suplicio, el monstruo se retorcía como si de verdad lo pusiera en práctica. Gritaba, sufría, derramaba lágrimas teñidas de color que golpeaban el suelo haciendo ruido, un líquido espeso brotaba de sus oídos y después un vapor grisáceo con olor a rosas. Me miraba fijamente con sus ojos hinchados. En su mirada se leía rencor y reproche. «Por favor, señora, por favor. No pensar cosas crueles», gritó. «Aunque solo pensamientos, por favor no lo haga», insistió en un tono muy triste. «No mala intención. No hacer nada malo. Solo la quería, pero no quise escucharla.» «¡Basta de tonterías!», le interrumpí con mi pensamiento. «Has aparecido bajo la tierra de mi jardín, has abierto sin permiso la puerta de mi casa y has entrado aquí. No te he invitado. Tengo todo el derecho a pensar lo que me apetezca y por eso pensaré cosas aún más crueles.»

Atormenté su cuerpo sirviéndome de todo tipo de máquinas e instrumentos, sin rechazar cualquier forma de tortura que se me pudiera ocurrir, cualquier cosa que convirtiera su existencia en un tormento. «Lo ves, maldito monstruo», pensé de nuevo. «No tienes ni idea de cómo somos las mujeres. No tengo límite si se trata de imaginar este tipo de cosas.» Poco después, sus contornos empezaron a hacerse difusos. Incluso su poderosa nariz verde se encogió como si no fuera más que una lombriz. El monstruo se retorcía por el suelo, movía la boca como si quisiera decir algo, como si quisiera transmitirme algo que se le había olvidado, un mensaje muy importante. La boca dejó de moverse con una mueca de sufrimiento y enseguida desapareció. Su cuerpo ya no era más que una sombra al atardecer y solo sus ojos hinchados y tristes contemplaron el vacío con una expresión de profunda pena. «No te va a servir de nada esa mirada», pensé. «Por mucha lástima que quieras darme no vas a poder decir nada, o hacer nada. Tu existencia termina aquí.» Sus ojos desaparecieron en el vacío y la oscuridad de la noche inundó la habitación sin hacer el más mínimo ruido.

Asunto de familia

Tal vez sea algo que le sucede a todo el mundo, pero el prometido de mi hermana pequeña no me gustó desde el primer momento. De hecho, a medida que pasaba el tiempo me gustaba menos, y al final incluso empecé a dudar de esa hermana que había decidido casarse con semejante hombre. Me había decepcionado, para ser sincero.

Quizás el problema resida en mi estrechez de miras.

Al menos eso parecía pensar ella de mí. Nunca tocábamos el tema, pero sabía que no me gustaba su novio y eso le molestaba.

—Tienes una visión demasiado estrecha de las cosas —me dijo en cierta ocasión.

En el momento de decírmelo, nuestro tema de conversación giraba en torno a unos espaguetis. O sea, me estaba diciendo que era estrecho de miras con respecto a los espaguetis.

Obviamente, su cuestionamiento no se ceñía solo a la pasta. Más allá de lo inmediato estaba su prometido, su verdadera preocupación. Digamos que era como una guerra por poderes.

Todo empezó un domingo al mediodía, cuando sugirió que fuésemos a comer a un italiano. Era justo lo que quería y le dije que sí sin dudarlo. Fuimos a un acogedor restaurante que acababa de abrir cerca de la estación. Pedí espaguetis con berenjena y ajo. Ella se los pidió con albahaca. Mientras esperábamos me bebí una cerveza. Hasta ahí todo fue bien, ningún problema. Era un precioso domingo de mayo. La cosa empezó a torcerse cuando me sirvieron. La pasta era tan espantosa que casi me atrevo a compararla con una catástrofe. La parte exterior sabía demasiado a harina y por el centro estaban duros, mal cocidos. En cuanto a la mantequilla, incluso un perro habría apartado la nariz sin pensárselo. Comí a duras penas la mitad, me resigné y le pedí a la camarera que se lo llevara.

Al principio, mi hermana me miraba disimuladamente sin decir nada. Se tomó su tiempo hasta dejar el plato limpio. Mientras tanto, yo me bebí una segunda cerveza y estuve mirando la calle desde la ventana.

—No deberías despreciar la comida de esa manera —me dijo cuando la camarera se llevó el plato.

—Estaba malísimo —me limité a explicar.

—No tanto como para dejar la mitad. ¿No podías haber comido un poco más?

—Si quiero comer, como. Si no quiero comer, no como. Se trata de mi estómago, no del tuyo, ¿no crees?

—Acaban de abrir y seguro que el cocinero aún no se ha familiarizado con la cocina. ¿No podrías ser un poco más tolerante?

Me lo preguntó mientras sorbía el café con aspecto insípido que le habían servido.

—Tal vez tengas razón, pero dejar a medias una comida que no está buena es una forma de expresar una opinión.

—¿Desde cuándo te consideras tan importante?

—¿Por qué te empeñas en discutir? ¿Acaso tienes la regla?

—¡Cierra el pico! No digas estupideces. No te atrevas a decir eso.

—Está bien, cálmate. Se trata de mí. Sé incluso cuándo tuviste tu primera regla. Tardó mucho en venirte y mamá te llevó al médico, ¿a que sí?

—Si no te callas te voy a tirar el bolso a la cara.

Estaba enfadada de verdad. Me callé.

—Tu problema es que eres muy estrecho de miras —dijo mientras se echaba un poco más de leche en el café (insípido, seguro)—. Solo te fijas en los defectos y después te dedicas a criticar. No haces ningún esfuerzo por mirar el lado bueno de las cosas. Si algo no coincide con tu visión de las cosas, ni siquiera te molestas en tocarlo. Es una actitud muy enervante.

—Puede ser, pero se trata de mi vida, no de la tuya.

168

—Y encima te da igual si hieres a la gente. Solo te dedicas a limpiar tus inmundicias, como cuando te masturbas.

—¿Cuando me masturbo? ¿De qué diablos hablas?

—Cuando estabas en el instituto ponías las sábanas perdidas de tanto pajearte. Lo sé. No sabes lo que cuesta limpiar esas manchas. ¿No podías hacerlo sin manchar las sábanas? Lo que digo es que esas cosas tuyas son un verdadero fastidio.

—Tendré más cuidado, pero repito, se trata de mi vida y hay cosas que me gustan y otras no. Es irremediable.

—Pero con tu actitud hieres a la gente. ¿Por qué no te esfuerzas un poco? ¿Por qué no tratas de ver la parte positiva de las cosas? ¿Por qué, al menos, no te controlas? ¿Por qué no maduras de una vez?

—Maduro poco a poco —me defendí, algo herido en mis sentimientos—. Me controlo y también veo la parte positiva de las cosas. Lo que sucede es que no miramos en la misma dirección.

—Es tu arrogancia, por eso ni siquiera tienes una novia de verdad y ya has cumplido veintisiete años.

—Tengo novia.

—Solo para acostarte con ella. Eso es lo que haces. Todos los años sustituyes a la chica con la que te acuestas. ¿Te parece divertido? Si no hay comprensión, amor o consideración, ¿qué sentido tiene? Es como masturbarse.

—No sustituyo a nadie cada año —protesté sin demasiada convicción.

—Algo parecido. ¿Por qué no te tomas la vida un poco más en serio? ¿Por qué no te comportas de una vez como un adulto?

Llegado a ese punto, nuestra conversación tocó a su fin. A partir de ese momento, por mucho que le hablase, ella no se dignaba a contestarme.

No entendía cómo podía pensar todas esas cosas de mí. Apenas un año antes, parecía divertirle mucho mi decidida vida irresponsable. Si no me equivoco, creo que incluso me tenía envidia. Sus reproches empezaron cuando comenzó a salir con su prometido.

No me parecía justo. Ella y yo teníamos una relación desde

hacía veintitrés años. Siempre nos habíamos llevado bien, podíamos hablar de cualquier cosa abiertamente. Casi nunca nos peleábamos. Sabía sobre mis masturbaciones y yo sobre su primera regla, cuándo compré mis primeros condones (con diecisiete años) y cuándo se compró ella su primera ropa interior de encaje (con diecinueve).

En alguna ocasión salí con amigas suyas (no me acosté con ellas, por supuesto) y ella salió alguna vez con amigos míos (creo que tampoco llegaron a tanto). Así crecimos, y lo que había sido una relación óptima entre nosotros, estaba cambiando de golpe en apenas un año. Cuanto más lo pensaba, más me enfadaba.

Tenía que comprarse unos zapatos y la dejé frente a los grandes almacenes delante de la estación. Volví solo al apartamento. Llamé a mi novia. No estaba en casa, algo lógico en un esplendoroso domingo de mayo. No es de extrañar que no logres citarte con una chica si la llamas un domingo a las dos de la tarde. Colgué el teléfono, pasé las páginas de la agenda y llamé a otra, una estudiante universitaria a la que había conocido en una discoteca. Estaba en casa.

—¿Vamos a tomar algo?

—¡Qué dices! Aún son las dos de la tarde —replicó en un tono molesto.

—Da igual la hora. Mientras tomamos algo anochecerá. Conozco el lugar perfecto para ir a ver la puesta de sol. Si no llegas antes de las tres, es imposible encontrar un sitio libre.

—¿Acaso eres un experto en puestas de sol?

A pesar de sus reticencias, aceptó la invitación. Siempre me había dado la impresión de ser una chica amable. La recogí en su casa y conduje por la carretera de la costa un poco más allá de Yokohama. Fuimos a un bar de la playa como le había prometido. Me tomé cuatro I.W. Harper con hielo y ella dos daiquiris de plátano (¡daiquiri de plátano, increíble!). Contemplamos juntos la puesta de sol.

—¿Puedes conducir después de beber tanto? —preguntó ella preocupada.

—Ningún problema. Si se trata de alcohol, estoy bajo par.

—¿Bajo par?

—Cuatro copas me bastan para estar normal. No tienes de qué preocuparte.

—¡Uf...!

Paramos en Yokohama para cenar algo y nos besamos en el coche. Le sugerí que fuéramos a un hotel, pero ella no quiso.

—Llevo un tampón.

—Pues quítatelo.

—¡Ni en sueños! Es mi segundo día.

Así terminó el día. Para eso, habría sido mejor quedar con mi novia. En un principio, mi plan era pasar un día tranquilo con mi hermana por primera vez en mucho tiempo y por eso no había quedado con nadie. Un completo fracaso de domingo.

—Lo siento, pero no te miento —se disculpó ella.

—Da igual, no es culpa tuya. Más bien mía.

—¿Tengo la regla por tu culpa? —preguntó extrañada.

—No, me refería a mi suerte.

¡Vaya una pregunta estúpida!

La llevé a su casa en Setagaya. De camino, el embrague empezó a hacer ruidos sospechosos. Debía llevarlo al mecánico en breve, pensé angustiado. Era el clásico día en el que una cosa sale mal y todo termina por torcerse.

—¿Puedo llamarte otro día? —le pregunté.

—¿Para quedar o para ir a un hotel?

—Las dos cosas —dije con una sonrisa—. Las dos cosas van juntas, ya sabes, como el cepillo y la pasta de dientes.

—Está bien, lo pensaré.

—Hazlo, pensar es bueno porque la cabeza se mantiene joven.

—¿Y si quedamos en tu casa? ¿No puedo ir a verte?

—Lo siento, vivo con mi hermana pequeña y tenemos unas reglas de convivencia. Yo no invito a mujeres a casa y ella no invita a hombres.

—¿Es tu hermana de verdad?

—Sí. La próxima vez te traeré una copia del empadronamiento.

Se rió.

Me quedé allí hasta que cerró la puerta de su casa. Arranqué el coche y conduje de vuelta pendiente del ruido del embrague.

El apartamento estaba a oscuras. Abrí la puerta, encendí la luz y llamé a mi hermana. No respondía. ¿Dónde demonios estaría a las diez de la noche? Busqué el periódico de la tarde, pero no lo encontré. Claro, los domingos no salía.

Saqué una cerveza de la nevera, tomé un vaso y me fui al salón. Encendí el equipo de música para escuchar un nuevo disco de Herbie Hancock. Mientras esperaba a que saliera el sonido de los altavoces, me serví la cerveza. Sin embargo, por mucho que esperase no se oía nada. Me acordé de que el equipo se había estropeado tres días antes. El aparato se encendía, pero no emitía sonido alguno.

Tampoco podía ver la tele. Tenía un monitor sin audio conectado al equipo de música. No me quedó más remedio que mirar las imágenes de la televisión en silencio mientras me bebía la cerveza.

Ponían una película antigua de la segunda guerra mundial. Era sobre el Afrika Korps de Rommel, tanques luchando en el desierto silencioso que disparaban cañones sordos, fusiles automáticos de balas silenciosas, soldados que morían sin decir nada.

Suspiré por décima sexta vez aquel día. (Creo que no me equivoco en la cuenta.)

Había empezado a vivir con mi hermana hacía cinco años, en primavera. En aquella época yo tenía veintidós y mi hermana dieciocho. Yo acababa de encontrar trabajo nada más terminar la universidad, y ella acababa de matricularse después de terminar el instituto. Nuestros padres le habían dado permiso para estudiar en Tokio a condición de que viviera conmigo. A ella le pareció bien y yo tampoco puse pegas. Alquilaron un amplio apartamento con dos habitaciones. Yo me comprometí a pagar la mitad de la renta.

Nos llevábamos bien. No teníamos ningún problema de convivencia. Como trabajaba en el departamento de relaciones públicas de una fábrica de aparatos eléctricos, salía tarde por las mañanas y volvía a casa de noche. Ella salía temprano y solía volver a casa a primera hora de la tarde. Cuando me despertaba, ya se había marchado, y al regresar, la mayoría de las veces ya estaba dormida. Los sábados y los domingos aprovechaba para quedar con chicas. Hablábamos como mucho una o dos veces a la semana, pero creo que eso fue bueno para nosotros. De esa manera, no teníamos tiempo para discutir y no nos metíamos en los asuntos privados del otro.

También a ella le pasaron muchas cosas, pero no me sentía en posición de decirle nada. Después de todo, tenía dieciocho años. ¿Cómo podía decirle algo por acostarse con chicos?

Solo una vez sujeté su mano entre las mías desde la una hasta las tres de la madrugada. Al volver del trabajo me la encontré llorando en la mesa de la cocina. Estrecho de miras y egoísta como soy, enseguida me di cuenta de que me necesitaba. De haber querido estar sola, se habría encerrado en su cuarto y no se habría quedado en la cocina. Al menos eso era capaz de entenderlo.

Me senté a su lado y le agarré la mano. No lo hacía desde que íbamos a la escuela primaria y salíamos juntos a cazar libélulas. Me sorprendió lo grande y firme que era su mano. Lloró dos horas seguidas sin parar, sin apenas moverse. No podía creer que su cuerpo fuera capaz de producir semejante cantidad de lágrimas. Dos minutos me bastaban a mí para quedarme seco.

A las tres de la mañana estaba agotado y decidí ponerle punto final a aquello. Era incapaz de mantener los ojos abiertos por más tiempo. Era el momento de asumir mi papel de hermano mayor y decirle algo. Nunca se me habían dado bien ese tipo de cosas, pero no me quedaba más remedio.

—No quiero entrometerme en tus cosas —dije al fin—. Es tu vida y puedes hacer lo que te parezca.

Asintió con la cabeza.

—Solo quiero decirte una cosa —continué—. Es mejor que no lleves condones en el bolso. Te van a confundir con una cualquiera.

Al escucharme, agarró la agenda que estaba encima de la mesa y me la lanzó con todas sus fuerzas.

—¿Cómo te atreves a hurgar en mi bolso?

Cuando se enfadaba, tenía la costumbre de lanzar lo que tuviera al alcance de la mano. Para no empeorar las cosas, no le dije nada.

En cualquier caso, dejó de llorar y al fin pude acostarme.

Aunque se graduó y consiguió trabajo en una agencia de viajes, nuestro estilo de vida apenas cambió. Su empresa era muy estricta con los horarios. De nueve a cinco. Mi vida, por el contrario, cada vez se volvía más caótica. Iba a la oficina a eso del mediodía, me sentaba a la mesa a leer el periódico y solo a partir de las dos empezaba a trabajar de verdad. Me reunía con las agencias de publicidad por la tarde, bebía y volvía a casa no antes de la medianoche.

Durante sus primeras vacaciones de verano se fue con una amiga a California en un viaje organizado que ofrecía su agencia a precio de saldo a los empleados. Durante el viaje intimó con un ingeniero informático un año mayor que ella que viajaba en el mismo grupo. A su regreso a Japón empezó a salir con él de vez en cuando. Era una historia corriente, de esas que me producen alergia. En primer lugar, me disgustan los viajes organizados, y solo pensar en conocer a alguien en esas circunstancias me enferma.

Desde que empezó a salir con el ingeniero informático, sin embargo, se la veía mucho más alegre. Se dedicó a conciencia a las cosas de la casa y empezó a preocuparse de la ropa. Hasta ese momento, salía a cualquier parte con una camiseta, unos vaqueros descoloridos y unas zapatillas de deporte. A partir de su transformación, el zapatero de la entrada se llenó de zapatos de mujer y la casa se inundó de perchas metálicas, de esas que dan en las tintorerías. Ponía la lavadora a todas horas, planchaba (hasta entonces había apilado la ropa sucia en el baño como si fuera un termitero amazónico), cocinaba y limpiaba. Síntomas de peligro. Me daba cuenta por mi propia experiencia. Cuando una mujer empieza a actuar así, el hombre solo tiene dos opciones: huir o casarse.

Al cabo de un tiempo me enseñó una foto del ingeniero. Era la primera vez que me mostraba la foto de un chico. Otro síntoma de peligro.

174

De hecho, tenía dos. Una estaba tomada en el muelle de los pescadores de San Francisco. Se los veía a ambos con una amplia sonrisa en la cara junto a un pez espada.

—¡Vaya un pescado! —dije admirado.

—¡Déjate de bobadas! Voy en serio.

—¿Qué quieres que diga entonces?

—Nada. Es él.

Me acerqué la foto para estudiar su cara con más detenimiento. Era una de esas caras simples que parecen existir en este mundo solo para provocarme un desagrado instantáneo. Tal cual. Por si fuera poco, el ingeniero informático me recordaba a un compañero mío del mismo club del instituto y que era un año mayor, un tipo al que odiaba. Mi compañero no era feo, pero tenía la cabeza hueca y era un avasallador. Tenía memoria de elefante y recordaba hasta la eternidad las cosas más insignificantes. Su memoria suplía, sin duda, su falta de inteligencia.

—¿Cuántas veces lo habéis hecho? —le pregunté.

—¡No digas tonterías! —exclamó sonrojada—. No mires el mundo con tu vara de medir. No todos son como tú.

La segunda foto ya era de regreso en Japón. Estaba él solo. Vestía una cazadora de cuero y estaba apoyado en una moto grande. Encima del asiento había un casco. La expresión de su cara era exactamente la misma que la de la foto de San Francisco. Quizá no tenía más expresiones.

—Le gustan las motos —me aclaró ella.

—¿En serio? Pensaba que se había puesto la cazadora únicamente para la foto.

Quizá solo fuera otra muestra de mi estrechez de miras, pero nunca me habían gustado los locos de las motos, los aires que se daban, lo encantados que estaban de conocerse. No dije nada y me limité a devolverle la foto.

—¿Y? —pregunté.

—¿Y, qué?

—¿Y entonces qué viene ahora?

—No lo sé. Quizá nos casemos.

—¿Te lo ha propuesto?

—Algo así, pero aún no le he dado una respuesta.

—Entiendo.

—La verdad es que no estoy segura de querer casarme. Acabo de empezar a trabajar y me gustaría tomarme las cosas con calma, divertirme un poco más. No a lo loco como tú, por supuesto.

—Una actitud muy sana.

—Pero no lo sé. Es un encanto. A veces pienso que me gustaría casarme con él. Resulta complicado.

Volví a mirar la foto que había dejado encima de la mesa. Suspiré para mis adentros.

Aquella conversación tuvo lugar antes de Navidad. Una mañana, poco después de Año Nuevo, llamó mi madre cuando me estaba cepillando los dientes mientras escuchaba *Born in the USA* de Bruce Springsteen. Me preguntó si conocía al chico con el que salía mi hermana. Le dije que no.

Al parecer le había escrito para preguntarle si podía ir a casa con él a pasar el fin de semana dentro de quince días.

—Será que quiere casarse —dije yo.

—Por eso te pregunto. Quiero saber cómo es. Me gustaría tener un poco de información antes de conocerlo.

—Bueno, no lo he visto nunca, pero es un año mayor que ella y es ingeniero informático. Me parece que trabaja en IBM o algo así, una empresa con tres letras como NEC o NTT. Solo lo he visto en fotos. Tiene una cara normal y corriente. No es mi estilo, pero yo no me voy a casar con él.

—¿En qué universidad estudió? ¿Cómo es su familia?

—¿Cómo voy a saber yo esas cosas? —me impacienté.

—¿Por qué no te las arreglas para conocerle y le sonsacas?

—No quiero, estoy ocupado. Pregúntaselo tú misma cuando vaya.

Al final no me quedó más remedio que encontrarme con el ingeniero. El domingo siguiente mi hermana me pidió que la acompañase para una visita formal en casa de sus padres. Tuve que ponerme una camisa blanca, corbata y traje. Vivían en una casa imponente de un barrio residencial del distrito de Meguro. En el garaje estaba aparcada la Honda 500 que había visto en la foto.

—¡Menudo pez espada! —exclamé.

—¡Oye, por favor! Deja tus bromas por hoy. Solo te pido que te contengas por unas horas.

—De acuerdo.

Sus padres eran personas agradables, muy educados. Quizá demasiado. El padre era ejecutivo de una petrolera, y como el nuestro era dueño de varias gasolineras en la provincia de Shizuoka, ambos encajaban a la perfección. La madre nos sirvió té inglés en una elegante bandeja.

Los saludé cumpliendo a rajatabla las reglas del protocolo para este tipo de ocasiones y le ofrecí al padre mi tarjeta de visita. Él hizo lo propio. Fui capaz de formular todas y cada una de las frases de cortesía para excusar la ausencia de mis padres, que lamentablemente no habían podido acudir por un asunto personal y por eso lo hacía yo. Esperaban visitarles en un futuro próximo para conocerles formalmente.

El padre había oído muchas cosas de mi hermana por boca de su hijo, pero, al conocerla en persona, se daba cuenta de que su hijo no merecía tanto. Sabía que nuestra familia era de confianza y que no poníamos objeciones al matrimonio. Supuse que nos había investigado a fondo, pero no hasta el punto de saber que a mi hermana no le bajó la regla hasta los dieciséis años y que le preocupaba mucho su estreñimiento crónico.

Las formalidades concluyeron sin mayores contratiempos y el padre me sirvió un coñac de primera. Hablamos de nuestros respectivos trabajos. Mi hermana me daba patadas de vez en cuando para prevenirme de beber demasiado.

El ingeniero informático mientras tanto, sentado inmóvil al lado de su padre con una expresión tensa, no dijo esta boca es mía. De un solo vistazo me percaté de que bajo el tejado de aquella casa estaba sometido a la autoridad paterna. Llevaba un jersey con un dibujo indescifrable. Debajo, una camisa de un color que hacía daño a la vista. ¿No podía mi hermana haberse buscado a alguien un poco más decente, con más mundo?

A eso de las cuatro de la tarde, la conversación llegó a un punto muerto y aprovechamos para levantarnos. El ingeniero informático nos acompañó a la estación.

—¿Por qué no tomamos una taza de té? —propuso.

Yo no tenía ningunas ganas de tomar té con un tipo que vestía semejante jersey, pero no me convenía rechazar la invitación, así que al final entramos los tres juntos en una cafetería cercana.

Mi hermana y él pidieron café. Cerveza para mí. No tenían y no me quedó más remedio que sumarme al café.

—Muchas gracias por todo —me dijo—. Ha sido de gran ayuda.

—No hay nada que agradecer. Solo he hecho lo que debía —contesté dócilmente.

No me quedaban energías para bromas.

—Ella siempre me habla de usted, cuñado.

¿Cuñado?

Me rasqué el lóbulo de la oreja con el mango de la cucharilla del café y volví a dejarla encima del plato. Mi hermana me dio otra patada en la espinilla, pero el ingeniero seguía sin darse cuenta de nada. Quizá solo entendía las bromas si estaban formuladas en combinaciones binarias.

—Le envidio. Parece que se lleva muy bien con ella —dijo él.

—Cuando nos sucede algo agradable, tenemos la costumbre de darnos paraditas —expliqué.

El ingeniero puso cara de no entender nada.

—No le hagas caso —intervino mi hermana con gesto de fastidio—. Siempre está con sus bromas.

—Sí, es broma. Compartimos las tareas de la casa. Ella lava la ropa y yo me encargo de las bromas.

El ingeniero informático (su nombre completo era Noboru Watanabe) se rió aliviado.

—Es una maravilla que sean así de alegres y ocurrentes —dijo—. También a mí me gustaría tener una familia así. No hay nada mejor.

—¿Lo ves? —le dije a mi hermana—. Lo mejor es ser alegre. Tú te tomas las cosas demasiado en serio.

—No pasa nada cuando las bromas tienen gracia.

—A ser posible, me gustaría que nos casáramos en otoño —intervino Noboru Watanabe.

—A mí también me parece una buena época —dije—. Así tendremos tiempo de invitar a los osos y a las ardillas.

El ingeniero se rió. Mi hermana no. Empezaba a enfadarse de verdad. Me inventé una excusa para dejarlos solos.

Nada más volver a casa, llamé a mi madre para explicarle la situación a grandes rasgos.

—No está tan mal —concluí sin dejar de rascarme el lóbulo de la oreja.

—¿Qué quieres decir con eso?

—Quiero decir que es un tipo decente. Como mínimo más que yo.

—Tú también eres decente.

—¡Qué alegría oírte decir eso! Gracias —dije con los ojos clavados en el techo.

—¿En qué universidad ha estudiado?

—¿Universidad?

—¿Dónde cursó sus estudios superiores?

—Pregúntaselo a él —le dije antes de colgar el teléfono.

Aquella situación había terminado por hastiarme. Saqué una cerveza de la nevera y me la bebí.

El día después de la discusión de los espaguetis me levanté a las ocho y media. Era otro precioso día primaveral sin una nube en el cielo. De hecho, parecía una continuación del anterior. La vida empezaba en el mismo punto donde se había interrumpido antes del descanso nocturno.

Me quité el pijama y la ropa interior. Estaba empapado en sudor. Lo eché todo al cesto de la ropa sucia, me duché y me afeité. Mientras lo hacía, pensé en la chica que se me había escapado por los pelos. Daba igual, pensé. Había hecho todo cuanto estaba en mis manos y su rechazo fue por una causa de fuerza mayor. Aún tenía alguna oportunidad con ella. Quizás el domingo siguiente.

Preparé dos tostadas y café. Quería escuchar una emisora de FM, pero el equipo seguía roto y no me quedó otra que resignarme. Mordisqueé el pan mientras leía la sección de libros del periódico. No encontré nada que me interesara. Una de las críticas hablaba sobre la vida sexual de un hombre mayor, judío para más señas, que entremezcla fantasía y realidad. Otra, sobre un estudio histórico del tratamiento de la esquizofrenia. Otra, sobre un libro centrado en el incidente del envenenamiento de la mina de cobre de Ashio en 1907. Antes que leer semejantes libros, preferiría mil veces acostarme con la capitana de un equipo femenino de béisbol. Era más que probable que el editor de la sección literaria hiciera sus recomendaciones con el único propósito de disuadir a sus lectores de sentarse a leer un libro.

Dejé el periódico sobre la mesa y vi una nota bajo el tarro de mermelada. Mi hermana había escrito, con su letra pequeña de siempre, que el domingo siguiente había invitado a cenar a Noboru Watanabe y me pedía que también estuviese yo.

Terminé de desayunar, me sacudí las migas de pan de la camisa y dejé los platos en el fregadero. Después llamé a la agencia de viajes donde trabajaba mi hermana. Descolgó el teléfono y me dijo que estaba ocupada y que me llamaría en diez minutos.

El teléfono sonó al cabo de veinte. En ese tiempo hice cuarenta y tres flexiones, me corté las veinte uñas de manos y pies, elegí una camisa, una corbata, una chaqueta y un pantalón. Me cepillé los dientes, me peiné y bostecé dos veces.

—¿Has leído mi nota?

—Sí. Lo siento. El próximo domingo tengo una cita que no puedo cancelar. De haberlo sabido antes, no habría habido problema. Lo siento de veras.

—¿De verdad esperas que me lo crea? Sé perfectamente lo que vas a hacer. Te irás a alguna parte con una de esas chicas de las que ni siquiera recuerdas el nombre —dijo con frialdad—. ¿No puedes cambiarlo al sábado?

—El sábado tengo trabajo. Tenemos que grabar el anuncio de una manta eléctrica. Últimamente estoy muy liado.

—Pues cancela tu cita.

—No puedo. Si la cancelo me lo hará pagar, y estamos en un momento delicado.

—¿Quieres decir que conmigo no estás en una situación delicada?

—No quiero decir eso —contesté mientras comprobaba si la corbata combinaba bien con la camisa que tenía colgada en la silla—. De todos modos, teníamos por norma no meternos en la vida del otro. Vas a cenar con tu prometido y yo voy a quedar con mi novia. Es justo, ¿no te parece?

—Pues no. No le ves desde hace tiempo. En realidad solo le has visto una vez hace ya cuatro meses. Eso no puede ser. Siempre que se ha presentado una ocasión te has escabullido. ¿No te parece de muy mala educación? Es el prometido de tu hermana pequeña. No pasa nada por cenar juntos una vez, ¿no crees?

Razón no le faltaba, así que opté por no decir nada. Lo cierto era que evitaba por todos los medios la posibilidad de estar con Noboru Watanabe. Pensara lo que pensase, no teníamos nada en común y gastar bromas con la traducción simultánea de mi hermana me agotaba.

—Te lo ruego, solo un día. Si lo haces, no volveré a interrumpir tu vida sexual hasta finales del próximo verano —dijo ella.

—Mi vida sexual es exigua. No creo que sobreviva hasta el verano.

—De todos modos, estarás el domingo que viene en casa, ¿verdad?

—Qué remedio.

No me quedó más opción que resignarme.

—Puede arreglar tu equipo de música. Se le dan muy bien esas cosas.

—Es un manitas.

—Tú y tu mente enferma —dijo antes de colgar.

Me puse la corbata y salí para el trabajo.

Estuvo despejado toda la semana. Cada día era la continuación del anterior. La noche del miércoles llamé a mi novia para decirle que tenía el fin de semana ocupado. No la veía desde hacía tres semanas y su mal humor era comprensible. Sin soltar el auricular de la mano, llamé enseguida a la universitaria con quien había quedado para el domingo. No estaba. Tampoco la encontré el jueves ni el viernes.

La mañana del domingo, mi hermana me despertó a las ocho.

—Voy a lavar las sábanas, levántate.

Quitó las sábanas, la funda de la almohada, y me obligó a darle el pijama. Sin saber adónde ir, me metí en el baño para afeitarme. Cada vez parecía más una madre. Las mujeres son como un salmón. Hagan lo que hagan, al final siempre vuelven al mismo sitio a desovar.

Salí del baño, me puse un pantalón corto y una camiseta descolorida en la que apenas se leían las letras. Me tomé un zumo de naranja sin dejar de bostezar. Aún quedaba alcohol de la noche anterior en mi organismo. Ni siquiera tenía ganas de abrir el periódico. Encima de la mesa había una caja de galletas de soda. Me comí tres o cuatro para desayunar.

Mi hermana metió las sábanas en la lavadora y ordenó su habitación y la mía. Después se puso a quitar el polvo por todas partes con unos trapos enjabonados. Mientras tanto, yo estaba tumbado en el sofá del salón y miraba los desnudos de la revista *Hustler* que me había enviado un amigo que vivía en Estados Unidos. No dejaba de admirar la infinita variedad de formas y tamaños de los órganos sexuales femeninos. Lo mismo que sucedía con la altura o el coeficiente intelectual.

—¡Oye! No te quedes ahí tumbado y vete a la compra —me ordenó tendiéndome un papel inundado de letras—. Y guarda esa revista donde no pueda verla. Él es un hombre decente.

Dejé la revista sobre la mesa y leí con atención la lista de la compra: lechuga, apio, tomate, aliño para ensalada, salmón ahumado, mostaza, cebolla, pastillas de caldo, patatas, perejil, tres filetes...

—¿Filetes? —pregunté—. Ayer cené carne. No quiero eso. Prefiero unas croquetas.

—Puede que tú cenaras filete anoche, pero nosotros no. No seas egoísta. ¿Cómo vas a invitar a cenar a alguien para darle croquetas?

—Si una chica me invitara a su casa y me ofreciera croquetas recién hechas, me emocionaría. Servidas con un poco de col blanca cortada fina y sopa de miso con almejas... ¡Eso sí que es vida!

—Hoy cenaremos filetes. Si quieres croquetas, te haré otro día hasta que revientes. No me molestes más y confórmate con lo que hay.

—Está bien —dije para apaciguar los ánimos—. Aunque me queje, soy una persona considerada y amable.

Fui al supermercado más cercano y compré todo lo que había apuntado en la lista. Me acerqué también a la licorería para comprar un Chablis de cuatro mil quinientos yenes. Era mi regalo para la pareja recién prometida. Un detalle que solo se le podía ocurrir a una persona amable y detallista.

Cuando llegué a casa, me encontré encima de la cama un polo de Ralph Lauren azul y un pantalón de color beige inmaculados.

—Ponte eso —me ordenó mi hermana.

Qué le vamos a hacer, pensé. Me cambié sin rechistar. Dijera lo que dijera, nadie me iba a devolver mi apacible día sumergido en una confortable suciedad.

Noboru Watanabe llegó a las tres. Apareció en su moto acompañado de una ráfaga de viento. El siniestro ruido del tubo de escape de su Honda 500 se oyó con toda nitidez cuando aún estaba a medio kilómetro de distancia. Me asomé al balcón. Había aparcado junto a la entrada del edificio y se estaba quitando el casco. Por fortuna, aparte del casco con una pegatina en la que se leía STP, tenía el aspecto de una persona normal: camisa de cuadros almidonada, pantalón blanco ancho y mocasines marrones con flecos. Solo desentonaba el color de los zapatos con el del cinturón.

—Parece que ya ha llegado tu conocido del muelle de los pescadores —le dije a mi hermana, que pelaba patatas en el fregadero de la cocina.

—¿Te encargas de él? Debo terminar con esto.

—Mala idea. No sé de qué hablar con él. Mejor hazlo tú. Yo me ocuparé de las patatas.

—No digas tonterías. ¿Qué va a pensar de mí si ve que te tengo encerrado en la cocina? Habla tú con él.

Sonó el timbre y al abrir la puerta me encontré con Noboru Watanabe allí de pie. Le invité a pasar al salón y le ofrecí asiento en el sofá. Traía un surtido de helados, pero como el congelador era pequeño y estaba repleto de comida, me costó un triunfo guardarlos. ¡Cuánta guerra daba ese hombre! ¿Por qué demonios tenía que traer helado?

Le ofrecí una cerveza.

—No, gracias. No bebo alcohol. Es incompatible conmigo. Un solo vaso de cerveza ya me pone fatal.

—Cuando era estudiante, perdí una apuesta con un amigo y me tocó beberme un barril entero —le conté.

—¿Y qué pasó? —me preguntó Noboru Watanabe.

—Durante dos días enteros, mi pis olió a cerveza. Por si fuera poco, mis eructos...

—¿Por qué no le pides que eche un vistazo al equipo de música ahora que tenéis tiempo? —me interrumpió mi hermana mientras dejaba dos vasos de zumo de naranja encima de la mesa.

—De acuerdo —dijo él.

—Me han dicho que eres un manitas.

—Sí —contestó sin inmutarse—. Siempre me ha gustado hacer maquetas, fabricar transistores. Cuando se rompía algo en casa lo arreglaba yo. ¿Qué le pasa al equipo?

—No suena.

Puse un disco para mostrárselo. Se agachó delante del aparato como una mangosta a punto de saltar sobre su presa. Toqueteó todos y cada uno de los interruptores.

—Es cosa del amplificador. No es de los circuitos interiores.

—¿Cómo lo sabes?

—Método inductivo.

Método inductivo, pensé.

Sacó el amplificador y el preamplificador y desconectó todos los cables para comprobarlos uno a uno. Mientras tanto, saqué de la nevera una cerveza y me la tomé.

—Debe de ser divertido beber alcohol —dijo mientras hurgaba en el enchufe con la punta de un portaminas.

—No lo sé. No sé cómo explicártelo porque bebo desde hace tiempo y ya no puedo compararlo con nada.

—Yo también quiero practicar un poco.

—¿Practicar con el alcohol?

—Eso es. ¿Te extraña?

—No, no. Puedes empezar con vino blanco, por ejemplo. Lo sirves en un vaso grande con un poco de hielo, le añades Perrier y zumo de limón. Yo me lo bebo como si fuera un refresco.

—Lo probaré. ¿Lo ves? Sabía que tenía que ser esto.

—¿El qué?

—Uno de los cables que conectan los dos amplificadores. Las conexiones de los dos extremos están sueltas. La estructura de estas conexiones es muy sensible a los movimientos de arriba abajo. Se ve que son de mala calidad. ¿Lo habéis movido últimamente?

—Lo moví el otro día para quitar el polvo de la parte de atrás —dijo mi hermana.

—Ahí lo tienes.

—Es un aparato de tu empresa, ¿no? —me preguntó mi hermana—. Es culpa vuestra por poner componentes de tan mala calidad.

—Yo no he hecho nada, solo me ocupo de los anuncios —protesté en voz baja.

—Si tienes un soldador, te lo arreglo enseguida —intervino él—. ¿Tenéis?

—No. ¿Cómo vamos a tener semejante cosa?

—En ese caso iré con la moto un momento a comprar uno. Va muy bien tener uno en casa.

—Me lo imagino —dije sin demasiada convicción—. Pero no tengo ni idea de dónde hay una ferretería.

—Yo sí. Acabo de pasar por delante de una.

Miré desde el balcón cómo se ponía el casco y se alejaba con su moto.

—Es buena persona, ¿verdad? —preguntó mi hermana.

—Sí, un angelito.

Noboru Watanabe terminó de reparar el aparato poco antes de las cinco. Dijo que le apetecía escuchar algo ligero y mi hermana puso un disco de Julio Iglesias. ¡Julio Iglesias! ¡Válgame el cielo! ¿Desde cuándo teníamos semejante caca de topo en casa?

—¿Qué tipo de música te gusta? —me preguntó Noboru Watanabe.

—Este estilo me vuelve loco —dije desesperado—. Pero también Bruce Springsteen, Jeff Beck y The Doors.

—No conozco a ninguno —confesó—. ¿Se parece a esto?

—Más o menos.

Enseguida se puso a hablar de un nuevo programa que desarrollaba con su equipo de investigación. Al parecer, se trataba de un programa informático para calcular de manera instantánea el método más efectivo de retornar trenes averiados a sus depósitos. Sonaba como una gran idea, pero su formulación me resultaba tan incomprensible como la conjugación de los verbos finlandeses. Mientras hablaba con entusiasmo de sus cosas, yo pensaba en mujeres sin dejar de asentir; con quién tomaría algo el siguiente fin de semana, dónde cenaríamos y en qué hotel acabaríamos el día. Me gusta pensar en esas cosas. Forma parte de mi naturaleza. Igual que existe alguien al que le gusta hacer maquetas y diagramas de programación para la mejora de la circulación ferroviaria, a mí me gusta salir a beber con chicas y acostarme con ellas. Será cosa del destino, algo que está por encima del entendimiento humano.

Cuando me terminé la cuarta cerveza, la cena estaba lista: salmón ahumado, vichyssoise, filetes, ensalada y patatas fritas. Como de costumbre, la comida de mi hermana no estaba nada mal. Abrí la botella de Chablis y me la bebí solo.

—¿Por qué trabajas en esa empresa? —me preguntó mientras cortaba su filete—. No parece que te entusiasmen los componentes o la electrónica.

—No especialmente —se me adelantó mi hermana—. Le da igual todo lo que pueda suponer un beneficio para la sociedad. Habría trabajado en cualquier parte. Si empezó allí, fue porque tenía un enchufe.

—Yo mismo no habría podido explicarlo mejor —me limité a decir.

—Solo piensa en divertirse. No profundiza en nada ni se

toma las cosas en serio, no le interesa lo que pueda convertirle en mejor persona.

—La cigarra que se ríe de la hormiga —dije.

—Se divierte a costa de las personas que sí deciden tomarse la vida en serio.

—Eso no es cierto —protesté—. Mis cosas y las cosas de los demás son diferentes. Yo solo gasto la energía adecuada a mis intereses. Lo de los demás no tiene nada que ver conmigo y no los miro de reojo. Es verdad que a lo mejor soy un tipo insignificante, pero al menos no hago lo mismo que todo el mundo.

—¡Eso no es verdad! —gritó Noboru Watanabe como si hubiera respondido a un acto reflejo—. No me parece un tipo insignificante. Estoy convencido de que su familia le ha dado una buena educación.

—Gracias —dije alzando mi copa de vino—. Enhorabuena por vuestro compromiso. Lamento tener que beber solo.

—Tenemos previsto casarnos en octubre —anunció él—, aunque quizá ya sea demasiado tarde para invitar a los osos y a las ardillas.

—No te preocupes por eso —dije, sorprendido al descubrir en él una veta de humorista—. ¿Adónde tenéis previsto ir de luna de miel? Al menos podéis beneficiaros de un descuento de la agencia.

—A Hawái —cortó mi hermana.

La conversación derivó hacia los aviones. Acababa de leer sobre el famoso accidente aéreo de los Andes y les hablé de ello.

—Para poder comer carne humana, antes tenían que tostarla al sol sobre una pieza de aluminio del fuselaje.

Mi hermana dejó de comer y me miró.

—¿Por qué tienes que sacar un tema de tan mal gusto mientras comemos? ¿Les hablas de eso a todas esas chicas que tratas de seducir?

Como si fuera el invitado de un matrimonio mal avenido, Noboru Watanabe intervino:

—¿No tienes intención de casarte?

—Aún no se me ha presentado la oportunidad —contesté mientras atacaba las patatas fritas—. He tenido que hacerme cargo de mi hermana pequeña y ha habido guerra durante mucho tiempo.

—¿Guerra? ¿Qué guerra?

—No le hagas caso. Es otra de sus bobadas —dijo ella sin dejar de agitar la botella del aliño de la ensalada.

—Una bobada —asentí—. Pero no miento cuando digo que no se me ha presentado la oportunidad. Como soy una persona de miras estrechas y como, además, casi nunca me lavo los calcetines, no he encontrado a ninguna chica que quiera vivir conmigo. No he tenido tanta suerte como tú.

—¿Qué pasa con sus calcetines? —preguntó él.

—Nada. Otra bromita —explicó mi hermana con voz cansada—. No te preocupes, le lavo los calcetines todos los días.

Noboru Watanabe asintió con la cabeza y se rió durante un segundo y medio. Me puse como objetivo hacerle reír tres segundos en la siguiente ocasión.

—Siempre habéis vivido juntos, ¿verdad? —preguntó.

—Qué le vamos a hacer. Después de todo es mi hermana.

—Si hemos aguantado hasta ahora, es porque siempre has hecho lo que te ha dado la gana y nunca he dicho nada —protestó ella—. Pero la vida real no es así. En la vida real de una persona adulta, las cosas no son así. En la vida real, las personas se relacionan honestamente. No digo que no me haya divertido contigo durante estos cinco años. He sido libre y he vivido sin preocupaciones, pero noto desde hace tiempo que esto no es la vida real. No sé cómo explicarlo, pero es como si se me escaparan las cosas de las manos. No percibo su esencia. Tú no piensas más que en ti y, cuando quiero hablarte de algo serio, me pones en ridículo.

—Es que soy un tímido empedernido —me excusé.

—No eres tímido, eres arrogante.

—Tímido y arrogante, de acuerdo.

Traté de explicárselo a Noboru Watanabe mientras me servía más vino.

—Voy y vengo en el tren desde la estación de la timidez hasta la de la arrogancia y viceversa.

—Lo entiendo —dijo él—, pero después de nuestra boda, ¿no te gustaría casarte también?

188

—Puede ser.

—¿De verdad? —saltó mi hermana—. Si eso es verdad, puedo presentarte a una amiga mía muy interesante.

—Encantado. Ya hablaremos cuando llegue el momento. Ahora es demasiado peligroso.

Después de cenar nos sentamos en el salón para tomar un café. En esa ocasión, mi hermana puso un disco de Willie Nelson. Gracias al cielo, era un poco mejor que Julio Iglesias.

—También yo tenía previsto estar solo hasta los treinta —me confesó Noboru Watanabe con aire confidencial mientras mi hermana fregaba los platos en la cocina—. Pero nos conocimos y quería casarme como fuera.

—Es una buena chica —dije yo—. Un poco tenaz y sufre de estreñimiento, pero como elección es la adecuada.

—A pesar de todo, casarse da miedo, ¿no te parece?

—No hay nada que temer si uno se centra en las cosas positivas. Si ocurre algo malo, es cuestión de afrontarlo en el momento.

—Puede que tengas razón.

—Se me da bien aconsejar a los demás.

Me levanté y fui a la cocina para decirle a mi hermana que iba a salir a dar un paseo por los alrededores.

—No volveré antes de las diez, así que podéis relajaros. Las sábanas están recién lavadas —le dije.

—¿Eso es en lo único en lo que piensas?

Su disgusto conmigo era evidente. Fuera como fuese, no trató de retenerme.

Fui al salón a decirle a Noboru Watanabe que salía porque tenía cosas que hacer y tardaría en volver.

—Me alegro de haber tenido la oportunidad de hablar —me dijo—. Me he divertido mucho. Puedes venir a visitarnos siempre que quieras después de que nos hayamos casado.

—Gracias —dije esforzándome para controlar mi imaginación.

—Ni se te ocurra conducir —me advirtió mi hermana antes de salir—. Has bebido demasiado.

—Tranquila. Caminaré.

Aún no habían dado las ocho cuando entré en un bar cercano. Me senté a la barra y pedí un I.W. Harper con hielo. La televisión estaba encendida. Daban un partido de béisbol de los Giants contra los Swallows. El sonido estaba apagado y en lugar del partido sonaba un disco de Cindy Lauper. Los lanzadores eran Nishimoto y Obana. Los Swallows ganaban tres a dos. No estaba tan mal ver la tele sin sonido, pensé.

Mientras veía el partido, me tomé tres copas de bourbon. Era el final de la séptima entrada, empataban tres a tres, cuando cortaron la emisión. Las nueve en punto. Hora de las noticias. Apagaron la tele. Dos sillas más allá de donde estaba sentado había una chica de unos veinte años a quien ya le había echado el ojo. Como también parecía interesada en el partido, me puse a hablar con ella de béisbol.

Era de los Giants. Me preguntó cuál era mi equipo. Le expliqué que me daban igual los equipos, solo me gustaba ver los partidos.

—¿Y eso qué tiene de divertido? —preguntó ella—. Así no hay forma de concentrarse, no tiene ningún interés.

—No hace falta concentrarse ni entusiasmarse. No soy yo quien juega, son otros.

Me pedí otras dos copas y la invité a dos daiquiris. Estudiaba diseño comercial en la Facultad de Bellas Artes. Hablamos de arte y de anuncios. A las diez, salimos del bar y nos fuimos a otro que tenía unas sillas más cómodas. Allí me pedí un whisky y ella un cóctel Grasshopper. Estaba muy borracha. Yo también. A las once la acompañé a su apartamento y nos acostamos como si fuera lo más normal del mundo, como si me ofreciera un cojín para sentarme y un té.

—Apaga la luz —me pidió.

Obedecí de inmediato. Desde la ventana se veía un anuncio gigantesco de Nikon en lo alto de un rascacielos. En la puerta de al lado, la televisión daba a todo volumen los resultados del béisbol. Sumergido en la oscuridad y en la borrachera, apenas sabía lo que hacía. No se puede llamar sexo a eso. Me limité a mover mi pene y a descargar algo de semen.

El acto terminó en un abrir y cerrar de ojos y ella se durmió, incapaz de mantenerse despierta un segundo más. Sin molestarme en darme una ducha, me vestí y me marché. Lo más complicado de todo fue encontrar mi polo y los calzoncillos en mitad de aquel caos.

En la calle, la borrachera me embistió como si me arrollara un tren de mercancías. Las articulaciones me crujían. Parecía el hombre de hojalata de *El mago de Oz*. Compré un zumo en una máquina expendedora para ver si así recuperaba un poco la sobriedad, pero al segundo trago lo vomité todo en la acera, restos del filete de mi hermana, salmón ahumado, lechuga y tomates.

¿Cuántos años habían pasado desde la última vez que vomité por estar borracho? ¿Qué demonios estaba haciendo con mi vida? Lo mismo una y otra vez, pero cada repetición era peor que la anterior.

Entonces, sin que hubiera ninguna conexión con lo que me estaba ocurriendo en ese momento, pensé en Noboru Watanabe y en el soldador de andar por casa que me había comprado. «Deberías tener uno siempre a mano», había dicho.

Qué cosa tan saludable, pensé mientras me limpiaba los labios con un pañuelo. Gracias a él tenía ahora un estupendo soldador en casa, pero precisamente por culpa de ese maldito soldador, mi casa ya no parecía mi casa.

Quizá me sentía así por culpa de mi estrechez de miras.

No volví a casa hasta pasada la medianoche. La moto ya no estaba aparcada frente a la entrada. Subí en el ascensor hasta la cuarta planta, abrí la puerta y entré. Las luces estaban apagadas, excepto un pequeño fluorescente que había sobre el fregadero de la cocina. Mi hermana debía de estar cansada de tanto recoger y se había ido a dormir. No podía culparla.

Me serví un vaso de zumo de naranja y lo vacié de un trago. Me di una ducha con abundante jabón para quitarme de encima el nauseabundo olor de mi cuerpo y me cepillé los dientes a conciencia. El reflejo de mi cara en el espejo bastó para producirme escalofríos. Parecía uno de esos hombres de mediana edad que se ven en los trenes de cercanías que salen del centro, borrachos, espatarrados en los asientos, cubiertos con sus propios vómitos. Tenía la piel áspera, los ojos hundidos, el pelo sin brillo.

Sacudí la cabeza y apagué la luz del baño. Con una toalla alrededor de la cintura fui la cocina a beber un poco de agua. Ya se me ocurriría algo al día siguiente, pensé, y en caso contrario, me pondría a pensar en serio. Ob-la-di, ob-la-da, la vida continúa.

—Has vuelto muy tarde.

La voz de mi hermana me llegó desde las penumbras. Estaba sentada en el sofá del salón bebiendo una cerveza.

—He estado bebiendo.

—Bebes demasiado.

—Lo sé.

Saqué una cerveza de la nevera y me senté delante de ella. Durante un rato ninguno de los dos dijo nada. Nos sentábamos así de vez en cuando, con una cerveza en la mano. Las plantas del balcón se mecían con la brisa flotando en el aura neblinosa producida por la luna en cuarto creciente.

—Solo para que lo sepas, no lo hicimos —dijo ella.

—¿No hicisteis qué?

—Nada de nada. Algo me atacó los nervios y me sentí incapaz.

—¡Oh! —Mi capacidad para el habla parecía haberse diluido bajo el influjo de la luna.

—¿No vas a preguntarme qué me sacó de quicio?

—¿Qué fue lo que te sacó de quicio?

—Esta habitación, este lugar. ¡No podía hacerlo aquí!

—¡Oh!

—¿Qué te pasa? ¿Te sientes mal?

—Estoy cansado. Incluso yo me canso a veces.

Me miró sin decir nada. Me terminé la cerveza, cerré los ojos y apoyé la cabeza en el respaldo.

—¿Es culpa nuestra? ¿Estás cansado por nuestra culpa?

—Para nada —le dije sin abrir los ojos.

—¿Estás cansado incluso para hablar? —preguntó en voz baja.

Me incorporé para mirarla y sacudí la cabeza.

—Estoy preocupada. ¿Te ha molestado lo que dije sobre ti, sobre cómo vives tu vida?

—En absoluto.

—¿De verdad?

—De verdad. Tienes razón, no te preocupes. ¿Qué es lo que te preocupa a ti de repente?

—No lo sé. No podía dejar de darle vueltas a la cabeza cuando se marchó, mientras te esperaba. Me pregunto si no habré ido demasiado lejos.

Fui a buscar dos cervezas más a la nevera, encendí el aparato de música y puse un disco de Richie Beirach Trio con el volumen al mínimo. Era mi disco cuando volvía a casa borracho en plena noche.

—Estás confundida —le dije—. Este tipo de cambios en la vida son como los cambios de presión en el barómetro. Yo también estoy confundido a mi manera.

Ella asintió.

—¿He sido injusta contigo?

—Todos somos duros con todos, pero si tú decides serlo conmigo, por mí no hay problema. No dejes que eso te preocupe.

—A veces me asusta, no sé por qué, el futuro.

—Deberías esforzarte en mirar el lado positivo de las cosas, pensar solo en lo bueno. No tienes nada de lo que preocuparte. Si sucede algo malo, afróntalo cuando ocurra.

Era la misma charla que le había dado a Noboru Watanabe.

—¿Pero si las cosas no salen como esperas?

—En ese caso, tienes que volver a planteártelas.

Se rió.

—Tan raro como siempre.

—¿Te puedo preguntar una cosa? —le dije mientras abría otra lata de cerveza.

—Claro.

—¿Con cuántos hombres te has acostado antes que él?

Dudó unos instantes antes de levantar dos dedos.

—Dos.

—¿Uno de tu misma edad y otro mayor?

—¿Cómo lo sabes?

—Es un patrón. No me he pasado todos estos años haciendo locuras para nada. He aprendido algunas cosas.

—¿Quieres decir que soy típica?

—Mejor dicho, sana.

—¿Con cuántas mujeres te has acostado tú?

—No lo sé —le respondí con toda honestidad—. Supongo que debería parar en algún momento, pero no sé cómo hacerlo.

Volvimos a quedarnos en silencio, cada uno sumido en sus pensamientos. En la distancia se oyó el tubo de escape de una motocicleta que no podía ser la de Noboru Watanabe. No a la una de la madrugada.

—Dime —dijo ella—. ¿Qué piensas realmente de él?

—¿De Noboru Watanabe?

—Del mismo.

—No es mala persona, supongo. Solo que no es mi tipo. Tiene un curioso gusto por la ropa, eso desde luego —dije mientras pensaba algo más que añadir—. No pasa nada, cada familia se puede permitir uno así.

—Es lo mismo que pienso yo. Pero estás tú, esa persona que yo llamo mi hermano. Me siento muy orgullosa de ti, pero si hubiera muchos así, el mundo sería un lugar terrible.

—Puede que tengas razón.

Nos terminamos las cervezas y nos fuimos a nuestras respectivas habitaciones. Mis sábanas estaban limpias y planchadas. Me tumbé encima y contemplé la luna a través de las cortinas. Adónde nos dirigíamos, me pregunté. Estaba demasiado cansado para pensar en profundidad en ese tipo de cosas. En cuanto cerré los ojos, el sueño se abatió sobre mí como una red oscura y silenciosa.

Una ventana

Saludos.

El frío disminuye poco a poco y por el brillo del sol parece como si hoy se oliese ya la primavera. Espero que esté usted bien.

Leí con sumo placer su carta del otro día. La parte en la que detallaba la relación entre las hamburguesas y la nuez moscada me pareció escrita con frases precisas llenas de vida. Sentí el cálido aroma de una cocina, el ruido del cuchillo al cortar la cebolla. Si una carta logra transmitir esas sensaciones, es casi como la vida misma.

Al hacerlo, sentí unas ganas irrefrenables de comerme una hamburguesa y, nada más terminar, fui a un restaurante cercano y pedí una. Tenían ocho tipos distintos: al estilo de Texas, de California, de Hawái, de Japón, cosas así. La texana era enorme, nada más. Si los de Texas lo supieran, probablemente se sorprenderían mucho. La hawaiana llevaba piña, la californiana..., se me ha olvidado; y la japonesa, nabo rallado. El restaurante estaba decorado con gusto y las camareras eran muy monas, con faldas muy cortas.

No fui allí para deleitarme con la decoración ni con la visión de las piernas de las camareras. Fui solo a comer una hamburguesa, una hamburguesa normal y corriente al estilo de ningún sitio en particular.

Así se lo dije a la camarera que me atendió: quería una hamburguesa simple.

«Lo siento», se disculpó ella, «pero tenemos hamburguesas de ochos estilos distintos.»

No podía reprocharle nada, obviamente. No era ella quien había elaborado el menú, ni tampoco quien había elegido ese uniforme que dejaba sus muslos al descubierto cuando retiraba los platos de las mesas. Sonreí. Pedí una hawaiana. Me ofreció pedirla sin piña si eso era lo que quería.

El mundo es un lugar extraño. Solo quería una hamburguesa simple y la única forma de conseguirla era pedir una hawaiana para quitarle después la piña.

Por cierto, la suya era normal y corriente, ¿verdad? Leí su carta y solo deseaba comerme una.

Comparado con eso, el párrafo en el que escribía sobre las máquinas de venta automática de billetes de la compañía ferroviaria nacional me resultó un tanto superficial. Su perspectiva sobre el asunto es interesante, pero no me parece que consiga transmitir bien del todo la atmósfera de la escena a los lectores. No se esfuerce tanto en ser una observadora perspicaz, se lo ruego. Al fin y al cabo, la escritura no es más que una improvisación.

Mi calificación de su carta en esta ocasión es de setenta puntos. Su estilo mejora poco a poco. No se impaciente. Tan solo trabaje duro como ha hecho hasta ahora. Espero expectante su siguiente carta. Ojalá llegue antes de la primavera.

P.D. Muchas gracias por la caja de galletas surtidas. Estaban muy buenas. Según las reglas de nuestra sociedad, está prohibido el intercambio personal más allá de las cartas y por eso debo pedirle que a partir de ahora no se tome tantas molestias.

En cualquier caso, se lo agradezco mucho.

Estuve un año en ese trabajo por horas. Yo tenía veintidós.

Había firmado un contrato con una pequeña empresa de nombre extraño, Sociedad de la Pluma, con sede en el distrito de Iidabashi. Me pagaban dos mil yenes por carta y escribía unas treinta al mes.

«Aprenderá a escribir cartas conmovedoras», decía el anuncio en prensa. Los miembros de la sociedad pagaban una matrícula al ingresar, además de una tasa mensual. Debían escribir cuatro cartas al mes. En nuestro caso, los así llamados maestros, respondíamos a ellas con nuestros comentarios, con correcciones, impresiones y sugerencias como las que aparecen en el ejemplo anterior. Fui a la entrevista nada más leer el anuncio en la sección para los estudiantes del tablón de anuncios del departamento de literatura de la universidad donde estudiaba. Varios acontecimientos me habían forzado a retrasar la graduación un año y mis padres habían decidido rebajar mi asignación mensual. Por primera vez en mi vida me veía en la obligación de ganarme la vida por mí mismo. Aparte de la entrevista, me pidieron que escribiera varias cosas y una semana más tarde me contrataron. Primero hubo un periodo formativo en el que nos enseñaron cómo plantear las correcciones, ofrecer consejos y demás trucos, ninguno de los cuales me resultó demasiado complicado.

Los miembros de la sociedad estaban asignados a un maestro del sexo opuesto. Yo me encargaba de un total de veinticuatro mujeres de un rango de edad comprendido entre los veinticinco y los treinta y cinco años, lo cual significaba que la mayoría eran mayores que yo. El primer mes sentí pánico. Todas ellas escribían mucho mejor que yo, estaban acostumbradas a mantener correspondencia, mientras que yo apenas había escrito una sola carta decente en toda mi vida. Los sudores fríos me recorrían el cuerpo de arriba abajo y terminé por resignarme a la posibilidad de que alguien terminara por quejarse de mí, un privilegio que asistía a los miembros de la sociedad.

Pasó el mes y no sucedió nada de eso. Más bien al contrario. El jefe me dijo que mi grado de aceptación era considerablemente alto. A los tres meses, llegué incluso a darme cuenta de que gracias a mis orientaciones, las competencias de mis correspondientes habían mejorado notablemente. Confiaban en mí como en un verdadero maestro de su absoluta confianza. Gracias a eso me relajé y pude transmitir mis críticas sin tanto esfuerzo y ansiedad.

No me percaté al principio, pero eran mujeres solas (igual que los hombres). Querían escribir, pero no tenían a quién dirigirse. No eran jóvenes admiradores que escriben a su DJ favorito. Buscaban un trato más personal, aun cuando la respuesta llegara en forma de correcciones y críticas.

Así pasé el primer tramo de mi veintena, como una morsa lisiada en un cálido harén de cartas. ¡Y qué cartas, menuda variedad! Aburridas, divertidas, tristes. Por desgracia, no pude quedarme con ninguna. Las reglas de la sociedad lo prohibían y ya ha pasado mucho tiempo, de manera que no recuerdo los detalles. Sí me acuerdo de que desbordaban vida cotidiana, hablaban de asuntos graves o de detalles nimios. Lo que me llegaba a mí, un universitario de veintidós años, casi no parecía real. La mayoría de las veces me parecía que fallaba la conexión con la realidad, cuando no resultaban directamente insignificantes. No era porque careciera de experiencia vital. Con el tiempo llegué a entender que en la mayoría de los casos, la realidad no se puede transmitir tal cual, sino que debe reinventarse. Su verdadero significado reside ahí. No lo sabía entonces, claro está, y ellas tampoco. Por eso aquellas cartas siempre me resultaron un tanto monótonas, bidimensionales.

Cuando dejé el trabajo, las mujeres con quienes me carteaba lo lamentaron de verdad. También a mí me dio lástima, a pesar de que ya estaba un poco cansado de todo aquello. No iba a volver a tener la oportunidad de que nadie se sincerase así conmigo.

En cuanto a la hamburguesa, al final se me presentó la oportunidad de comerme una preparada por la autora de la carta. Tenía treinta y dos años. No tenía hijos y su marido trabajaba en una de las cinco empresas más grandes de Japón. Cuando le escribí para explicarle que por desgracia debía dejar el trabajo a finales de mes, me invitó a comer. Me prepararía una hamburguesa normal y corriente. A pesar de infringir las normas de la sociedad, acepté sin dudarlo. Nada podía contener la curiosidad de un joven de veintidós años.

Su apartamento quedaba junto a la línea Odakyu de tren. Era una casa sencilla, adecuada para un matrimonio sin hijos. Tanto los muebles como su ropa no eran caros, pero desprendían encanto. Me sorprendió su aspecto juvenil, del mismo modo que a ella le sorprendió encontrarse con alguien más joven de lo que pensaba. Me imaginaba mucho mayor. La sociedad, como es lógico, no revelaba la edad de sus maestros. No obstante, superada la sorpresa, enseguida desapareció la tensión típica del primer encuentro. Nos comimos la hamburguesa y tomamos café como unos desconocidos que han perdido el mismo tren. Hablando de trenes, desde la ventana de su apartamento se veían las vías. Hacía un tiempo espléndido y las terrazas de las casas estaban inundadas de futones y sábanas tendidas al sol. De vez en cuando se oía el ruido de alguien sacudiéndolas. Recuerdo bien el ruido de los golpes. No llegaba desde muy lejos.

La hamburguesa era perfecta. Crujiente por fuera, tierna por dentro, servida con una salsa deliciosa. No me atrevo a afirmar que nunca hubiera comido otra igual, pero de ser así, debía de hacer mucho tiempo. Se lo dije y se puso muy contenta.

Después del café hablamos de nuestras vidas mientras escuchábamos un disco de Burt Bacharach. Como yo no tenía mucho que contar, fue ella quien habló casi todo el tiempo. En su época de estudiante quiso ser escritora. Me habló de Françoise Sagan, una de sus autoras favoritas. Le interesaba sobre todo *¿Le gusta Brahms?* A mí no me desagradaba Sagan. Como mínimo no me parecía tan vulgar como decía todo el mundo. No creo que exista una regla que obligue a escribir novelas a lo Henry Miller o a lo Jean Genet.

—No puedo escribir —confesó.

—Nunca es tarde para empezar.

—No. Sé que no puedo. Gracias a ti lo comprendí —dijo con una sonrisa—. Al escribirte esas cartas fui consciente de que no tengo el talento necesario.

Me sonrojé. Ahora casi nunca me ocurre, pero con veintidós años me sonrojaba a menudo.

—En sus cartas había siempre algo muy honesto —le dije.

Se limitó a sonreír sin decir nada.

—Al menos —continué—, después de leer su carta me dieron unas ganas terribles de comer hamburguesa.

—Seguro que estabas muerto de hambre —dijo en un tono de voz suave.

Tal vez tuviera razón.

Un tren pasó bajo la ventana con un ruido seco.

Cuando el reloj dio las cinco, me excusé:

—Tendrá que prepararle la cena a su marido.

—Siempre vuelve muy tarde —dijo con la mejilla apoyada en la mano—. Nunca llega antes de la medianoche.

—Debe de ser un hombre muy ocupado.

Guardó silencio por unos instantes.

—Supongo —dijo al fin—. Creo recordar que lo escribí en una de mis cartas. Hay muchas cosas de las que no se puede hablar con él. Soy incapaz de expresarle mis sentimientos. A menudo tengo la impresión de que hablamos idiomas distintos.

No supe qué decir. No entendía cómo podía vivir con alguien así.

—Pero no importa —repuso con calma—. Gracias por contestar a mis cartas todos estos meses. He disfrutado mucho. Escribir ha sido mi tabla de salvación.

—Yo también he disfrutado con sus cartas —comenté, aunque apenas recordaba nada.

Miró el reloj de la pared durante un rato sin decir nada, como si estudiara el discurrir del tiempo.

—¿Qué vas a hacer después de graduarte? —me preguntó.

Aún no lo había decidido. De hecho, no tenía ni idea. Al oír mi respuesta sonrió.

—Deberías dedicarte a escribir. Se te da muy bien. Esperaba impaciente tus cartas, la verdad. No es un cumplido. Quizá para ti solo era trabajo, pero yo sentía en ellas un gran corazón. Las tengo todas guardadas para releerlas de vez en cuando.

—Muchas gracias. Muchas gracias también por la hamburguesa.

Aún hoy, diez años después, cuando tomo la línea Odakyu y paso cerca de su casa, me acuerdo de ella y de su deliciosa hamburguesa crujiente. Contemplo los edificios que quedan frente a la vía y trato de localizar su ventana. Recuerdo lo que se veía desde el interior y me esfuerzo por encontrar las referencias en el exterior, pero soy incapaz de hacerlo. Tal vez ya no viva allí, pero en caso de que así sea, la imagino escuchando sola el mismo disco de Burt Bacharach detrás de la ventana.

¿Debería haberme acostado con ella?

No es la cuestión central de esta historia.

No conozco la respuesta. Aún hoy no lo sé. Por muchos años que cumpla, por mucho que mi experiencia de la vida aumente, aún hay muchas cosas que no llego a entender. Miro las ventanas de los edificios desde el tren. A veces, todas se parecen a la de su casa. Otras, ninguna. Hay demasiadas, sencillamente.

La gente de la televisión

Un domingo por la tarde, la gente de la televisión apareció en mi cuarto.

La estación, primavera. Bueno, eso creo. En cualquier caso, no hacía calor ni tampoco frío. A decir verdad, la estación del año no es lo importante aquí. Lo que de verdad importa es que fue un domingo por la tarde.

No me gustan las tardes de domingo. Mejor dicho, no me gustan las cosas peculiares de los domingos, por ejemplo, la atmósfera de sus tardes. A partir del mediodía siempre empieza a dolerme la cabeza. La intensidad del dolor varía cada vez, pero siempre está ahí, en las sienes, localizado a un centímetro o centímetro y medio de profundidad. En ese punto, la carne blanca se tensa y tiembla de una forma extraña, como si desde el centro saliera un hilo invisible del que alguien tirara despacio. No duele mucho. Debería, pero extrañamente no lo hace. Es como cuando una aguja pincha una zona anestesiada.

Oigo cosas. No son sonidos definidos, más bien crujidos que brotan de un voluminoso silencio que se arrastra por la oscuridad. KRZSHAAAL KKRZSHAAAAL KKKKRMMMS. Son los primeros indicios. Primero el dolor, después una ligera distorsión de la visión seguida de oleadas de confusión en las que se mezclan presentimientos con recuerdos y viceversa. En el cielo flota la luna blanca, que resplandece como un cuchillo, mientras las raíces de la duda se extienden por el interior de la tierra oscura. La gente camina por el pasillo haciendo mucho ruido para fastidiarme. KRRSPUMK DUWB KRRSPUMK DUWB KRRSPUMKDUWB.

Por eso se presentó en mi cuarto la gente de la televisión precisamente el domingo por la tarde. Como pensamientos melancólicos, como lluvia silenciosa, casi como un secreto, entraron a hurtadillas en la penumbra de la tarde.

2

Permítanme decir algo sobre el aspecto de la gente de la televisión.

Son algo más pequeños que ustedes y que yo. No es algo evidente, apenas una ligera diferencia de tamaño. Digamos que entre el veinte y el treinta por ciento. Cada parte de su cuerpo es más pequeña de manera uniforme. Para ser preciso, más que pequeños debería decir que son reducidos.

De hecho, cuando nos encontramos con ellos en alguna parte, al principio no nos percatamos de ese detalle. Puede suceder, incluso, que uno no llegue a darse cuenta del todo y solo le produzcan una impresión extraña. En su presencia se siente una especie de inquietud, se percibe que sucede algo anormal y nos fijamos mejor. A primera vista no hay nada fuera de lo normal, pero tampoco es natural. Quiero decir, su tamaño y sus proporciones son completamente distintas a las de los niños o a las de las personas de estatura baja. Cuando vemos a un niño o a una persona de baja estatura, tenemos la sensación de que son pequeños, una impresión motivada por las desproporciones en sus cuerpos. Son pequeños, sin duda, pero no de manera uniforme. Las manos pueden serlo mientras que la cabeza no. Eso es lo más habitual. No. La pequeñez de la gente de la televisión es algo completamente distinto. Parecen una fotocopia reducida, como si todo en ellos hubiera sido calibrado de forma mecánica. Digamos que si su altura se ha reducido el setenta por ciento, la anchura de sus hombros ha encogido de forma similar, como los pies, la cabeza, las orejas y los dedos. Igual que copias en vinilo solo que más pequeñas que la realidad. Algo así como maquetas para mirar desde una perspectiva determinada. Están cerca, pero en realidad parecen estar lejos. Un trampantojo en el que una superficie plana está, en realidad, deformada y ondulada. Una ilusión donde la mano no alcanza lo que parece tener a su alcance.

Así es la gente de la televisión.
Así es la gente de la televisión.
Así es la gente de la televisión.
Así es la gente de la televisión.

3

Había tres en total.

No llamaron al timbre ni golpearon la puerta con los nudillos. Tampoco saludaron. Se limitaron a entrar en la habitación en silencio. Ni siquiera oí sus pasos. Uno de ellos abrió la puerta. Los otros dos cargaban con una televisión. No era un aparato grande, tan solo una Sony normal y corriente. Creo que la puerta estaba cerrada con llave, pero no estoy seguro. Quizá olvidé cerrarla.

Cuando entraron, estaba tumbado en el sofá mirando el techo distraído. Me encontraba solo en casa. Mi mujer había quedado con unas amigas, unas compañeras de la época del instituto que se reunían de vez en cuando para salir a cenar. Antes de marcharse, me había dicho:

—¿Te haces tú la cena? Hay verduras y comida congelada en el frigorífico. Te las arreglas, ¿verdad? Por cierto, acuérdate de recoger la ropa antes de que se haga de noche.

—De acuerdo —le dije—. Solo se trata de una cena —susurré como si hablara para mí—, de ropa tendida, cosas insignificantes. Eso lo arreglo yo en un abrir y cerrar de ojos. ¡SLUPPP KRRRTZ!

—¿Has dicho algo? —preguntó ella.

—No, nada.

Me pasé la tarde tranquilamente tumbado en el sofá. No tenía nada mejor que hacer. Leí un rato, escuché algo de música, me tomé una cerveza. Sin embargo, no podía concentrarme en nada. Pensé en echarme un rato en la cama y tratar de dormir, pero no tenía sueño. Al final me quedé tumbado en el sofá con la mirada clavada en el techo.

Por la forma que tengo de pasar las tardes de los domingos, muchas cosas terminan por parecerse. Haga lo que haga, todo suele quedarse a medias porque soy incapaz de concentrarme. Por la mañana tengo la impresión de que todo puede salir bien: leeré este libro, escucharé este disco, responderé esa carta, ordenaré por fin los cajones de la mesa, iré a la compra y lavaré el coche, que está indecente desde ni me acuerdo cuándo. Sin embargo, cuando el reloj marca las dos o las tres, todos mis propósitos se van al traste. Al final resulta que no hago nada, tan solo me paso las horas muertas tumbado en el sofá hasta que incluso el ruido del reloj termina por molestarme. TRPP Q SCHAOUS TRPP Q SCHAOUS. Un ruido como de gotas de lluvia empieza a erosionarlo todo a mi alrededor. TRPP Q SCHAOUS TRPP Q SCHAOUS. En las tardes de domingo todo me resulta reducido, gastado. Igual que la gente de la televisión.

4

La gente de la televisión me ignoró desde el primer momento. Con sus gestos me daban a entender que era como si no existiera. Abrieron la puerta y metieron el aparato en la habitación. Los dos que lo transportaban lo dejaron sobre el aparador. El otro lo enchufó. En el aparador había también un reloj y un montón de revistas. El reloj era un regalo de boda de unos amigos. Era gigantesco, muy pesado, como si fuera el mismísimo tiempo. Hacía mucho ruido. Por toda la habitación resonaba su TRPP Q SCHAOUS TRPP Q SCHAOUS. La gente de la televisión lo quitó de ahí y lo dejó en el suelo. Pensé que mi mujer se iba a enfadar mucho. No le gusta que cambien las cosas de sitio sin su permiso. Si algo no está donde debe, se pone de un humor de perros, y si ese reloj enorme se quedaba ahí en el suelo, seguro que me tropezaría con él en plena noche. Me despierto todas las noches a las dos de la madrugada para ir al baño y siempre me choco con algo.

Lo siguiente que hicieron fue dejar las revistas encima de la mesa. Eran revistas femeninas (yo apenas leo ninguna, solo libros. Reconozco que me gustaría que desaparecieran todas las revistas del mundo). *Elle, Marie Claire, Ideas para tu Hogar,* cosas de ese estilo, todas ellas perfectamente ordenadas encima del aparador. A mi mujer no le hace ni pizca de gracia que las toque, que se las descoloque, y si se me ocurre, organiza un escándalo de cuidado, así que mejor ni me acerco. La gente de la televisión, en cambio, las recolocó sin la más mínima consideración. No parecían preocupados en absoluto. Las quitaron de donde estaban y las pusieron en cualquier sitio de cualquier manera: *Marie Claire* encima de *Croissant, Ideas para tu Hogar* debajo de *An-An.* Imperdonable. Y lo peor de todo, dejaron caer los marcapáginas con los que mi mujer tenía señaladas algunas partes. Si lo había hecho, era porque había algo importante para ella. No sabía qué podía ser, tal vez tuviera relación con el trabajo o tal vez fuera algo personal. De todos modos, era importante para ella y así me lo haría saber antes o después. Ya me parecía escuchar sus quejas: «No veo a mis amigas desde hace tiempo, vuelvo a casa y me lo encuentro todo hecho un desastre». En fin, pensé. Sacudí la cabeza.

5

Encima del aparador no quedó nada. Lo quitaron todo para colocar la televisión. La enchufaron y la encendieron. Después de un ligero chisporroteo, la pantalla se iluminó. Esperé. No se veía nada. Empezaron a cambiar de canal con el mando, pero solo se veía la pantalla en blanco. Imaginé que era por no estar conectada a la antena. Debía de haber un enchufe en alguna parte. Cuando nos mudamos a esa casa, creo recordar que el técnico me lo explicó, pero era incapaz de recordar dónde estaba. Como no teníamos televisión, se me había olvidado.

Sin embargo, la gente de la televisión no parecía especialmente molesta por no sintonizar ningún canal. Ni siquiera buscaron la conexión de la antena. En la pantalla no se veía nada, pero no parecían preocuparse. Enchufarla a la corriente y darle al botón de encendido parecía ser todo lo que querían hacer.

Era un aparato nuevo. No venía guardado en una caja, pero bastaba con verlo para saber que estaba por estrenar. El manual de instrucciones y la garantía estaban metidos en una bolsa de plástico pegada a un lado con celo. El cable brillaba como un pez recién sacado del agua.

Los tres se pusieron a examinar la pantalla en blanco desde distintos ángulos de la habitación. Uno de ellos se puso a mi lado y confirmó que se veía desde donde estaba sentado. El aparato se hallaba justo enfrente, a una distancia adecuada. Parecían satisfechos. Daba la impresión de que habían terminado su trabajo. Unos de ellos (el que estaba a mi lado) dejó el mando sobre la mesa.

Durante todo ese tiempo no dijeron una sola palabra. Sus movimientos eran ordenados y exactos. No parecían tener nada especial que decirse. Cada uno cumplía su parte del trabajo eficazmente. Se manejaban con destreza, eran hábiles. En poco tiempo lo tuvieron todo listo. Uno de ellos recogió el reloj que habían dejado en el suelo y buscó durante unos instantes un lugar adecuado donde ponerlo. Al no dar con el sitio, se resignó y volvió a depositarlo en el suelo. TRPP Q SCHAOUS TRPP Q SCHAOUS. Las agujas marcaban pesadamente el paso del tiempo desde el suelo. El apartamento era muy pequeño y por culpa de mis libros y del material de referencia que acumulaba mi mujer, apenas había espacio para moverse. Algún día terminaría por tropezarme con algo y darme un golpe. Estaba resignado. Sucedería sin lugar a dudas. Hubiera apostado algo a que sí.

Los tres vestían chaqueta azul marino lisa de no sé qué tejido. Llevaban vaqueros y zapatillas de tenis. Tanto la ropa como las zapatillas estaban reducidas en proporción a su tamaño. Después de observarlos durante un rato, sentí como si lo incorrecto fuera mi tamaño. Tenía la impresión de ir boca abajo en una montaña rusa con unas gafas de cristales gruesos. Mi visión se deformaba, me mareaba, el equilibrio del que disfrutaba en el lugar donde vivía dejó de ser algo absoluto. Así es como se sentía uno al observar a la gente de la televisión.

Hasta el último momento no dijeron una sola palabra. Comprobaron de nuevo la pantalla y, en cuanto confirmaron que no había ningún problema, apagaron la televisión con el mando. El blanco de la pantalla desapareció y el chisporroteo cesó. La televisión recuperó su color gris oscuro. Fuera ya había empezado a anochecer. Oí que alguien llamaba a otra persona, pasos en el corredor, ruidosos, como de costumbre, un jaleo intencionado de unos zapatos de cuero: KRRSPUMK DUWB KRRSPUMK DUWB. Era domingo por la tarde.

La gente de la televisión inspeccionó una vez más el interior de la habitación. Después abrieron la puerta y se marcharon. Igual que al llegar, no me prestaron la más mínima atención. Seguían comportándose como si no existiera.

6

Desde que entraron hasta que se marcharon no me moví un milímetro ni dije una sola palabra. Los observé sin levantarme del sofá. Tal vez parezca una reacción poco natural, extraña: entran unos desconocidos en mi casa, tres para ser exactos, instalan un televisor sin mi permiso y, mientras tanto, me quedo tranquilamente sentado sin decir ni hacer nada. Raro, ¿verdad?

Sí, me limité a observarlos en silencio. Imagino que lo hice porque ellos me ignoraban por completo. De haber estado en mi piel, tal vez ustedes habrían hecho lo mismo. No pretendo justificarme, pero si un desconocido lo ignora a uno, al final se acaba por perder la certeza de la propia existencia. Me miré las manos e incluso tuve la impresión de que se transparentaban. Me sentía impotente, hechizado. Tanto mi cuerpo como mi existencia me resultaban cada vez más transparentes. Al cabo de un rato no podía moverme, no podía decir nada, tan solo contemplar cómo aquellos tres colocaban una televisión encima del aparador. El miedo a escuchar mi propia voz me impedía hablar.

Cuando se marcharon, volví a quedarme solo, recuperé el sentido de la realidad, mis manos volvieron a ser mis manos. La oscuridad se había tragado ya la última luz de la tarde. Encendí una lámpara y cerré los ojos. Incluso así notaba la presencia de la televisión. El reloj marcaba el paso del tiempo: TRPP Q SCHAOUS TRPP Q SCHAOUS.

7

Curiosamente, mi mujer no comentó nada sobre la aparición de un aparato de televisión en casa. Tampoco reaccionó de modo alguno. Cero. Ni siquiera pareció verlo. Muy extraño. Como he dicho antes, es una maniática del orden. Si a alguien se le ocurre mover algo cuando no está, nada más entrar por la puerta de casa se da cuenta. Es una especie de habilidad suya. Frunce el ceño y lo coloca todo igual que estaba. No como yo. Para mí no significa nada que *Ideas para tu Hogar* esté debajo de *An-An* o si un bolígrafo está en el bote de los lápices. Lo más probable es que ni lo vea. A mí me parece que vivir así es agotador. En cualquier caso, es su problema, no el mío. Por eso no le digo nada. Que haga lo que quiera. Yo actúo así. Me sale de un modo natural. Ella es todo lo contrario. De vez en cuando se enfada mucho, dice que no soporta mi falta de delicadeza. Tampoco yo, le digo, aguanto de vez en cuando la falta de delicadeza de la ley de gravitación universal y de $E = mc^2$. Tal cual, pero si cuando se lo digo se queda callada, quizá lo interpreta como un insulto, aunque nada que ver. No la insulto, es solo mi forma de decir lo siento.

Por la noche, cuando llegó a casa, echó un vistazo a la habitación. Tenía preparadas unas cuantas excusas que lo explicaban todo. Había venido la gente de la televisión y lo habían dejado todo manga por hombro. Es difícil que te entiendan cuando se trata de la gente de la televisión. Puede que no se lo creyera, pero, de todos modos, tenía la intención de ser sincero y explicárselo.

Sin embargo, no dijo nada. Se limitó a echar un vistazo. Encima del aparador estaba la televisión; sobre la mesa, sus revistas desordenadas, el reloj en el suelo, y, a pesar de todo, no dijo nada. No tuve que explicarle nada.

—¿Has cenado bien? —me preguntó mientras se desvestía.

—No he cenado.

—¿Y eso por qué?

—No tenía hambre.

Se quedó pensativa mientras terminaba de desvestirse. Me miró como si dudase entre decir algo o no. El reloj rompía el silencio con sus pesados ruidos. TRPP Q SCHAOUS TRPP Q SCHAOUS. Hice como si no lo oyera, como si aquellos ruidos no alcanzaran mis oídos, pero eran muy pesados, demasiado intensos. No había nada que hacer. Terminaban por abrirse camino por mucho que tratase de evitarlos. Ella también parecía prestarles atención. Sacudió la cabeza.

—¿Quieres que te prepare algo rápido?

—Estaría bien.

No quería nada especial, pero si me servía algo en un plato me lo comería.

Se puso cómoda y, mientras preparaba un arroz con verduras y una tortilla, me habló del encuentro con sus amigas. Me contó quién hacía qué, quién decía esto y lo otro, quién había mejorado con el nuevo corte de pelo o quién había dejado a su novio. A pesar de que conocía a la mayoría de sus amigas, escuché sin prestar demasiada atención mientras me tomaba una cerveza. No podía dejar de pensar en la gente de la televisión. No entendía por qué no decía nada sobre la repentina aparición de aquel aparato. ¿No se había dado cuenta? Era imposible que precisamente ella no se percatara de semejante cosa. ¿Por qué no decía nada entonces? Era muy extraño. Algo no iba bien y no sabía cómo enderezar el asunto.

Cuando la comida estuvo lista, me senté a la mesa y me comí el arroz, la tortilla, las ciruelas con sal. En cuanto terminé recogió los platos. Me tomé otra cerveza. Ella se sirvió un poco. Levanté la vista para mirar el aparador. La televisión seguía allí, apagada. Sobre la mesa estaba el mando. Me levanté, alcancé el mando y la encendí. La pantalla se puso en blanco y se escuchó el chisporroteo. No apareció ninguna imagen, tan solo el destello blanco producido por el tubo de rayos catódicos. Subí el volumen y el ruido del chisporroteo aumentó. Contemplé el destello durante veinte o treinta segundos y lo apagué. El ruido y la luz desaparecieron en un segundo. Mientras tanto, mi mujer se había sentado en la alfombra y hojeaba un número de *Elle*. No mostró el más mínimo interés por la televisión. Ni siquiera pareció enterarse de que la había encendido y apagado.

Dejé el mando sobre la mesa y me senté de nuevo en el sofá. Retomé la lectura de una extensa novela de García Márquez. Tengo la costumbre de leer después de cenar. Hay días que lo dejo en treinta minutos y otros puedo leer dos horas seguidas. Sea como sea, leo a diario. Sin embargo, aquel día no pude ni con media página. Por mucho que me esforzase en concentrarme, mi atención se desviaba hacia la televisión. Levantaba la vista sin querer y la miraba. La pantalla estaba frente a mí.

8

Cuando me desperté a las dos y media de la madrugada, el aparato seguía en el mismo sitio. Me levanté de la cama con la idea de que había desaparecido, pero no. Fui al baño y después me senté en el sofá con los pies encima de la mesa. Alcancé el mando para encenderla. Nada nuevo. Lo mismo de siempre. Luz blanca y ruido. Nada más. La apagué enseguida.

Volví a la cama para tratar de dormir. Estaba cansadísimo, pero no lograba conciliar el sueño. Cerraba los ojos y se me aparecía la imagen de la gente de la televisión: la gente de la televisión transportando el aparato, la gente de la televisión quitando el reloj de su sitio, la gente de la televisión dejando las revistas encima de la mesa, la gente de la televisión enchufando el aparato, la gente de la televisión comprobando la pantalla, la gente de la televisión abriendo la puerta y marchándose en silencio. Pululaban en mi mente, caminando de aquí para allá. Me levanté para ir a la cocina. Tomé una taza de café que había en el escurridor, me serví un brandy doble y me lo bebí. Me tumbé en el sofá y abrí el libro. No lograba sumergirme, concentrarme en la lectura. No entendía nada de lo que había allí escrito.

Dejé el libro y empecé a hojear una revista. No me iba a pasar nada por leer un *Elle* de vez en cuando. Sin embargo, no me interesaba nada de lo que publicaban: artículos sobre peinados, sobre elegantes camisas de seda blanca, sobre restaurantes de moda o qué ponerse para ir a la ópera. Cosas por el estilo. Ningún interés. La dejé a un lado. De nuevo, miré la televisión encima del aparador.

Estuve despierto hasta el amanecer sin hacer nada. A las seis puse a hervir agua. Preparé café. Como no tenía nada que hacer, hice unos sándwiches de jamón antes de que se levantara mi mujer.

—Has madrugado mucho —dijo ella mientras se desperezaba.

—Sí.

Después de un desayuno sin intercambiar apenas palabras, salimos juntos de casa y nos separamos en dirección a nuestras respectivas oficinas. Ella trabaja en una pequeña editorial que publica revistas especializadas en comida sana y estilo de vida. Publican artículos sobre cómo prevenir la gota con el shitake, sobre el futuro de la agricultura orgánica, cosas así. No venden mucho, pero tampoco necesitan un gran presupuesto, y como tienen suscriptores entusiastas, casi devotos como si pertenecieran a una secta, se mantienen y no les falta para comer. Yo trabajo en la sección de relaciones públicas de una fábrica de aparatos eléctricos. Hacemos anuncios de tostadoras, lavadoras, microondas.

9

Nada más llegar a la oficina me crucé en las escaleras con uno de los tipos de la televisión, uno de los que habían llevado el aparato a mi casa el día anterior. Al menos eso me pareció. De hecho, podía ser el primero que entró, el que no llevaba nada en las manos. Como no tienen unos rasgos físicos peculiares, resulta difícil diferenciarlos. No puedo estar seguro del todo, como mucho al ochenta o al noventa por ciento. Vestía la misma chaqueta azul. No llevaba nada en las manos. Tan solo bajaba las escaleras mientras yo subía. Odio los ascensores y siempre subo y bajo por las escaleras. Mi despacho está en la novena planta del edificio, así que aprovecho para hacer un poco de ejercicio. Si tengo prisa, acabo empapado en sudor, pero prefiero eso a subir en el maldito ascensor. Todos se mofan de mí. Como no tengo ni tele ni vídeo, ni uso el ascensor, mis compañeros me consideran un tipo raro. Imaginan que arrastro un trauma de la infancia que me impide madurar. A mí me extraña que lo asocien a eso, no lo entiendo, la verdad.

En cualquier caso, soy el único que utiliza las escaleras. Me crucé con él entre el cuarto y el quinto piso. Sucedió de forma tan inesperada que no supe cómo reaccionar. Podía haberle dicho algo, pero no lo hice. No se me ocurrió nada y, además, el tipo tenía cara de pocos amigos.

Bajaba la escalera con pasos rítmicos, precisos, mecánicos. Me ignoró por completo, como el día anterior. Ni siquiera tuve la impresión de entrar en su campo de visión. Sin saber qué hacer, me limité a pasar a su lado. Durante un segundo sentí como si la gravedad a mi alrededor sufriera una ligera variación.

Ese día teníamos una importante reunión desde primera

218

hora de la mañana. Era sobre el diseño de la estrategia comercial para un nuevo artículo. Unos compañeros leyeron documentos, escribieron números en la pizarra, proyectaron gráficos en las pantallas de los ordenadores. Se inició una discusión entusiasta. También yo participé a pesar de que mi papel allí no era muy destacado. No tenía relación directa con ese proyecto en concreto y a menudo la cabeza se me iba a otra parte. Aun así, expresé mi opinión en un momento determinado. No era nada crucial, solo el comentario razonable de un simple observador. Aunque no tuviera relación directa con el asunto, no podía estar allí sin decir nada. No me considero especialmente emprendedor, pero ya que me pagan un salario siento el peso de la responsabilidad. Hice un breve resumen de lo que se había dicho hasta entonces y, para relajar el ambiente, incluso me permití una broma. Me remordía la conciencia por estar todo el tiempo distraído con la gente de la televisión. Algunos se rieron, y en cuanto terminé con lo que tenía que decir, volví con la gente de la televisión mientras fingía concentrarme en los documentos. Me daba igual el nombre que le pusieran al nuevo microondas. Mis pensamientos giraban única y exclusivamente en torno a la gente de la televisión. No podía dejar de pensar en ellos, de preguntarme qué sentido tenía aquel aparato en mi casa, por qué se habían tomado la molestia de llevarlo, por qué mi mujer no había hecho ningún comentario al respecto, por qué me cruzaba con uno de ellos en las escaleras de la oficina.

Las reuniones resultan interminables. A mediodía hubo un descanso para el almuerzo. Demasiado corto para salir a la calle a comer algo. En lugar de eso, todo el mundo pidió sándwiches y café. La sala de reuniones estaba inundada de humo de tabaco y decidí comer sentado a mi mesa. Mientras almorzaba, se me acercó el jefe de sección. Para ser sincero, no me gusta ese tipo, aunque no sé muy bien por qué. No tengo nada que reprocharle. Da la impresión de haberse criado en un buen ambiente y, desde luego, no es tonto. Tiene buen gusto para las corbatas y no se muestra orgulloso ni altivo con sus subalternos. Incluso se preocupa de mí. De vez en cuando me invita a cenar y, aun así, no llego a encajar con él. En mi opinión, toca demasiado a su interlocutor cuando habla. Sea hombre o mujer, lo hace todo el rato, le sale con naturalidad. No creo que tenga segundas intenciones, por supuesto, es casi un gesto instintivo. La mayoría de la gente ni siquiera se da cuenta, sin embargo, a mí me resulta insoportable y, en cuanto le veo, me pongo rígido. Quizá solo sea un detalle sin importancia, pero, de todos modos, me molesta.

Me puso la mano en el hombro y se agachó.

—Tu comentario ha sido muy pertinente —me dijo en un tono amistoso—. Breve y conciso. Me ha gustado mucho. Un punto de vista interesante. Ha motivado muchos otros comentarios positivos en la sala y ha llegado en el momento justo. Continúa así, por favor.

Se marchó enseguida. Imagino que tendría prisa por comer algo. Le agradecí sus palabras, pero más por sorpresa que por otra cosa. No me acordaba de lo que había dicho, solo de que no me parecía buena idea quedarme callado. Solo por eso me obligué a decir algo. ¿Por qué se tomaba entonces la molestia de venir a mi mesa con sus alabanzas? Seguro que otros habían dicho cosas más importantes. Me extrañaba. No entendía bien lo que pasaba, pero seguí comiendo y de pronto pensé en mi mujer. ¿Qué estaría haciendo en ese momento? ¿Habría salido a comer? Quería llamarla, hablar con ella aunque no fuera más que dos o tres palabras. Marqué los tres primeros números, pero renuncié. En realidad no tenía nada que decir. Solo sentía cómo el mundo se desequilibraba ligeramente, pero no sabía cómo explicárselo por teléfono en el breve intervalo de tiempo antes de entrar de nuevo en la reunión. Además, no le gustaba que la llamase al trabajo. Colgué el auricular, suspiré y me terminé el café. Después tiré el vaso de plástico a la papelera.

10

Durante la reunión de la tarde vi de nuevo a la gente de la televisión. En esa ocasión eran dos. Como el día anterior en mi casa, cruzaron la sala de reuniones con una televisión Sony que cargaban entre ambos. La única diferencia es que el aparato era algo mayor que el anterior. ¡Qué situación! Sony era nuestro principal competidor y llevar ahí un aparato de esa marca representaba un verdadero problema. Para comparar productos, a veces traemos algunos de la competencia, pero siempre nos tomamos la molestia de ocultar la marca para que nadie se sienta incómodo. La gente de la televisión, por el contrario, no se había tomado ninguna molestia. El logo de Sony se veía con toda claridad. Entraron mostrándolo a todo el mundo, se pasearon arriba y abajo en busca de un lugar donde dejarla, y como no lo encontraron, se dieron media vuelta en dirección a la salida. Nadie en la sala reaccionó a su presencia. Era imposible que no los hubieran visto. Habían tenido que hacerlo y la prueba es que se apartaban para dejarlos pasar, pero sucedía siempre lo mismo, como si un camarero hubiera entrado a servir unas bebidas, como si existiera el acuerdo tácito de no reaccionar a su presencia. Todos sabían que estaban ahí, solo que actuaban como si no lo supieran.

Nada tenía sentido. ¿Todo el mundo conoce la existencia de la gente de la televisión? ¿Solo yo? Quizá mi mujer también la conozca. Es posible. Quizá por eso ni los mencionó. Es la única explicación que se me ocurre, pero eso me confunde aún más. ¿Quién o qué son entonces? ¿Por qué arrastran siempre un aparato de televisión de un lado para otro?

Uno de mis colegas se levantó para ir al baño y aproveché para ir yo también. Habíamos empezado a trabajar para la empresa en la misma época y teníamos buena relación. De vez en cuando salíamos a tomar algo después del trabajo. No era algo que hiciera con cualquiera. Me puse a su lado en el baño.

—¡Uf! No vamos a acabar con esto hasta que se haga de noche. Reuniones y más reuniones —me quejé.

—Estoy de acuerdo.

Nos lavamos las manos. También él me hizo un cumplido sobre mi intervención de la mañana y se lo agradecí.

—Por cierto, quería preguntarte sobre esa gente que acaba de traer... —dije sin terminar la frase.

Él no comentó nada. Cerró el grifo, sacó dos toallas de papel del dispensador y se secó las manos. Ni siquiera me miró. Se tomó mucho tiempo para secarse bien las manos. Hizo una bola con el papel y la tiró a la papelera. Tal vez no me había oído. Tal vez sí, pero fingió que no. No sabía qué decir, pero me pareció mejor no insistir. Me sequé las manos y volví a la sala de reuniones. Durante el resto de la tarde evitó mirarme a los ojos.

11

Cuando volví del trabajo, la casa estaba a oscuras. Había empezado a llover. Desde la ventana del balcón se veían las nubes bajas, oscuras. Olía a lluvia. Anochecía. No había rastro de mi mujer. Me quité la corbata, la estiré y la colgué en una percha. Cepillé el traje antes de dejarlo en su sitio. Metí la camisa en el cesto de la ropa sucia. Apestaba a tabaco, como mi pelo. Entré en la ducha y me lo lavé. La historia de siempre. Después de una de esas reuniones interminables, el olor a tabaco te impregnaba todo el cuerpo. Mi mujer también lo odiaba. De hecho, lo primero que hizo después de casarnos fue obligarme a dejar de fumar. Ya hacía cuatro años de eso.

Nada más salir de la ducha me senté en el sofá y, mientras me secaba la cabeza con una toalla, me tomé una cerveza. El aparato que trajo la gente de la televisión seguía encima del aparador. Alcancé el mando y lo encendí. No ocurrió nada. Presioné el botón de encendido varias veces y nada de nada. La pantalla seguía oscura. Miré el enchufe. Estaba conectado. Lo desenchufé y volví a enchufarlo. Nada. Seguía sin funcionar. La pantalla no se ponía en blanco. Comprobé las pilas del mando. Confirmé que no se habían gastado con un medidor de voltaje que tenía a mano. Estaban nuevas. Me resigné. Dejé el mando y di un sorbo de cerveza.

¿Por qué me preocupaba por semejante cosa? Me extrañaba hacerlo. Aunque hubiese encendido la televisión, ¿qué iba a pasar después? Como mucho se pondría en blanco y se escucharía un chisporroteo. No debía preocuparme por eso y, sin embargo, lo hacía. La noche anterior se había encendido sin problemas. No la había tocado desde entonces, así que no había razón para que no funcionase.

Volví a alcanzar el mando. Apreté con suavidad el botón de encendido. Nada, el mismo resultado de antes. Ninguna reacción. La pantalla estaba muerta, congelada como la superficie de la luna.

Congelada.

Saqué una segunda cerveza de la nevera y le di un buen sorbo. Comí algo de ensalada de patata que tenía guardada en un recipiente de plástico. Eran más de las seis. Me senté a leer el periódico de la tarde. Si tuviera que señalar algo de él, diría que me resultó mucho más aburrido de lo normal. No había un solo artículo que mereciera la pena, pero, como no se me ocurría otra cosa que hacer, continué leyendo. ¿Pero y después qué? Para evitar pensar en ello dilaté la lectura. ¿Y si me dedicaba a responder algunas cartas? Hacía poco había recibido la invitación de boda de un primo y debía excusarme sin demorarme mucho. Para esa fecha tenía previsto un viaje con mi mujer a Okinawa. Nos había costado mucho planearlo, hacer coincidir las vacaciones. No podíamos cancelarlo porque, de hacerlo, quién nos iba a decir cuánto tiempo pasaría antes de volver a tener semejante oportunidad. Además, tampoco tenía una relación demasiado estrecha con ese primo en concreto. Hacía al menos diez años que no le veía. De todos modos, debía responderle lo antes posible. Como es lógico, querrían calcular el número exacto de invitados, pero me sentía incapaz de ponerme a escribir. No estaba de humor.

Volví al periódico y leí dos veces el mismo artículo. Pensé en preparar la cena, pero quizá mi mujer tuviera que cenar fuera por asuntos de trabajo. Sería un desperdicio. Yo me podía arreglar con cualquier cosa. No tenía que tomarme la molestia de cocinar. En caso de que apareciera le propondría salir.

Algo extraño ocurría. Teníamos la costumbre de avisarnos con antelación cuando uno de los dos iba a llegar más tarde de lo normal. Era una regla, y aunque fuera en el contestador, dejábamos el mensaje. De ese modo podíamos organizarnos, por ejemplo, cenar solos, cocinar para los dos o irnos pronto a la cama. Muchas veces no me quedaba más remedio que volver tarde a casa por culpa del trabajo. También ella, cuando tenía una reunión o cuando les tocaba entrar en imprenta. Nuestros horarios no son fijos ni estrictos. En épocas de mucho estrés podían pasar tres días sin que hablásemos como era debido. De ahí que tratásemos de mantener unas reglas básicas para facilitar la vida cotidiana. Si uno iba a llegar tarde, llamaba para decírselo al otro. A veces yo me olvidaba, pero ella jamás.

Sin embargo, en el contestador no había ningún mensaje.

Dejé el periódico, me tumbé en el sofá y cerré los ojos.

12

Soñé que me encontraba en una reunión. Estaba de pie, decía algo que no era capaz de entender. Movía la boca, hablaba. Si dejaba de hacerlo, moriría. No podía callarme, aunque para eso tuviera que decir cosas incomprensibles durante toda la eternidad. A mi alrededor estaban todos muertos. Se habían convertido en estatuas de piedra. El viento aullaba, había destrozado las ventanas y se colaba dentro. Estaba la gente de la televisión. Eran tres, como la primera vez que los vi. También llevaban una televisión Sony. En la imagen de la pantalla se veía a más gente de la televisión. Poco a poco me fui quedando sin palabras, sentía cómo se me endurecían las yemas de los dedos. Yo también me convertía en una estatua de piedra.

Al despertarme, la habitación estaba inundada de una luz blanquecina, como en los pasillos de los acuarios. La televisión estaba encendida. Fuera de su alcance todo quedaba a oscuras, pero de ella salía un brillo intenso acompañado de un leve ruido. Me incorporé y me di un masaje en las sienes. Las yemas de mis dedos aún estaban blandas. La boca me sabía a la cerveza que había tomado antes de dormir. Tragué saliva. Tenía la garganta seca y me costó. Después de un sueño tan realista, la vigilia me parecía mucho más irreal que el propio sueño. En cualquier caso, era la realidad. Nadie se había convertido en estatua de piedra. No sabía qué hora era. Miré el reloj, que seguía en el suelo. TRPP Q SCHAOUS TRPP Q SCHAOUS. Casi las ocho.

Como había ocurrido en el sueño, uno de los tipos de la televisión apareció en la pantalla. Se parecía al hombre con el que me había cruzado en la escalera de la oficina. Era él, seguro. El mismo que abrió la puerta de mi casa. Seguro al cien por cien. Estaba de pie con una luz blanca fluorescente a la espalda y me miraba. Parecía un resto del sueño que hubiera logrado abrirse paso en la realidad. Parpadeé varias veces para que desapareciera por completo. Sin embargo, ahí seguía. La figura de la pantalla no dejó de agrandarse hasta que su cara ocupó todo el espacio, como si se hubiera acercado hasta quedar en primer plano.

Salió de la pantalla, apoyó una mano en el marco y sacó primero las piernas. En la pantalla solo quedó la luz blanca. Como si necesitara adaptarse al mundo exterior, se frotó sus reducidas manos durante mucho tiempo. No parecía tener ninguna prisa. Se comportaba con tranquilidad, como si dispusiera de todo el tiempo del mundo. Parecía un presentador con años de experiencia. Al fin me miró.

—Estamos fabricando un avión —dijo con una voz plana, sin ángulos, como si estuviera escrita en un papel.

Mientras hablaba, en la pantalla apareció una máquina negra. Todo resultaba muy profesional, como en un noticiario. Primero proyectaron la imagen de un espacio muy amplio, como el de una fábrica. La cámara se acercó después hacia el centro, al lugar de trabajo. Otros dos de los tipos de la televisión manipulaban una máquina, usaban llaves para apretar pernos, ajustaban medidores. Estaban concentrados en el trabajo. Era una máquina extraña, de forma cilíndrica, fina, alargada, alta. Cada pocos metros, sobresalía algo con forma aerodinámica. Más que un avión, parecía un exprimidor de naranjas gigante. Carecía de alas y asientos.

—No tiene en absoluto aspecto de avión —le dije.

Mi voz no parecía mía. Sonó muy extraña, como si después de pasar muchos filtros hubiera perdido sus nutrientes. Me sentía como si hubiera envejecido.

—Será porque aún no lo hemos pintado —dijo él—. Lo haremos mañana. Entonces se verá claramente que se trata de un avión.

—No es una cuestión de color, sino de forma. Eso no es un avión.

—Si no es un avión, ¿qué es entonces?

No supe qué responder.

—¿Qué demonios es eso? —pregunté al fin.

—Repito que es culpa del color —dijo en un tono suave—. Si lo pintamos bien, parecerá un auténtico avión.

Renuncié a discutir con él. ¿De qué iba a servir? Ya fuera un avión capaz de exprimir naranjas o un exprimidor de naranjas capaz de volar, a mí qué más me daba. ¿Por qué no volvía mi mujer?

Me di otro masaje en las sienes. El reloj no dejaba de hacer ruido: TRPP Q SCHAOUS TRPP Q SCHAOUS. Encima de la mesa estaba el mando, junto al montón de revistas. El teléfono seguía sin sonar. La habitación estaba iluminada por la luz de la pantalla.

Los dos tipos del otro lado de la pantalla trabajaban con ahínco. La imagen se veía mucho más nítida que antes. Podía leer incluso los números de los diales. Aunque apenas se oía, también me llegó algún sonido. La máquina hacía ruido. TAABZHRAYBGG TAABZHRAYBGG ARP ARPP TAABZHRAYBGG. De vez en cuando se oía el ruido seco de un metal golpear contra otro metal. AREEEENBT AREEEENBT. Se oían otros ruidos, pero no era capaz de distinguir a qué correspondían. Los dos tipos no dejaban de trabajar con entusiasmo. Me fijé en lo que hacían. El que está fuera de la pantalla se quedó callado y observó a sus compañeros al otro lado. Aquella máquina negra e incomprensible, que no parecía un avión la mirase como la mirase, flotaba en un espacio inundado de luz blanca.

—Lo siento por tu mujer —dijo el que estaba a mi lado.

Le miré sin entender a qué se refería, como si mirase el tubo de rayos catódicos.

—Tu mujer no va a volver —dijo en el mismo tono.

—¿Por qué?

—¿Por qué? Porque es imposible.

Su voz sonaba como la tarjeta que sirve de llave de un hotel. Una voz plana, sin entonación, que se colaba como un cuchillo por ranuras estrechas.

—No vuelve porque es imposible.

«No vuelve porque es imposible», repetí mentalmente. Una frase plana, irreal, fuera de contexto. La causa tragada por el efecto. Me levanté para ir a la cocina. Abrí la nevera, respiré hondo y volví al sofá con una cerveza en la mano. El tipo seguía de pie junto a la televisión y miró cómo tiraba de la anilla hacia arriba. Tenía el codo derecho apoyado en el aparato. No me apetecía especialmente tomar una cerveza, pero era incapaz de estar sin hacer nada. Di un sorbo y me supo muy mal. Tuve la lata tanto tiempo en la mano que al final no aguanté más el peso y la dejé encima de la mesa.

Pensé de nuevo en lo que me había dicho el tipo ese de la televisión que estaba a mi lado, lo de que mi mujer no iba a volver. Ya no funcionábamos y por eso no volvía. No podía creer que nuestra relación acabara así. Está claro que nunca fuimos la pareja perfecta. En cuatro años hemos tenido disputas, problemas, pero siempre los hemos resuelto. Algunas cosas se han quedado pendientes, otras no, pero la mayor parte de lo que no hemos logrado afrontar hemos terminado dejándolo pasar. De acuerdo, habíamos tenido nuestros momentos buenos y malos, lo admito, pero eso no significa que ya no funcionemos. ¿Acaso hay un lugar en el mundo donde los matrimonios no tengan problemas? Además, solo eran las ocho pasadas. Si no había llamado era por alguna razón. Podía enumerar tantas como quisiera. Por ejemplo... No, no se me ocurría ninguna. Estaba irremediablemente confundido.

Me recosté en el sofá.

Ese avión —si es que se le podía llamar así—, ¿cómo iba a volar? ¿Dónde estaban los reactores, las ventanas, el morro, la cola?

Me moría de cansancio. Estaba exhausto y aún debía contestar a mi primo. «No puedo ir a tu boda por motivos de trabajo. Lo lamento. De todos modos, enhorabuena por tu matrimonio...» Algo así le diría.

Los dos tipos de la televisión al otro lado de la pantalla seguían concentrados en su trabajo ignorándome por completo. En ningún momento habían dejado de mover las manos. Cuando terminaban con una cosa, enseguida empezaban con la siguiente. No parecían tener un plan de trabajo, pero sabían perfectamente qué hacer en cada momento. La cámara los seguía sin perder detalle. El operador conocía su oficio y con sus planos facilitaba la comprensión global del proceso. Imagino que sería otro de los de la televisión. El cuarto y el quinto, operador de cámara y mezclador.

Era extraño, pero cuanto más miraba más me parecía un avión. Al menos empezaba a pensar que no había nada raro en el hecho de que fuera un avión. Me daba igual si tenía morro o cola. Un trabajo tan preciso y admirable podía resultar perfectamente en un avión. Aunque a mí no me lo pareciera, a ellos sí. El tipo a mi lado tenía razón: «Si no es un avión, ¿qué es entonces?».

El tipo ese de la gente de la televisión que estaba fuera no se movía desde hacía rato. Apoyado con su codo derecho en el aparato, no dejaba de observarme. Los de dentro seguían a lo suyo. Oí el ruido del reloj. TRPP Q SCHAOUS TRPP Q SCHAOUS. El cuarto estaba a oscuras. El calor era sofocante. Alguien caminaba por el corredor haciendo ruido con los zapatos.

Se me ocurrió que tal vez tuviera razón. Que quizá mi mujer no iba a volver. Puede que se hubiera marchado muy lejos, que hubiera tomado no sé qué transporte público para alejarse de mí. Quizá nuestra relación había sufrido algún daño irreparable. Quizá la pérdida era irremediable. Puede que yo fuera el único que no se había dado cuenta de nada. Se me ocurrían sin cesar todo tipo de pensamientos.

—Tal vez tenga razón —dije en voz alta.

La voz salía débil del interior de mi cuerpo.

—Cuando lo pintemos mañana, lo verá mucho mejor —dijo el de la gente de la televisión—. Con ese toque de color se convertirá en un avión decente.

Me miré las palmas de las manos. Parecían más pequeñas de lo normal, como si se hubieran reducido. Apenas un poco. Tal vez me equivocaba. Tal vez se trataba de un efecto óptico, tal vez el equilibrio en las perspectivas se había vuelto loco, pero lo cierto es que las veía así, reducidas. ¡Un momento! Quería decir algo. Había algo que debía decir. Si no, me convertiría en una estatua de piedra como los demás.

—El teléfono sonará en breve —dijo el que estaba a mi lado. Se calló un momento como si calculara—. Dentro de unos cinco minutos.

Miré el teléfono. Pensé en el cable que conectaba unos aparatos con otros sin fin, en ese infinito laberinto de conexiones detrás del cual estaba mi mujer. Lejos, muy lejos, donde no podía alcanzarla con la mano. Noté los latidos de su corazón. Quedaban cinco minutos. ¿Dónde está el morro y dónde la cola? Me levanté para decir algo, pero tan pronto como me puse en pie, las palabras desaparecieron.

Un barco lento a China

Me gustaría subirte a un barco lento a China
reservado solo para nosotros dos...

Canción antigua

1

¿Cuándo conocí a un chino por primera vez?

Así comienza esta historia, con una pregunta casi arqueológica. Etiquetando movimientos telúricos para luego categorizarlos, analizarlos.

En todo caso, ¿cuándo conocí a un chino por primera vez? Supongo que entre 1959 y 1960, aunque, ya fuera un año u otro, no supone una gran diferencia. Ninguna en absoluto, para ser exactos. Esos dos años son como dos gemelos desgarbados vestidos con la misma ropa descuidada. De hecho, por mucho que pudiera regresar a aquella época con una máquina del tiempo, me costaría mucho trabajo apreciar las diferencias entre ellos.

A pesar de lo cual, me armo de paciencia y sigo adelante, obstinándome en abrir la brecha para ver brotar momentos telúricos poco a poco, fragmentos de memoria.

De acuerdo. Estoy seguro de que fue el año en el que Johansson y Patterson pelearon por el título mundial de los pesos pesados. Recuerdo haber visto el combate en televisión aquel año. Lo cual quiere decir que me basta con ojear los periódicos de la época en la hemeroteca. Así lo pondré todo en orden.

Por la mañana voy a la biblioteca municipal en bici. No sé por qué, pero junto a la entrada hay un gallinero con cinco gallinas que picotean en el suelo su desayuno tardío o su comida temprana, quién sabe. Como hace bueno, decido fumarme un cigarrillo ahí al lado antes de entrar, y mientras fumo observo cómo comen. Picotean con aire de estar muy ocupadas, con tanta prisa que la escena parece sacada de uno de esos noticiarios con pocos fotogramas por segundo.

Cuando me termino el cigarrillo, algo ha cambiado dentro de mí, sin duda. Una vez más, desconozco la razón. Sin embargo, ese nuevo yo surgido a una distancia de cinco gallinas y un cigarrillo, me formula dos preguntas sin saber por qué.

Primera: ¿a quién le puede interesar la fecha exacta en la que conocí a un chino por primera vez?

Segunda: ¿qué voy a ganar por desplegar frente a mí el anuario de un periódico en esta sala de lectura iluminada por el sol?

Dos buenas preguntas. Me fumo otro cigarrillo, me subo a la bici y me despido de las gallinas y de la biblioteca. Si los pájaros vuelan por el cielo sin tener que soportar la carga de un nombre, yo liberaré a mi memoria de la pesada carga de los datos.

La mayor parte de mis recuerdos no llevan asociada una fecha, eso seguro. Mi memoria es solo una pequeña parte del total, tan poco digna de confianza que a veces pienso que con ello quiero demostrar algo. ¿Qué exactamente? En general, la inexactitud no es la clase de cosa que se pueda demostrar con precisión.

Sea como sea, más bien, siendo ese el caso, mi memoria es muy incierta. A veces confunde el orden de los acontecimientos, sustituye realidad por ficción e incluso se llega a mezclar con los recuerdos de otra persona. A eso no se le puede llamar memoria. Si me dedico a recoger fragmentos de cuando iba a la escuela primaria (aquellos seis patéticos años del apogeo de la posguerra en democracia), solo existen dos cosas: la historia del chino en cuestión y un partido de béisbol durante una tarde en las vacaciones de verano. Yo ocupaba la posición central y al final de la tercera carrera sufrí una conmoción cerebral. No sucedió así, sin más, sino porque aquel día solo nos dejaron usar un rincón del campo de deportes del instituto cercano y, mientras corría a toda velocidad tras la pelota que volaba por los aires, me di un fuerte golpe en la cara con el poste de la canasta de baloncesto.

Cuando recuperé la conciencia, estaba tumbado en un banco bajo una parra. Casi había oscurecido y el primer olor que noté fue el del agua esparcida sobre la arena del campo, junto al del cuero de un guante nuevo que me habían colocado bajo la cabeza a modo de almohada. Sentía un dolor pesado a un lado de la cabeza. Por lo visto había dicho algo mientras estaba inconsciente, aunque no recordaba nada. Un amigo que cuidaba de mí me lo contó más tarde. Al parecer dije: «No te preocupes, puedes comértelo si le sacudes el polvo».

Sigo sin entender a qué venía eso. Tal vez soñé que me caía por las escaleras con un pedazo de pan en la mano al regresar del comedor del colegio. Era incapaz de asociar la frase con una escena vivida por mí. Han pasado ya veinte años desde entonces y aún me pregunto a veces por qué dije eso.

«No te preocupes, puedes comértelo si le sacudes el polvo.»

Con esa frase en mente, pienso en mi existencia, en el camino que debo seguir en el futuro. Me concentro después en el punto al que me llevan, inevitablemente, mis pensamientos: la muerte. Pensar en la muerte es algo muy confuso, al menos para mí. Por alguna razón, la muerte me recuerda al chino.

2

Había un colegio para chinos en una colina detrás del puerto. Fui allí en una ocasión para hacer unos exámenes de aptitud. (He olvidado por completo su nombre, lo lamento, por lo que a partir de ahora le llamaré el colegio chino.) Los exámenes se podían hacer en muchos colegios y yo fui el único de mi clase al que le tocó ir allí. Nunca he sabido por qué. Quizás algún error administrativo. Todos mis compañeros fueron a uno que estaba mucho más cerca.

¿Colegio chino?

Pregunté a todo el mundo si sabían algo de ese colegio chino. Nadie había oído hablar de él. Solo averigüé que estaba a media hora en tren. En aquella época no tenía costumbre de tomar el tren, por lo que para mí fue como si me enviasen al fin del mundo.

Un colegio chino en el fin del mundo.

Dos semanas más tarde, un domingo por la mañana, afilé una docena de lápices nuevos. Resignado y atemorizado, metí la comida y unas zapatillas en la bolsa del colegio. Era un domingo de otoño demasiado caluroso para la época, y mi madre, a pesar de todo, me obligó a ponerme un jersey gordo. Me subí al tren yo solo. Me quedé de pie junto a la puerta y miraba atento el paisaje para no pasarme de parada.

Sin necesidad de mirar el mapa que me habían entregado con la documentación para los exámenes, encontré enseguida el colegio. Me bastó seguir a un grupo de estudiantes con sus bolsas llenas de comida y zapatillas, como la mía. A lo largo de una empinada cuesta, había al menos un centenar de chicos que caminaban en fila en la misma dirección. Era una escena extraña. Caminaban en silencio. No jugaban con ninguna pelota ni molestaban a los más pequeños quitándoles sus gorras. Sus figuras me recordaban una especie de movimiento eterno no uniforme. Yo subía la cuesta y sudaba bajo el jersey demasiado gordo.

Al contrario de mis vagas expectativas, aquel colegio se parecía al mío o incluso se veía más nuevo. Los pasillos largos y oscuros, el olor a moho y humedad en el ambiente..., todas esas imágenes con las que había alimentado mi imaginación durante dos semanas desaparecieron de golpe. Nada más atravesar una puerta de hierro había un camino empedrado rodeado de vegetación que describía una suave curva. Frente a la entrada principal, un estanque de agua cristalina reflejaba el sol de las nueve de la mañana. A ambos lados del edificio, hileras de árboles, cada cual con su placa identificativa en chino. Podía leer algunos caracteres, otros no. Nada más entrar en el edificio se veía un patio grande, en cada una de cuyas esquinas había un busto, además de una caja blanca con aparatos de medición meteorológica y un barra de ejercicios de gimnasia.

Me quité los zapatos nada más entrar tal como me indicaron y me dirigí a la clase que me habían asignado. Era un aula luminosa. La tapa de los pupitres podía levantarse para guardar cosas en el cajón interior. Había cuarenta en total, todos ellos numerados. El mío estaba en primera fila, cerca de la ventana. Es decir, tenía el número más bajo de la clase.

La pizarra lucía de un verde prístino. En la mesa del profesor había una caja de tizas y un florero con un crisantemo blanco. Todo estaba limpio, ordenado. En el tablón de corcho de la pared no había nada. Quizá se habían tomado la molestia de limpiarlo para que no nos distrajéramos. Me senté. Dejé el estuche encima del pupitre, apoyé el mentón en la mano y cerré los ojos. Quince minutos después entró el supervisor con un fajo de exámenes. No tendría más de cuarenta años, pero cojeaba de la pierna izquierda y se apoyaba en un bastón de madera de cerezo sin pulir, como los que se venden en las tiendas de recuerdos al pie de las montañas donde hay algún templo. Cojeaba sin disimulo, de manera que el material barato del bastón destacaba aún más. Al verle, o, más bien, al ver los exámenes, los cuarenta nos quedamos en silencio.

Subió a la tarima donde estaba su mesa y los dejó allí. Colocó el bastón al lado con un ligero golpe. Después de confirmar que todos los asientos estaban ocupados, carraspeó y miró el reloj. Por último, puso las manos en la mesa como si apoyara todo el peso de su cuerpo, levantó la cara y, durante unos instantes, miró un punto en algún lugar indeterminado del techo.

Silencio.

Pasaron quince segundos. No se oyó nada. Los chicos, nerviosos, mirábamos los exámenes conteniendo la respiración. El supervisor no apartaba la vista del techo. Llevaba un traje gris claro, camisa blanca y una corbata que era mejor obviar. Se quitó las gafas, las limpió despacio con un pañuelo y volvió a ponérselas.

—Soy su supervisor —dijo al fin—. Cuando reciban el papel de examen, deben dejarlo encima de la mesa boca abajo. No pueden darle la vuelta hasta que yo se lo indique. Pongan las manos en las rodillas, y cuando yo se lo diga, podrán empezar. Cuando queden diez minutos para acabar, les avisaré. Deberán revisar sus exámenes. Cuando diga que el tiempo ha terminado, volverán a dejarlo boca abajo y pondrán de nuevo las manos en las rodillas. ¿Entendido?

Silencio.

Miró el reloj.

—No olviden escribir en primer lugar su nombre y el número que les han asignado.

Silencio.

Otra vez miró el reloj.

—Aún faltan diez minutos. Mientras tanto, me gustaría hablar un poco con ustedes para que se relajen.

Se escucharon unos cuantos suspiros.

—Soy un profesor chino y doy clases en este colegio.

Sí. Fue así como conocí a mi primer chino.

No me pareció chino en absoluto, aunque es lógico; nunca había visto uno.

—En esta clase —siguió—, estudiantes chinos de su misma edad se esfuerzan con sus estudios como hacen ustedes. Como ya sabrán, se puede decir que China y Japón son países vecinos. Para vivir bien, los vecinos debemos llevarnos bien. ¿No les parece?

Silencio.

—En nuestros respectivos países hay cosas que se parecen y otras que no. Cosas que se pueden entender y cosas que no. ¿No ocurre lo mismo con sus amigos? Pueden ser íntimos y, a pesar de todo, no entenderse, ¿verdad? Lo mismo sucede entre nuestros dos países, pero si hacemos un esfuerzo nos podemos llevar bien. Lo creo de veras, sin embargo, para lograrlo debemos respetarnos mutuamente. Ese es el primer paso.

Silencio.

—Por ejemplo. Piénsenlo así. Van unos estudiantes chinos a examinarse a su colegio, como hacen ustedes hoy aquí. Se sientan en sus mesas. Imagínenlo.

Silencio.

—Imaginemos que es lunes por la mañana y vuelven ustedes a su clase de siempre. Se sientan a la mesa y ¿qué sucede entonces?, la mesa está llena de garabatos, de arañazos, chicles pegados en las sillas y las zapatillas de estar en clase que tienen guardadas en sus pupitres, todas desparejadas. ¿Cómo se sentirían?

Silencio.

—Por ejemplo usted —dijo señalándome a mí—. ¿Estaría usted contento?

Todos me miraban.

Me sonrojé y sacudí la cabeza aturdido.

—¿Respetaría así a los estudiantes chinos si hicieran eso en los pupitres?

De nuevo, sacudí la cabeza.

—Por lo tanto —dijo mirando de nuevo al frente mientras todos los ojos volvían a centrarse de nuevo en él—, tampoco ustedes deben garabatear las mesas, pegar chicles en las sillas o hacer travesuras con las cosas de otra persona. ¿Lo han entendido?

Silencio.

—Los estudiantes chinos siempre contestan en voz alta y clara.

Las cuarenta bocas pronunciaron un gran sí. No, más bien treinta y nueve, porque yo fui incapaz de abrirla.

—Escúchenme bien. Levanten la cara, saquen pecho.

Hicimos lo que nos decía.

—Muéstrense orgullosos.

Se me ha olvidado el resultado de aquel examen de hace veinte años. Lo único que recuerdo es la escena de los alumnos subiendo la cuesta, la charla del profesor chino, levantar la cara, sacar pecho y mostrarme orgulloso.

3

La ciudad en la que vivía cuando iba al instituto tenía puerto, de manera que había una importante colonia china. No se diferenciaban en nada de nosotros, ni tampoco tenían rasgos físicos peculiares. Eran tan distintos los unos de los otros como cualquiera, aspecto en el que sí se parecían a nosotros. Al pensar en ello, me resulta curioso comprobar cómo la singularidad de cada individuo va siempre más allá de cualquier categoría o generalización que pueda aparecer en un libro.

En mi clase del instituto había varios chinos. Algunos sacaban buenas notas, otros no. Los había simpáticos y los había callados. Uno vivía en una casa palaciega y otro en un apartamento oscuro, de una sola habitación con cocina, en un edificio del montón. Había de todo, cierto, aunque en realidad nunca tuve trato directo con ninguno de ellos. Tampoco yo era de esos que se dedican a hacer amigos a todas horas. Japoneses o chinos, para mí no había ninguna diferencia.

Conocí a uno diez años más tarde, pero quizá no debería hablar aún de eso.

Mientras tanto, la escena se desplaza a Tokio.

El siguiente chino que conocí sin contar los del instituto, acerca de los cuales no he dado demasiados detalles, fue en realidad una chica. Coincidimos en un trabajo por horas durante la primavera de mi segundo año en la universidad. Tenía diecinueve años, como yo. Era menuda y muy guapa. Trabajamos tres semanas durante las vacaciones.

Era muy diligente. Yo me esforzaba tanto como podía, supongo, pero cuando la veía darle duro a lo que tuviera entre manos, me quedaba claro que nuestra idea de la dedicación era completamente distinta. Comparado con mi idea de «si tienes que hacer algo, mejor hacerlo bien», su empuje interior estaba mucho más cerca de la raíz misma de la humanidad. Puede que no sirva como explicación, pero en ese impulso suyo se notaba la desconcertante urgencia de alguien cuya existencia apenas se mantiene atada a ese único hilo. El resto de los compañeros era incapaz de aguantarle el ritmo. Antes o después tiraban la toalla, frustrados. Yo fui el único que se las arregló para seguirla.

A pesar de todo, al principio apenas hablamos. Intenté iniciar una conversación en un par de ocasiones, pero ella no parecía demasiado interesada en conversar y terminé por renunciar. La primera vez que nos sentamos a hablar de verdad fue dos semanas después de empezar a trabajar juntos. Aquella mañana había padecido una especie de ataque de pánico que le duró media hora. Nunca había ocurrido. Fue por culpa de un ligero descuido, una insignificante operación que no procedía. Sin duda, culpa suya, su responsabilidad, si de eso se trataba, pero a mí solo me pareció un contratiempo. Un lapsus y ¡zas! Podía haberle ocurrido a cualquiera. A ella no. Fue como una fisura imperceptible en la cabeza que se ensanchó hasta convertirse en una brecha que al final se transformó en un abismo insondable. No quería dar otro paso. No podía. Se quedó helada sin moverse del sitio, sin palabras. Daba lástima verla así, como un barco hundiéndose despacio durante la noche en el mar.

Dejé lo que tenía entre manos, la obligué a sentarse, intenté que relajase los puños apretados y le ofrecí un café caliente. No había razón para preocuparse, traté de convencerla, no había nada irremediable, podía volver a empezar a partir de donde se había equivocado y no tardaría mucho en hacerlo. En caso contrario, tampoco el mundo se iba a acabar por eso. Tenía la mirada extraviada, pero asintió en silencio. Cuando se terminó el café, parecía algo más tranquila.

—Lo siento —dijo en un susurro.

En la hora del almuerzo charlamos un rato. Fue entonces cuando me dijo que era china.

Trabajábamos en el estrecho y oscuro almacén de una pequeña editorial del distrito de Bunkyo. A un lado del almacén había un río sucio. Era un trabajo fácil, aburrido y que no nos dejaba un minuto libre. Yo recibía los pedidos y llevaba los ejemplares que se me indicaban hasta la entrada del almacén. Una vez allí, ella los ataba con una cuerda y los registraba en el libro mayor. Eso era todo. No había calefacción y, para no morir de frío, no nos quedaba más remedio que trabajar deprisa. A veces hacía tanto frío que pensaba que estaríamos mejor a la intemperie quitando nieve en el aeropuerto de Anchorage.

En el descanso para el almuerzo salíamos a la calle para comer algo caliente y, durante esa hora, nos distraíamos con cualquier cosa para tratar de entrar en calor. Nuestro objetivo en ese lapso de tiempo era calentarnos, si bien a raíz del ataque empezamos a hablar poco a poco. Ella contaba las cosas a trompicones, pero al cabo de cierto tiempo terminé por enterarme de las circunstancias de su vida. Su padre tenía un pequeño negocio de importación en Yokohama y la mayoría de los artículos con los que comerciaba era ropa barata de Hong Kong para las rebajas. Aunque era china, había nacido en Japón y nunca había estado en su país de origen ni en Hong Kong o Taiwán. Había estudiado en un colegio japonés. Casi no hablaba chino, pero se le daba bien el inglés. Estudiaba en una universidad privada de mujeres de Tokio y su intención era ser intérprete. Vivía con su hermano mayor en un apartamento de Komagome, o, más bien, como decía ella, se aprovechaba de él. No congeniaba con su padre y por eso se había marchado de casa. Eso es, más o menos, lo que logré saber de ella.

Durante aquellas dos semanas de marzo no dejó de caer una llovizna mezclada con aguanieve. El último día de trabajo, después de ir por la tarde a la administración para cobrar, dudé si invitarla o no a una discoteca de Shinjuku donde había ido en alguna ocasión. Mi intención no era cortejarla. Tenía novia desde el instituto, pero, a decir verdad, ya no nos llevábamos tan bien como antes. Ella estaba en Kobe, yo en Tokio. Nos veíamos dos meses al año, tres a lo sumo. Éramos jóvenes y no nos entendíamos lo suficiente para superar la distancia y el vacío del tiempo. No tenía ni idea de cómo mantener mi relación con ella en esas circunstancias. Estaba solo en Tokio. No tenía amigos propiamente dichos y las clases de la universidad resultaban muy aburridas. La verdad es que quería tomarme un respiro, invitarla a bailar, beber algo, hablar como amigos y divertirnos. Nada más. Tenía diecinueve años, una edad perfecta para disfrutar de la vida.

Se lo pensó alrededor de cinco segundos antes de contestar.

—Pero nunca he bailado —dijo al fin.

—Es fácil. Tampoco es un salón de baile. Solo tienes que dejarte llevar por el ritmo. Eso puede hacerlo cualquiera.

Fuimos primero a una pizzería y bebimos cerveza. Habíamos terminado nuestro trabajo. Ya no había necesidad de volver a aquel almacén frío y transportar libros de un lado para otro. Nos sentíamos libres. Gasté más bromas de lo habitual y ella se rió más de lo que tenía por costumbre. Después de cenar fuimos a la discoteca y bailamos dos horas. Hacía un calor agradable y en el ambiente flotaba un olor a sudor mezclado de incienso. Una banda filipina interpretaba temas de Santana. Si sudábamos demasiado, nos sentábamos para tomar una cerveza, y cuando se nos secaba el sudor, salíamos de nuevo a bailar. Las luces parpadeaban. Iluminada por los destellos, me parecía muy distinta a cuando estaba en el almacén. En cuanto se acostumbró al movimiento, empezó a disfrutar del baile de verdad.

Salimos de allí cuando ya no podíamos más de tanto bailar. El viento de marzo aún era frío por la noche, pero ya se notaba en el aroma la insinuación de la primavera. Estábamos acalorados y caminamos sin rumbo con los abrigos en la mano. Echamos un vistazo a un *game center,* tomamos un café y caminamos de nuevo. Aún teníamos por delante la mitad de las vacaciones de primavera y, por encima de cualquier otra cosa, diecinueve años. Si nos hubieran obligado a caminar, podríamos haber llegado sin problemas hasta el río Tama. Recuerdo bien la atmósfera de aquella noche.

A las diez y veinte dijo que debía irse.

—Tengo que llegar a casa antes de las once.

Parecía como si se disculpara.

—Qué estricto —dije yo.

—Mi hermano es un pesado. Se cree mi protector, pero no puedo quejarme.

Por el tono de su voz entendí que le quería.

—No te olvides los zapatos —dije.

—¿Zapatos? —preguntó extrañada. Cinco o seis pasos después se rió—. ¿Cenicienta? Tranquilo, no los olvidaré.

Subimos las escaleras de la estación de Shinjuku y nos sentamos en un banco.

243

—¿Puedo pedirte el número de teléfono? —le pregunté—. Podríamos salir otro día.

Se mordisqueó el labio. Lo apunté en una caja de cerillas que había cogido en la discoteca. Su tren llegó y le di las buenas noches.

—Me he divertido mucho. Muchas gracias. Hasta pronto.

La puerta del tren se cerró. Me dirigí al andén de enfrente para tomar el tren en dirección a Ikebukuro. Me apoyé en un pilar y, mientras me fumaba un cigarrillo, hice un repaso mental de la noche. Del restaurante a la discoteca, de la discoteca al paseo. No estaba mal. Hacía tiempo que no quedaba con una chica. Me había divertido y ella también. Como mínimo podríamos ser amigos. Era muy callada, nerviosa. Sentía hacia ella una simpatía casi instintiva. Apagué la colilla con la suela del zapato y encendí otro cigarrillo. El rumor de la ciudad se entremezclaba con la tenue oscuridad. Cerré los ojos y respiré hondo. No ocurría nada malo, me dije, y, sin embargo, desde que me había despedido de ella tenía un nudo en la garganta. Quería tragar, hacer que desapareciese, pero estaba allí adherido. Algo no iba bien. Sentía como si hubiera cometido un grave error.

Lo comprendí cuando me bajé en la estación de Mejiro. La había hecho subir en el tren de la misma línea circular, la Yamanote, pero en la dirección equivocada. Mi casa estaba en Mejiro y podíamos haber tomado el mismo tren. No era tan difícil darse cuenta. Entonces, ¿por qué la había hecho subirse en uno que le iba a hacer perder tanto tiempo? ¿Había bebido demasiado o tenía demasiadas cosas en la cabeza? El reloj de la estación marcaba las once menos cuatro. No iba a llegar a tiempo a no ser que se diera cuenta de mi error y cambiase de tren. Sin embargo, no me parecía que eso fuera a suceder. No era el tipo de persona que presta atención a esas cosas, sino de las que siguen en el mismo tren por muy equivocado que esté si alguien les ha hecho subir en él. Tendría que haber visto desde el principio que iba en la dirección equivocada.

Cuando llegó a la estación de Komagome eran ya las once y diez de la noche. Al verme en las escaleras se quedó clavada y puso cara de no saber si reír o enfadarse. La agarré del brazo y la llevé hasta un banco para sentarnos. Agarró el bolso con las manos y se lo puso en el regazo. Estiró las piernas y miró fijamente la punta de sus zapatos blancos.

Me disculpé. Le dije que no entendía cómo había podido cometer ese estúpido error. Debía de estar distraído.

—¿De verdad te has equivocado?

—Sí, por supuesto. Si no, no habría venido hasta aquí.

—Pensaba que lo habías hecho a propósito.

—¿A propósito?

—Pensaba que estabas enfadado.

—¿Enfadado?

No entendía qué quería decir.

—Sí.

—¿Qué te hace pensar eso?

—No lo sé —respondió con una voz apagada—. Quizá te has aburrido.

—Todo lo contrario. Me lo he pasado muy bien, no te miento.

—¡Mentira! No es divertido estar conmigo. Es imposible. Lo sé perfectamente. Aunque sea verdad que te has equivocado, en realidad lo deseabas en lo más profundo de tu corazón.

Suspiré.

—No te preocupes —continuó sin dejar de sacudir la cabeza—. No es la primera vez que me pasa y estoy segura de que no será la última.

Dos lágrimas brotaron de sus ojos y cayeron sobre su regazo con un pequeño ruido.

¿Qué podía hacer? Me quedé allí sentado sin decir una palabra. Varios trenes llegaron y descargaron sus pasajeros. En cuanto desaparecían, regresaba el silencio.

—Por favor, déjame tranquila —dijo con una sonrisa apartándose el flequillo—. Al principio también pensé que había sido un error y no me importó. Pero después de la estación de Tokio me quedé sin fuerzas. Me pareció que todo, absolutamente todo, había salido mal. No quiero volver a pasar por algo así.

Quería decir algo, pero no encontraba las palabras. El viento desbarató un periódico y lo arrastró por el andén.

Sonrió sin fuerzas.

—De acuerdo. Este nunca ha sido el lugar donde debía estar. No es para mí.

No entendía si se refería a Japón o a esa ingente masa de rocas que gira sin descanso en mitad de un universo oscuro. Alcancé su mano en silencio y la coloqué en mi regazo. Después la otra mano. Estaban calientes, las palmas húmedas. Forcé unas palabras.

—No puedo explicarte bien cómo soy. También yo me pierdo de vez en cuando. No me entiendo, no sé lo que pienso en realidad ni lo que quiero. No sé si tengo alguna clase de poder, y, en caso de que así sea, si puedo usarlo de algún modo. Esos pensamientos me hacen sentir miedo y entonces solo puedo pensar en mí, me convierto en un egoísta. No tengo intención de hacerlo, pero a veces hiero a los demás. No sé hasta dónde soy una persona decente.

No sabía cómo seguir y me callé. Ella no dijo nada, como si esperase lo que venía a continuación. Aún se miraba la punta de los zapatos. A lo lejos se oyó la sirena de una ambulancia. Un empleado de la estación recogió el periódico y se marchó. Ni siquiera nos miró. Era tarde y la frecuencia de trenes había disminuido considerablemente.

—Lo he pasado muy bien —dije al fin—. No te miento. No solo eso. No sé cómo explicarlo bien, pero me pareces muy honesta. No sé por qué, pero es así. Después de este tiempo juntos, después de hablar, eso es lo que siento. He pensado mucho en ello.

Levantó la vista y me miró fijamente.

—No te he hecho subir a un tren equivocado a propósito. Ha sido una confusión, un despiste.

Asintió.

—Te llamaré mañana. Podríamos ir a algún sitio y hablar.

Se limpió las lágrimas con las yemas de los dedos y metió las manos en los bolsillos del abrigo.

—Gracias. Lo siento.

—No hace falta que te disculpes. El error ha sido mío.

Nos separamos. Sentado yo solo en el banco, encendí el último cigarrillo y tiré la cajetilla vacía a la papelera. El reloj casi marcaba las doce.

Nueve horas más tarde me di cuenta del segundo error que había cometido aquella noche. Una equivocación grave, más bien fatal. Había tirado la cajetilla junto con la caja de cerillas donde había apuntado su número de teléfono. Indagué mucho, fui al almacén, pero allí no tenían su número. Busqué en el listín telefónico e incluso fui a su universidad para preguntar por ella. Nada.

Nunca volví a verla. Era la segunda persona de China que conocía.

4

Ahora la historia de mi tercer chino.

Era un conocido del instituto al que ya he mencionado antes. Un amigo de un amigo con quien había hablado en algunas ocasiones.

Tenía veintiocho años. Habían pasado seis desde que me casé. En ese tiempo había enterrado tres gatos, quemado muchas esperanzas y envuelto algunos sufrimientos en gruesos jerséis para ocultarlos bajo tierra. Todo ello en esta ciudad inconmensurable.

Era una fría tarde de diciembre. No corría viento, pero el aire estaba helado y ni siquiera el sol que se colaba entre las nubes lograba disipar la capa gris oscura que cubría la ciudad. Después de ir al banco, entré en una cafetería cuyos ventanales daban a la avenida Aoyama. Mientras me tomaba el café, hojeaba una novela que acababa de comprar. Cuando me cansaba de leer, levantaba la vista y, después de contemplar un rato los coches que circulaban por la avenida, volvía al libro.

Cuando quise darme cuenta, había un hombre de pie frente a mí. Me abordó por mi nombre.

—Eres tú, ¿verdad?

Me quedé desconcertado. Dejé el libro y le dije que sí. No me sonaba su cara. Debíamos de tener la misma edad. Llevaba una chaqueta azul marino de buen corte a juego con la corbata. No obstante, daba una impresión de ajado. No porque la ropa estuviera pasada de moda, solo se notaba usada. Lo mismo que sus facciones. Aunque sus rasgos eran proporcionados, la expresión de su cara parecía una suma de fragmentos de tiempo, de experiencias, como platos dispares en una fiesta.

—¿Puedo sentarme? —preguntó.

—Sí, por favor.

Se sentó frente a mí, sacó una cajetilla de tabaco, un mechero de oro y dejó ambas cosas encima de la mesa.

—Entonces, ¿no te acuerdas de mí?

—No —confesé abiertamente, renunciando a darle más vueltas al asunto—. Lo siento, siempre me ocurre lo mismo. No me quedo con la cara de la gente.

—Quizá prefieres olvidar el pasado. Un impulso subliminal o algo así.

—Puede que sí —admití.

Vino la camarera. Él pidió un café americano, lo más flojo posible.

—Tengo el estómago mal y el médico me ha prohibido el café y el tabaco —dijo sin dejar de juguetear con la cajetilla. Enseguida adoptó ese gesto característico de las personas que sufren del estómago cuando hablan de su dolencia—. Por cierto, volviendo a lo de antes. A mí me ocurre lo contrario que a ti y me acuerdo de todo lo del pasado. Es muy raro, ¿no crees? Me gustaría olvidar muchas cosas, pero cuanto más lo intento, más cosas recuerdo. Lo mismo que el insomnio. Intentas dormir y solo consigues desvelarte por completo. No sé por qué me ocurre eso. Incluso me acuerdo de cosas imposibles de recordar. Mi memoria es tan exhaustiva que me preocupa no tener margen para el futuro. Un verdadero problema.

Dejé el libro que tenía en las manos boca abajo y di un sorbo de café.

—Lo recuerdo todo con una claridad pasmosa: el tiempo que hacía, la temperatura, los olores, como si aún estuviera allí. A veces me pierdo y me pregunto dónde diablos vive mi auténtico yo. Las cosas del presente me parecen recuerdos. ¿Te has sentido así alguna vez?

Sacudí la cabeza distraído.

—Te recuerdo perfectamente. Caminaba por la calle, te he visto y enseguida me he dado cuenta de que eras tú. ¿Te he molestado?

—No, pero no me acuerdo de ti. Lo siento de veras.

—No lo sientas. Me he presentado así de improviso. No te preocupes, ya te acordarás. Así es la vida. La memoria es caprichosa y depende de cada persona. No solo por su capacidad, sino también por la dirección que toma. Hay un tipo de memoria que ayuda a que la cabeza funcione y otra que lo impide. No sé cuál es buena y cuál mala, pero no te preocupes. No tiene importancia.

—¿Me puedes decir tu nombre? No lo recuerdo y eso me hace sentir incómodo.

—Da igual el nombre, de verdad. Si lo recuerdas, bien; si no lo recuerdas, también. Si tanto te preocupa, piensa que esta es la primera vez que nos vemos. Eso no es un impedimento para hablar.

La camarera le sirvió el café y, al primer sorbo, dio la impresión de disgustarle. Yo no sabía en absoluto cómo manejar la situación.

—¿Te acuerdas de un libro de inglés que teníamos en el instituto en el que había una frase que decía: «Ha pasado demasiada agua bajo el puente»?

¿Instituto? ¿Le había conocido en el instituto?

—Estoy muy de acuerdo con eso. El otro día crucé un puente, miré hacia abajo y recordé de pronto esa frase. Se me vino encima la realidad con toda su solidez, sentí que el tiempo fluía como el agua de ese río.

Se cruzó de brazos, se echó hacia atrás en la silla y esbozó un gesto indescifrable. El significado de esa expresión estaba más allá de mi comprensión. Solo me pareció que la genética que determinaba sus gestos se había desgastado por muchas partes.

—¿Estás casado? —preguntó.

Asentí.

—¿Tienes hijos?

—No.

—Yo tengo uno. Tiene cuatro años y va al jardín de infancia. Su única cualidad es la energía.

En ese punto terminó la conversación sobre niños. Nos quedamos en silencio. Saqué un cigarrillo y me ofreció fuego. Un gesto natural, pero no me gusta que me den fuego o me sirvan alcohol. No obstante, en ese caso no me molestó. Ni siquiera lo tuve en cuenta.

—¿A qué te dedicas? —me preguntó.

—Trabajo en un pequeño negocio.

—¿Negocio? —preguntó boquiabierto pasados unos instantes.

—Así es. Nada del otro mundo —dije tan ambiguo como fui capaz.

Asintió sin volver a insistir. No es que no quisiera hablar del trabajo, solo que si me ponía a ello, iba a resultar demasiado largo y estaba cansado. Además, ni siquiera sabía su nombre.

—Me sorprende. No imaginaba que tuvieras un negocio. Siempre me pareció que ese tipo de cosas no se te daban bien.

Sonreí.

—Antes solías leer muchos libros —continuó con su aire de extrañeza.

—Bueno, aún leo mucho —dije con una sonrisa amarga.

—¿Enciclopedias?

—¿Enciclopedias?

—Sí. ¿Tienes una enciclopedia?

—No —negué sin entender bien a qué se refería.

—¿No lees enciclopedias?

—Si tuviera, quizá, pero no tengo sitio en casa.

—En este momento me dedico a vender enciclopedias.

Todo mi interés por él desapareció de un plumazo. ¡Un vendedor de enciclopedias! Me terminé el café frío y dejé la taza con cuidado para no hacer ruido.

—Visto así, no estaría mal tener una —dije—. Pero en este momento no tengo dinero, solo deudas que acabo de empezar a pagar.

—¡No, no! —exclamó él—. No quiero venderte una enciclopedia. Soy pobre como tú, pero no llevo las cosas a ese extremo. Además, no son para japoneses. Eso es parte del acuerdo.

—¿No vendes enciclopedias a japoneses?

—Eso es. Solo a chinos. Busco apellidos chinos en la guía telefónica del centro de Tokio, hago un listado y los visito uno por uno. No sé a quién se le ocurrió, pero la idea no está mal. Tampoco las ventas. Llamo al timbre, me presento y entrego mi tarjeta de visita. Nada más. El hecho de ser compatriotas ayuda. Lo que viene después fluye sin mayor problema.

Algo hizo clic en mi cabeza de repente.

—Acabo de acordarme —dije.

Habíamos coincidido en el instituto.

—Es extraño. Ni siquiera yo entiendo cómo he acabado vendiendo enciclopedias a los chinos —dijo como si quisiera tomar distancia de sí mismo—. Recuerdo las circunstancias, pero se me escapa cómo al final las cosas convergieron de esa manera. Cuando quise darme cuenta, simplemente estaban así.

Nunca coincidimos en clase ni tampoco llegamos a intimar. Tan solo teníamos un amigo común. No lo recordaba como el tipo de persona que acabaría vendiendo enciclopedias. De hecho, era de buena familia, sacaba mejores notas que yo y solía gustar a las chicas.

—Han ocurrido muchas cosas. Una historia corriente, larga y oscura. Ni siquiera merece la pena escucharla.

No sabía qué decir y me quedé callado.

—No fue todo culpa mía —continuó—. Se juntaron muchos factores, aunque no pretendo negar mi responsabilidad.

Traté de recordarle en la época del instituto sin demasiado éxito. En una ocasión nos habíamos sentado a la mesa de la cocina de la casa de alguien y habíamos hablado de música con una cerveza en la mano. Debió de ser una tarde de verano, pero no estaba seguro de ello. Me parecía un viejo sueño casi olvidado.

—¿Por qué me he acercado a ti? —dijo como si se lo preguntara a sí mismo sin dejar de darle vueltas al mechero encima de la mesa—. Siento haberte molestado, pero no he podido evitar un sentimiento de nostalgia.

—No me has molestado.

No decía más que la verdad. También yo sentía una extraña nostalgia sin razón aparente. Permanecimos en silencio durante un rato. No sabía qué más decir. Terminé de fumarme el cigarrillo y él se acabó su café.

—En fin. Me marcho —dijo mientras se guardaba el mechero y el tabaco en el bolsillo—. No puedo perder más tiempo. Debo volver al trabajo.

—¿No tienes un prospecto?

—¿Prospecto?

—Sobre la enciclopedia.

—¡Ah, eso! —exclamó distraído—. No llevo ninguno encima. ¿Quieres?

—Me gustaría. Solo por curiosidad, ya sabes.

—Dame tu dirección y te enviaré uno a casa.

Arranqué una página de su agenda y le anoté mi dirección. La leyó, dobló el papel en cuatro y se lo guardó en el tarjetero.

—Es una buena enciclopedia. No lo digo porque las venda yo, pero está muy bien hecha, de verdad. Tiene muchas ilustraciones en color y resulta muy útil. Yo la leo de vez en cuando. No me canso de hacerlo.

—Quizá cuando tenga un poco de margen la compre.

—Eso espero. —En su cara volvió a dibujarse una sonrisa, como en el cartel del candidato a unas elecciones—. No lo dudo, pero no creo que para entonces siga vendiéndolas. En cuanto termine con los chinos de mi lista, me quedaré sin trabajo. No sé qué haré a partir de entonces. Tal vez me dedique a vender seguros de vida para chinos o tal vez lápidas. Da igual. Algo saldrá.

Quería decir algo, pues pensé que nunca más volveríamos a vernos, algo relacionado con los chinos, pero no supe qué. Al final no dije nada. Tan solo me despedí con las palabras de costumbre. Tampoco ahora sabría qué decir, la verdad.

5

Como hombre que ya ha superado la barrera de los treinta, si fuera otra vez tras una pelota y me chocara contra el poste de una canasta, si volviera a despertarme bajo una parra con la cabeza apoyada en un guante de béisbol, me pregunto qué diría. Tal vez: «Este lugar tampoco es para mí.»

Pienso eso en un vagón del tren de la línea Yamanote. Estoy de pie junto a la puerta con el billete bien agarrado en la mano para no perderlo y contemplo el paisaje al otro lado de la ventana, la ciudad, sus calles. Me siento abatido sin saber por qué, atrapado una vez más en una oscuridad psíquica, en una especie de gelatina de café turbio que cae sobre la población. Fachadas sucias de edificios sucios, multitudes sin nombre, un ruido incesante, coches atrapados en atascos sin fin, el cielo encapotado, anuncios llenando el vacío, deseos, resignación, inquietud y estímulos. Ahí cabe todo, infinitas opciones e infinitas posibilidades reducidas todas a cero. Todo al alcance de la mano, pero al final solo conseguimos ese cero. Eso es la ciudad. De pronto, me acuerdo de las palabras de aquella chica china: «Este nunca ha sido el lugar donde debía estar».

Contemplo la ciudad de Tokio y pienso en China.

Es así como he conocido a muchos chinos. He leído docenas de libros sobre China, desde las *Analectas* hasta *Estrella roja sobre China*. Siempre he querido saber más sobre ese país, pero, a pesar de todos mis esfuerzos, solo he conocido una China particular, una China a través de la lectura que solo me envía sus mensajes a mí. Una China distinta pintada de amarillo en un globo terráqueo. Otra China distinta. Otra hipótesis, otra suposición es, en cierto sentido, una parte de mí recortada por la palabra China.

Vagabundeo por China sin necesidad de subir a ningún avión. Mi viaje errático ocurre en el asiento de atrás de un taxi o en esta misma línea de tren de Tokio. Mis aventuras tienen lugar delante de la ventanilla del banco, en la sala de espera del dentista junto a mi casa. Puedo ir a cualquier parte y, al mismo tiempo, no puedo ir a ninguna.

Tokio. Un buen día, en un vagón del tren de la línea Yamanote, la ciudad empezará a perder su realidad. El paisaje se desplomará al otro lado de la ventanilla mientras agarro fuerte el billete con la mano y observo atento. China se alzará sobre las cenizas de la ciudad de Tokio, borrará su recuerdo definitivamente. Todas las cosas se perderán. Una detrás de otra. Eso es. Mi sitio tampoco es este. Perderemos las palabras, nuestros sueños se transformarán en brumas antes de desaparecer, como desapareció en algún momento nuestra aburrida adolescencia que parecía ir a durar toda la eternidad.

Error en el diagnóstico, diría un psiquiatra. Como me sucedió con aquella chica china. Quizá nuestras esperanzas eran el camino equivocado, pero qué soy yo y qué eres tú si no un error en el diagnóstico. En ese caso, ¿existe una salida?

A pesar de todo, pondré mi pequeño orgullo de ex jugador en el fondo de la maleta y esperaré sentado en la escalera de piedra del puerto un barco lento a China cuya silueta aparecerá pronto en el vacío horizonte. Pensaré en los tejados resplandecientes de las ciudades chinas, en sus campos verdes.

Dejemos que llegue la pérdida y la destrucción. No le temo a nada. Hacerlo sería como si un bateador tuviera miedo a la pelota que se le acerca veloz antes de darle el golpe de la victoria definitivo, como si a un revolucionario entusiasta le asustara la horca. Si pudiera, si pudiera...

Amigo mío, China está demasiado lejos.

El enanito bailarín

Un enanito se me apareció en sueños y me pidió que bailara con él. Sabía que era un sueño, pero estaba tan cansado en el mundo onírico como en el real. Rechacé su invitación cortésmente. «Lo siento, estoy cansado y no me siento capaz.» El enanito no pareció ofendido en absoluto y empezó a bailar solo.

Puso un disco en un reproductor portátil alrededor del cual había muchos otros discos esparcidos por el suelo. Curioseé entre ellos y descubrí una enorme variedad. Parecían seleccionados al azar, como si lo hubiera hecho con los ojos cerrados. Prácticamente ninguno coincidía con la funda donde estaba guardado. El enanito debía de ponerlos y guardarlos en la primera funda que encontraba. Era imposible saber qué disco correspondía a qué funda. En la funda del de Glenn Miller y su orquesta, por ejemplo, había uno de los Rolling Stones, y en la funda de *Dafnis y Cloe,* de Ravel, uno con los coros de Mitch Miller.

Toda esa confusión no parecía preocuparle lo más mínimo. Mientras pudiera bailar cualquier cosa que sonara, él se daba por satisfecho. En aquel preciso momento bailaba al ritmo de un álbum de Charlie Parker, que había sacado de una funda en la que se leía: «Grandes clásicos de la guitarra clásica». Se movía como el viento, como si su cuerpo absorbiera las trepidantes notas del saxofón de Charlie Parker. Yo le observaba mientras me comía unas uvas.

Estaba empapado en sudor. Cada vez que movía la cabeza salpicaba a su alrededor con las gotas que le caían por la cara, y si lo que sacudía era una mano, el sudor le caía desde las yemas de los dedos. Aun así, bailaba y bailaba sin parar. Cuando el disco terminó, dejé el cuenco con las uvas en el suelo y puse otro. Él siguió a lo suyo.

—Eres un gran bailarín —le grité—. Como la propia música.

—Gracias —dijo él dándose aires.

—¿Siempre bailas así?

—Casi siempre.

Se puso de puntillas para girar sobre sí mismo con gracia. Su suave pelo flotaba al aire. Le aplaudí. Nunca había visto un baile tan hermoso. Hizo una reverencia al terminar la canción. Descansó para limpiarse el sudor con una toalla. La aguja rascaba el disco. La levanté y la coloqué en su sitio. Guardé el disco en una funda cualquiera.

—La mía es una larga historia. Supongo que no tendrás tiempo de escucharla —dijo—. Imagino que eres un hombre ocupado.

Sin saber bien qué responder, me comí unas cuantas uvas más. El tiempo no era el mayor de mis problemas. Disponía de todo el que quisiera, pero escuchar su historia sin saber cuándo iba a terminar podía resultar muy aburrido. Por otra parte, era un sueño y, en condiciones normales, no suelen durar mucho. Uno nunca sabe cuándo desaparecerán.

—Vengo de un país del norte —empezó antes de que le diera una respuesta—. Allí no baila nadie. No saben, ni siquiera saben que se puede hacer algo así, pero yo quería bailar. Quería patear el suelo, girar las manos, mover el cuello, dar vueltas.

El enanito pateó el suelo, giró las manos, movió el cuello y dio varias vueltas. Cada uno de esos movimientos por sí mismo era sencillo, pero en conjunto resultaban de una extraordinaria belleza, que brotaba de su cuerpo como si fuera un globo de luz.

—Quería bailar y por eso vine al sur. Empecé por hacerlo en tabernas. Me hice famoso y un buen día me llevaron ante el emperador. Eso fue antes de la revolución, por supuesto. Cuando estalló, el emperador murió, como ya sabrás, y me expulsaron de la ciudad. Tuve que refugiarme en el bosque.

El enanito volvió a ponerse en mitad de la plaza dispuesto

a bailar de nuevo. Puse otro disco. Era una grabación antigua de Frank Sinatra. El enanito empezó a bailar y a cantar *Night and Day* acompañando a Sinatra. Me lo imaginé cuando bailaba ante el emperador: arañas resplandecientes en el techo, bellas damas de honor, frutas exóticas, lanzas estilizadas de la guardia real, eunucos corpulentos, el joven emperador con su capa tejida de joyas y el enanito allí en medio, concentrado en su baile sin dejar de sudar... Enseguida me pareció oír los cañonazos a lo lejos, el rugido de la revolución.

El enanito siguió con su baile y yo con mis uvas. Al declinar el sol hacia el oeste, las sombras del bosque empezaron a cubrir la tierra. Una mariposa negra gigante del tamaño de un pájaro cruzó la plaza para desaparecer enseguida entre los árboles. El aire refrescó. Me pareció el momento oportuno de poner punto final al sueño.

—Debo irme —le dije.

Dejó de bailar y asintió.

—He disfrutado mucho con tu baile. Te lo agradezco.

—Cuando quieras.

—Quizá no volvamos a vernos. Cuídate.

El enanito sacudió la cabeza.

—No te preocupes. Volverás.

—¿Cómo puedes saberlo?

—Vendrás a vivir al bosque, bailarás conmigo todos los días y también tú te convertirás en un gran bailarín —dijo al tiempo que chasqueaba los dedos.

—¿Cómo puedes estar tan seguro de eso? —pregunté sorprendido.

—Así se ha decidido. Nadie puede cambiar lo que ha sido decidido. Volveremos a encontrarnos pronto.

El enanito me miraba fijamente mientras me hablaba. La oscuridad había empezado a teñir su cuerpo de un color azul profundo, como el del agua al hacerse de noche.

—Ya nos veremos.

Se dio media vuelta y empezó a bailar de nuevo.

Me desperté. Estaba tumbado en la cama boca abajo, empapado en sudor. Había un pájaro al otro lado de la ventana que no era el que estaba acostumbrado a ver.

Me lavé la cara a conciencia, me afeité, metí una rebanada de pan en la tostadora y puse a calentar agua para el café. Di de comer al gato, le cambié la arena, me hice el nudo de la corbata y me até los zapatos. Salí de casa para tomar el autobús hacia la fábrica de elefantes.

No hace falta explicar que la fabricación de elefantes no es asunto fácil. Son enormes y muy complejos, eso de entrada. No tiene nada que ver con fabricar horquillas o lápices de colores, por ejemplo. La fábrica ocupa una inmensa área y consta de varios edificios, cada uno de los cuales es considerablemente grande. Las secciones están divididas según un código de colores. Aquel mes estaba asignado en la sección de las orejas, es decir, tenía que dirigirme al edificio de techo y columnas amarillas. El casco y los pantalones de trabajo, también eran amarillos. Allí solo hacíamos orejas. El mes anterior había trabajado en el edificio verde, donde tenía que ponerme un casco y un pantalón verde. Era la sección de las cabezas. Nos trasladan de sección en sección todos los meses, como si fuéramos cíngaros nómadas. Política de empresa. De ese modo tenemos una idea global del proceso de fabricación de los elefantes. A nadie se le permite pasarse su vida laboral fabricando solo orejas, por ejemplo, o uñas para las patas. Los ejecutivos diseñan el control de nuestros movimientos y nosotros solo debemos obedecer.

Fabricar cabezas es un trabajo tan exigente como gratificante. Exige una enorme atención al detalle, y al final de la jornada laboral, uno está tan agotado que apenas le quedan ganas de hablar con nadie. El último mes que trabajé allí perdí como mínimo tres kilos, pero, por otro lado, me produjo una enorme satisfacción. Comparado con eso, hacer orejas es coser y cantar. Basta preparar una superficie fina, añadirle unas cuantas arrugas y listo. Por eso, cuando nos destinan a esa sección, decimos que nos tomamos «vacaciones de orejas». Después de mi periodo en la sección de las orejas, me enviaron a la sección de las trompas. De nuevo, un trabajo muy exigente. La trompa ha de ser flexible para que los orificios nasales no se obstruyan en toda su longitud. De lo contrario, el elefante se alborotaría una vez ensamblado. Es una parte del proceso que me produce mucho estrés.

No fabricamos elefantes de la nada, por supuesto. Para decirlo de una manera más precisa, en realidad los reconstituimos. O sea, cazamos un ejemplar, lo llevamos a la fábrica donde lo cortamos con una sierra en varias partes, orejas, trompa, cabeza, tronco, patas y cola. Después combinamos todas esas secciones y de un ejemplar sacamos cinco. Cada uno de ellos, por tanto, solo conserva una quinta parte del cuerpo original. El resto es falso. No se distingue a simple vista y ni siquiera los propios animales son conscientes de ello. Así de perfecto es nuestro trabajo.

Explicaré por qué construimos elefantes artificiales o, más bien, por qué los reconstruimos para sacar cinco de uno. La razón principal es porque somos mucho más impacientes que los propios elefantes. Si dejamos actuar a la naturaleza, una hembra dará a luz una cría cada cuatro o cinco años. Amamos a estos animales, pero su ciclo biológico nos desespera. Por eso decidimos tomar cartas en el asunto.

Para garantizar el resultado de nuestro trabajo, la Corporación para el Abastecimiento de Elefantes, una empresa pública, compra nuestros especímenes, los cobija durante quince días y los somete a todo tipo de pruebas. Una vez superadas, imprimen su sello de garantía en una de las almohadillas de sus patas y enseguida los liberan después en un medio ambiente adecuado. En condiciones normales, producimos quince elefantes a la semana. Antes de Navidad, podemos alcanzar picos de veinticinco ejemplares a la semana con toda la maquinaria a pleno rendimiento. Aunque quince es el número apropiado.

Como he explicado con anterioridad, la fabricación de orejas es el proceso más sencillo en toda la línea de fabricación. No hace falta fuerza física ni extremar el cuidado con los detalles. Tampoco se usan máquinas complejas. La carga de trabajo es inferior a la de otras secciones. Se puede trabajar a lo largo de toda la jornada o esforzarse por la mañana para estar libre el resto del tiempo.

Tanto mi compañero como yo preferimos no trabajar la jornada entera, por eso nos concentramos por la mañana para pasar la tarde con un libro o cada uno entretenido en sus cosas. Aquella tarde, después de colgar diez orejas completas con sus arrugas y todos sus detalles, nos dedicamos a tomar un poco el sol sentados en el suelo.

Le conté mi sueño del enanito. Recordaba hasta el más mínimo detalle y le expliqué cosas que, en un principio, podían parecer insignificantes. Cuando no podía expresarme con palabras, para hacerme entender sacudía la cabeza, movía las manos o pateaba el suelo con los pies. Él me escuchaba con un té entre las manos y asentía de vez en cuando. Mi compañero es cinco años mayor que yo, es fuerte, tiene una barba espesa y es muy callado. Cuando piensa, acostumbra a cruzarse de brazos. Por la expresión de su cara, a primera vista parece estar siempre dándole vueltas a algo muy importante, pero en realidad no es para tanto y la mayoría de las veces termina por levantarse y decir «¡Qué difícil!». Nada más.

También en esa ocasión, después de escuchar el relato de mi sueño, se quedó pensativo. Estuvo mucho tiempo sumido en sus pensamientos y, para matar el tiempo, me dediqué a limpiar con un trapo las pantallas de los fuelles eléctricos. Al cabo de un rato se incorporó y, como de costumbre, murmuró: «¡Qué difícil! Un enanito bailarín».

No esperaba mucho más por su parte, de manera que su comentario no me decepcionó. Solo quería hablar de ello con alguien. Volví a colocar en su sitio los fuelles eléctricos y me bebí el té tibio.

Sin embargo, se sumergió de nuevo en sus pensamientos y estuvo así mucho más tiempo del que acostumbraba.

—¿Qué pasa? —le pregunté.

—Creo que ya he oído hablar de ese enanito en otra ocasión.

—¡Vaya! —exclamé sorprendido.

—Lo que no recuerdo es quién me habló de él.

—Inténtalo, te lo ruego.

—No te preocupes —dijo antes de volver a sumirse en sus pensamientos.

Tres horas después, cuando ya quedaba poco para terminar nuestro turno, dijo:

—¡Ya lo sé! Al fin me he acordado.

—¡Estupendo!

—En la sección seis hay un hombre mayor que se dedica a injertar pelos. ¿Sabes de quién hablo? Es un hombre con el pelo blanco, largo hasta los hombros, y al que no le quedan muchos dientes. ¿Sabes a quién me refiero? El que dice que trabaja aquí desde antes de la revolución...

—Sí. Le he visto algunas veces en la cantina.

—Hace tiempo me habló del enanito y me dijo lo mismo, que bailaba muy bien. En aquel momento me pareció la patochada de un viejo y no le presté atención, pero al escucharte ahora me doy cuenta de que no se trata de un cuento.

—¿Qué te contó?

—No estoy seguro. Fue hace mucho...

Se cruzó de brazos y volvió a perderse en sus pensamientos. Al cabo de un rato, se levantó para hablar de nuevo:

—No me acuerdo. Lo mejor es que se lo preguntes tú mismo.

Sonó el timbre que anunciaba el final de la jornada laboral y decidí acercarme a la sección seis, pero el abuelo ya no estaba allí. Tan solo había dos niñas que barrían el suelo.

—Si lo buscas —me dijo la más flaca de las dos—, lo encontrarás en la taberna antigua.

Fui allí. Como esperaba, le encontré sentado en un taburete frente a la barra. Tenía la tartera del almuerzo al lado y bebía con la espalda recta. La taberna era muy antigua, sin duda. Muy muy antigua. Existía mucho antes de nacer yo, antes de la revolución. Generaciones de obreros de la fábrica de elefantes habían ido allí a beber desde siempre, a jugar a las cartas. Colgadas en las paredes había muchas fotos antiguas, imágenes de cuando el primer presidente examinaba una pieza de marfil, otra de una famosa actriz ya olvidada que fue a visitar las instalaciones, otra de una tarde de verano. Cosas así. Sin embargo, las del emperador, las de la familia imperial o todas aquellas que se pudieran relacionar con la época imperial habían sido destruidas por el ejército revolucionario. Obviamente, había de la revolución, del día en que la fábrica fue tomada por el ejército revolucionario, de cuando colgaron al director de la fábrica...

El anciano estaba sentado debajo de una foto antigua teñida del color sepia que imprimía el paso del tiempo: «Tres jóvenes trabajadores pulen el marfil», decía el título. El anciano bebía un brebaje llamado Mecatol. Le saludé, me senté a su lado y señaló la foto.

—Ese de ahí soy yo —dijo.

Agucé la vista. El chico a la derecha no tendría más de doce o trece años. Aún se parecían. Nunca habría descubierto por mí mismo que se trataba de él, pero, después de señalármelo, enseguida me percaté de que la nariz puntiaguda y los labios finos eran los mismos. Tenía la costumbre de sentarse debajo de esa foto, y cada vez que entraba un nuevo cliente le decía: «Ese de ahí soy yo».

—Parece una foto muy antigua —comenté para romper el hielo.

—De antes de la revolución. Antes de la revolución era ese niño de ahí. Todos envejecemos. También tú acabarás como yo antes de darte cuenta. Espera y verás.

Abrió su boca casi desdentada y soltó una carcajada salpicada de saliva. Después me habló de la revolución. No le gustaban ni el emperador ni el ejército revolucionario. No le interrumpí, a la espera del momento oportuno para invitarle a otro de esos Mecatol que tanto parecían gustarle. Le pregunté si por casualidad sabía algo de un enanito bailarín.

—¿Quieres saber algo de él? —me preguntó.

—Sí, me gustaría.

Me miró fijamente a los ojos.

—¿Por qué?

—No lo sé —mentí—. Me han hablado de él y siento curiosidad.

No paraba de mirarme, pero no tardó en recuperar esa expresión somnolienta tan habitual en los borrachos.

—Está bien. Ya que me invitas, te contaré algo, pero... —dijo con un dedo levantado a modo de advertencia— no se lo cuentes a nadie. Ha llovido mucho desde la revolución, pero aún hoy está prohibido hablar del enanito bailarín. No se lo digas a nadie. No le hables a nadie de mí. ¿Lo has entendido?

—Entendido.

—En ese caso, pide otra copa y sentémonos a la mesa.

Pedí dos Mecatol y nos sentamos en un lugar apartado donde el camarero no podía oírnos. Sobre la mesa había una lámpara de color verde con forma de elefante.

—Fue antes de la revolución El enanito vino del norte. Bailaba muy bien. En realidad, decir eso no expresa con exactitud lo que hacía. Era como si él mismo fuera el baile. Nadie era capaz de bailar así. El aire, la fragancia, las sombras, todas esas cosas brotaban con naturalidad de su interior. De todo eso era capaz. Su baile..., cómo decirlo, era maravilloso.

El anciano dio unos golpecitos a la copa contra los pocos dientes que le quedaban.

—¿Llegó a verle bailar?

—¿Si le vi bailar? —me preguntó sin apartar la mirada y con las manos sobre la mesa—. Por supuesto que sí. Le veía todos los días. En este mismo lugar.

—¿Aquí?

—Así es. Aquí mismo. El enanito bailaba aquí todos los días. Eso fue antes de la revolución.

Por lo visto, el enanito bailarín llegó del norte sin un céntimo en el bolsillo. Apareció en esa taberna donde se reunían los trabajadores de la fábrica de elefantes y empezó a hacerse cargo de los recados y de pequeños trabajos, hasta que el dueño se dio cuenta de su talento de bailarín. Los hombres preferían ver bailar a una chica joven y al principio protestaron. Al poco tiempo, sin embargo, nadie volvió a decir nada. Le miraban absortos con sus vasos en la mano. El baile del enanito no se parecía a nada que hubieran visto antes. Sus movimientos eran capaces de despertar sentimientos escondidos en lo más profundo del corazón de los espectadores, sentimientos que ni siquiera ellos mismos conocían. Era como si le sacaran las tripas a un pez.

El enanito bailó allí seis meses. Durante ese tiempo, la taberna estuvo siempre abarrotada de público. Todo el mundo quería verle, a todos les invadía una felicidad infinita al contemplar su baile o se hundían en un pozo de tristeza sin fondo. Gracias a eso, el enanito aprendió a manejar los sentimientos de la gente en función de sus bailes.

Su historia no tardó en llegar a oídos del jefe del consejo de nobles, un hombre estrechamente relacionado con la fábrica de elefantes y cuyos dominios no quedaban lejos. Capturado después por el ejército revolucionario, lo metieron vivo en un barreño de cola hirviendo. Por medio del consejo de nobles, llegó a oídos del emperador la historia del enanito. Como le gustaba mucho la música, expresó su deseo de verle bailar. Envió el barco propulsado por turbinas y engalanado con el emblema imperial a la taberna y los soldados se llevaron al enanito al palacio imperial con todos los honores. Al dueño le entregaron una suma de dinero más que suficiente. Los clientes se quejaron, pero sus quejas, contrarias a los deseos del emperador, no valían nada. No tuvieron más remedio que resignarse, beber cerveza o Mecatol y disfrutar del baile de alguna joven como habían hecho en otros tiempos.

En el palacio imperial se dispuso una estancia para el enanito, fue atendido y aseado por un grupo de sirvientas, lo vistieron con ropa de seda y lo instruyeron en los modales de la corte que debía adoptar en presencia del emperador. Al día siguiente por la noche le condujeron al salón del trono. Allí le esperaba la orquesta privada del emperador, que interpretó una polca compuesta por él mismo. El enano bailó al compás de la música, despacio en un primer momento, como si acostumbrara su cuerpo a las notas, y más rápido después, hasta terminar con un ritmo frenético como el de un remolino. Los espectadores le observaron con la respiración contenida. Nadie pudo decir una sola palabra. Algunas de las damas presentes llegaron incluso a desmayarse. Sin querer, el emperador dejó caer la copa de cristal donde bebía un elixir mezclado con polvo de oro y nadie se dio cuenta.

Llegado a ese punto del relato, el anciano dejó el vaso sobre la mesa y se limpió la boca con el dorso de la mano. Acarició la lámpara con forma de elefante. Le di un tiempo para retomar la historia, pero siguió callado sin decir nada. Llamé al camarero y pedí más Mecatol. El bar se llenaba poco a poco y en el escenario una joven cantante afinaba su guitarra.

—¿Qué sucedió entonces? —le pregunté.

—Entonces... —dijo el anciano como si acabase de recordar algo—, empezó la revolución, mataron al emperador y el enanito huyó.

Apoyé el codo en la mesa, agarré la jarra de cerveza con la mano y observé la cara del anciano.

—¿Cuánto tiempo transcurrió desde que le llevaron a palacio hasta que estalló la revolución?

—Más o menos un año —dijo el anciano con un eructo.

—Hay algo que no entiendo. Hace un momento me ha dicho que no quería que nadie le oyese hablar del enanito. ¿Por qué? ¿Se refiere a que entre él y la revolución hay alguna relación?

—No sabría decir. Solo sé que el ejército revolucionario le buscó sin descanso. Ha pasado mucho tiempo y la revolución ha quedado como una cosa del pasado. Aun así, todavía le buscan. No sé qué relación tuvo con la revolución. Tan solo he oído rumores.

—¿Qué clase de rumores?

Me di cuenta de que le costaba continuar.

—Los rumores son solo rumores —dijo al fin—. No sé cuál es la verdad. Hay quienes dicen que usó algún tipo de poder maligno en la corte. De hecho, algunos aseguran que la revolución tuvo lugar precisamente por eso. Eso es todo lo que sé. Nada más.

El anciano suspiró y apuró el vaso. Un líquido de color melocotón brotó por la comisura de sus labios y mojó el cuello de su camisa ajada.

A partir de entonces no volví a soñar con el enanito. Iba a la fábrica como de costumbre y fabricaba orejas. Usaba vapor para ablandar la superficie y después la golpeaba con un martillo para agrandarla. De cada pieza sacaba cinco, añadía el resto de los elementos, las secaba y fruncía las arrugas. A mediodía, mi compañero y yo tomábamos el almuerzo mientras hablábamos de una chica nueva que trabajaba en la sección ocho.

En la fábrica trabajaban muchas chicas. La mayor parte se dedicaban a conectar nervios, a coser, a labores de limpieza. Cuando teníamos algo de tiempo libre, hablábamos entre nosotros de ellas, y cuando eran ellas quienes lo tenían, hacían lo mismo sobre nosotros.

—Es guapísima —dijo mi compañero—. Todos le han echado el ojo, pero nadie ha logrado nada.

—¿Tan guapa es? —pregunté incrédulo.

Ya había oído rumores otras veces y, al enfrentarme a la realidad, siempre me había sentido defraudado. No se podía confiar en los rumores.

—No te miento. Ve a verlo con tus propios ojos. Si no te parece guapa, tendrás que ir a la sección seis, la de los ojos, para que también a ti te pongan unos nuevos. Si no estuviera casado, habría hecho todo lo posible por seducirla.

El descanso de mediodía terminó, pero, como de costumbre, ya no teníamos gran cosa que hacer. Me inventé una excusa para ir a echar un vistazo. Para llegar a la sección ocho había que atravesar un largo túnel subterráneo. En la entrada había un vigilante, pero como nos conocíamos me dejó pasar sin problemas.

Nada más salir del túnel había un arroyo y, un poco más abajo, el edificio de la sección ocho. Tanto el tejado como la chimenea eran de color rosa. Allí fabricaban las patas de los elefantes. La conocía bien porque hacía solo cuatro meses había trabajado allí. Sin embargo, no conocía al joven que vigilaba la entrada.

—¿Qué quieres? —me preguntó.

Su uniforme estaba impoluto y tenía aire de ser inflexible.

—Vengo a pedir un cable de nervios —le dije con un carraspeo—. Se nos ha terminado.

—Qué extraño —dijo sin dejar de mirar mi uniforme—. Eres de la sección de orejas, ¿verdad? En esa sección no hay conexiones nerviosas.

—Si tengo que explicarlo todo, me va a llevar demasiado tiempo —repliqué—. En fin, vengo de la sección de trompas, pero no tenían y, como les hacía falta para conectar con las patas, me han pedido por favor que viniera yo y que después me darían un poco. He llamado y me han dicho que aquí les sobra.

El vigilante miró sus papeles.

—No me han comunicado nada. Deberían haberme avisarme con anterioridad.

—¡Qué raro! Supongo que se habrá producido un error en alguna parte. Les diré a los de dentro que lo arreglen.

El vigilante se resistía a dejarme pasar, pero al decirle que estaba retrasando el proceso de producción y que los jefes me iban a llamar la atención por algo que al final debería asumir él, me dejó pasar a regañadientes.

El edificio de la sección ocho era bajo, espacioso, alargado, medio subterráneo, y el suelo estaba cubierto de arena fina. El exterior quedaba a la altura de los ojos y los estrechos ventanucos por los que se veía eran la única fuente de iluminación. Suspendidos del techo, había raíles móviles de donde colgaban docenas de patas de elefante que parecían pertenecer a una enorme manada descendiendo de los cielos.

Entre hombres y mujeres, allí trabajaban un total de treinta. El interior estaba poco iluminado y todos llevaban un gorro y una máscara para protegerse del polvo. Era imposible distinguir a la nueva. Me encontré a un antiguo compañero y le pregunté.

—Aquella de allí, la que está con las uñas en la mesa número quince. Pero si has venido a cortejarla, es mejor que te resignes. Es tan dura como el caparazón de una tortuga. No tienes nada que hacer.

—Gracias por la advertencia.

La chica de la mesa número quince era delgada como una de esas damas que aparecen en los cuadros medievales.

—Disculpa —le dije.

Me miró a los ojos primero, después el uniforme, los pies, de nuevo a los ojos. Se quitó el gorro y las gafas de protección. No era guapa. Era bellísima. Tenía el pelo largo y rizado, los ojos azules como el mar.

—¿Sí?

—Me preguntaba si te gustaría venir a bailar conmigo mañana por la noche. Es sábado. Si estás libre, claro.

—Bueno, mañana por la noche estoy libre y tengo intención de salir a bailar, pero no contigo, desde luego.

—¿Ya tienes una cita?

—En absoluto.

Volvió a ponerse el gorro y las gafas, alcanzó una de las uñas que había encima de la mesa y la acercó al hueco de la pata para comprobar si encajaba. Como era demasiado grande, dio unos cuantos golpes precisos con un formón para rebajarla.

—En ese caso, ¿por qué no vamos juntos? —insistí—. Es mejor que ir sola. Conozco un buen restaurante adonde podríamos ir a cenar antes.

—No, gracias. Quiero ir a bailar sola. Si tienes tantas ganas de ir, haz lo que te parezca.

—Iré.

—Como quieras.

Volvió a concentrarse en el trabajo como si yo no existiera. Colocó la uña en el extremo de la pata en la que ahora encajaba a la perfección.

—No está mal para ser novata.

Ni siquiera se molestó en contestarme.

Aquella misma noche, el enanito se me volvió a aparecer en sueños. En esa ocasión también sabía que se trataba de un sueño. Estaba sentado en un tronco en mitad de un claro del bosque. Fumaba. No vi el reproductor de música ni los discos. Tenía cara de cansado y me pareció más mayor que la primera vez. En cualquier caso, no parecía un anciano nacido antes de la revolución. Como mucho aparentaba dos o tres años más que yo, si bien no era capaz de decir con exactitud su edad. No es fácil adivinar la edad de un enanito bailarín.

No tenía nada especial que hacer, así que caminé a su alrededor, miré hacia el cielo y al final me senté a su lado. Estaba nublado y las nubes grises iban a la deriva hacia el oeste. Podía empezar a llover en cualquier momento. Quizá por eso había puesto a cubierto el reproductor de música.

—Hola.

—Hola —contestó.

—¿Hoy no bailas?

—Hoy no.

Cuando no lo hacía, parecía débil. Daba lástima. Uno jamás diría de él que pudiera haber sido alguien con poder en el palacio imperial.

—¿Te encuentras mal? —le pregunté.

—No me encuentro bien. Hace frío. Si uno vive mucho tiempo solo, la salud termina por resentirse.

—Eso es terrible.

—Necesito energía, sangre nueva que fluya por mis venas, que me permita bailar sin límite, sin resfriarme aunque me empape con la lluvia, que me haga correr por los campos y las montañas. Eso es lo que necesito.

—Entiendo.

Durante un rato nos quedamos allí sentados sin decir nada. Los árboles rugían sobre nuestras cabezas a causa del viento. De vez en cuando se veía, entre las ramas, una mariposa gigante.

—Por cierto —dijo él—. Querías pedirme algo, ¿verdad?

—¿Pedir algo? —pregunté sorprendido—. ¿Qué clase de petición?

Alcanzó una rama de árbol que había caído y dibujo una estrella en el suelo.

—La chica. Quieres a esa chica, ¿a que sí?

Se refería a la chica de la sección ocho. Me sorprendió que lo supiera, pero claro, era un sueño y en un sueño puede pasar cualquier cosa.

—Por supuesto —dije—, pero por mucho que la desee no va a pasar nada. Debo hacer algo por mí mismo.

—Por tus propios medios jamás lo lograrás.

—¿De verdad? —pregunté un poco enfadado.

—Nada de nada. Y por mucho que te enfades tampoco.

Tal vez tuviera razón. Yo solo era un tipo del montón en todos los sentidos. Nada me distinguía de los demás. No tenía motivos para estar orgulloso de mí mismo. No tenía dinero, no era guapo ni tenía una labia especial. Ninguna cualidad destacada. Es cierto que no era mal tipo, que trabajaba bien y que mis compañeros me apreciaban por eso. Era fuerte, pero no del tipo que enamora a las chicas a primera vista. ¿Cómo iba a cortejar a una chica como esa?

—Si te ayudo, quizá tengas una oportunidad —susurró.

—¿Ayudarme?

—Con el baile. Le gusta bailar. Preséntate ante ella como un gran bailarín y será tuya. Después solo tendrás que esperar a que caiga la fruta madura.

—¿Vas a enseñarme a bailar?

—Podría, pero dos o tres días no servirían de nada. Como mínimo te harían falta seis meses de práctica diaria. Solo con el baile conquistarás su corazón.

Sacudí la cabeza.

—No tiene sentido. Si debo esperar seis meses, alguien se me adelantará.

—¿Cuándo tienes previsto ir a bailar?

—Mañana por la noche. Ella también irá. Le pediré que baile conmigo.

El enanito dibujó en el suelo unas cuantas líneas verticales. Después otras horizontales, que al final formaron una extraña figura. Observé los movimientos de su mano sin decir nada. Escupió la colilla y la aplastó con el pie.

—Hay un modo de lograrlo si realmente lo deseas. La quieres, ¿verdad?

—Por supuesto.

—¿Quieres saber cómo lograrlo?

—Sí, por favor.

—En realidad es muy simple. Entraré en ti. Estás sano y eres fuerte. Me serviré de tu cuerpo para bailar.

—Estoy en forma, desde luego. ¿De verdad puedes hacer semejante cosa?

—Sin duda. Entonces será tuya. Garantizado. No solo ella. Cualquier chica que desees será tuya.

Me humedecí los labios con la punta de la lengua. Sonaba

demasiado bonito para ser verdad. Imaginé que una vez dentro de mí no volvería a salir y se apoderaría de mi cuerpo. Por mucho que la deseara, no quería arriesgarme a tanto.

—Te preocupa, ¿verdad? —me preguntó como si leyera mis pensamientos—. Te preocupa que me apodere de tu cuerpo.

—Me han contado cosas sobre ti.

—Rumores. Cosas horribles, ¿verdad?

—Así es.

Sonrió con un gesto astuto.

—No te preocupes. Ni siquiera yo puedo apoderarme del cuerpo de otra persona con tanta facilidad. Para hacerlo necesito un contrato. No se puede hacer a menos que las dos partes estén de acuerdo. Tú no quieres que me apodere de tu cuerpo para siempre, ¿verdad?

Un estremecimiento me recorrió el cuerpo de arriba abajo.

—Por supuesto que no.

—Y yo no quiero ayudarte si no obtengo recompensa. Por eso —dijo mientras levantaba un dedo— te propongo un trato. No es difícil, pero tiene una condición.

—¿De qué se trata?

—Entraré en tu cuerpo. Iré contigo al baile, la cortejaré bailando y será tuya. Pero en todo ese tiempo no podrás decir una sola palabra. Hasta que no sea tuya por completo, no podrás hablar. Esa es mi condición.

—Si no puedo hablar —protesté—, no voy a poder cortejarla.

—No, no —dijo él sin dejar de sacudir la cabeza—. No te preocupes por eso. Mi baile la conquistará. No hace falta decir nada. Recuerda, ni una sola palabra. ¿Entendido?

—¿Y si digo algo?

—En ese caso tu cuerpo será mío.

—¿Y si no digo nada?

—La chica será tuya, saldré de tu cuerpo y volveré al bosque.

Lancé un profundo suspiro mientras pensaba qué hacer. Mientras tanto, el enanito siguió dibujando extrañas formas en el suelo con el palo. Una mariposa se posó en el centro del dibujo. Confieso que tenía miedo. No confiaba en ser capaz de mantener ese silencio impuesto, pero, de no hacerlo, jamás podría rodear a esa chica entre mis brazos. La había visto en la sección ocho mientras ajustaba una uña a la pata de un elefante. Quería conseguirla como fuera.

—Está bien —dije al fin—. Lo haré.

—Hecho —dijo él.

La sala de baile estaba cerca de la fábrica y los sábados por la noche se llenaba. Todos los solteros sin excepción, hombres y mujeres, iban allí. Se bailaba, se bebía, uno se juntaba con sus amigos, se formaban parejas y al final de la noche se perdían en el bosque para hacer el amor.

«¡Cuánto he echado de menos todo esto!», dijo el enanito claramente emocionado en mi interior. «Esto es el baile: la multitud, el alcohol, las luces, el sudor, el olor del maquillaje de las chicas... ¡Cuántos recuerdos!»

Me abrí camino entre la gente para buscarla. Me crucé con algunos conocidos que me saludaron con una palmada en el hombro. Me limité a contestarles con una sonrisa sin decir una sola palabra. Pronto la orquesta empezó a tocar. No había rastro de ella.

«No tengas prisa», me dijo el enanito. «Aún es temprano. Ahora empieza el momento de divertirse.»

La pista de baile tenía forma circular y giraba despacio movida por un motor. Alrededor había sillas. Del techo colgaba una araña enorme cuya luz se reflejaba en el suelo de la pista, pulido con tanto esmero que parecía una placa de hielo. Al fondo había una grada con dos orquestas completas que se turnaban cada treinta minutos. Tocaban sin descanso una música magnífica durante toda la noche. La de la derecha tenía dos secciones de percusión y todos sus músicos llevaban un elefante rojo cosido en la chaqueta. La principal atracción de la que estaba a la izquierda eran sus diez trombones. Los músicos lucían un elefante verde.

Busqué un sitio libre. Pedí una cerveza, me aflojé el nudo de la corbata y me encendí un cigarrillo. Había bailarinas profesionales que bailaban por un módico precio. Algunas de ellas se acercaron para invitarme a bailar, pero las ignoré. Apoyé los codos en la mesa, la cara entre las manos, y esperé a que apareciera mientras me bebía la cerveza. Pasó una hora y media. Nada. Sonaron valses, foxtrots, percusiones, solos de trompeta, toda esa música desperdiciada. Pensé que se había burlado de mí, que en ningún momento había tenido intención de ir a bailar.

«No te preocupes», susurró el enanito. «Vendrá. Tranquilo.»

Cuando apareció por la puerta, el reloj marcaba las nueve. Llevaba un vestido ceñido, brillante, unos zapatos de tacón negros. La sala entera pareció inundarse de una bruma blanca de lo resplandeciente y sexy que estaba. Se le acercó un hombre, después otro, luego otro más. Todos se ofrecían a acompañarla, pero ella los rechazaba con un simple movimiento de la mano y se desvanecían entre la multitud.

La observé mientras apuraba la cerveza. Se sentó al otro lado de la sala. Pidió un cóctel de color rojo y encendió un cigarrillo fino y largo. Apenas bebió nada. Cuando se terminó el cigarrillo lo apagó, se levantó y se acercó despacio a la pista con la misma determinación de un saltador aproximándose al trampolín.

Bailó sola. La orquesta interpretaba un tango. Se movía al ritmo de la música con una gracia cautivadora. Cada vez que se agachaba, su pelo negro, largo y rizado, barría la pista como si fuera el mismo viento. Sus dedos blancos y estilizados tocaban las cuerdas de un instrumento imaginario como si flotara en el aire. Bailaba solo para sí misma. Al contemplarla me sentí en un sueño. Estaba confundido. Si me servía de un sueño para conseguir un sueño, ¿dónde estaba yo en realidad?

«Es una gran bailarina», comentó el enanito. «Desde luego merece la pena el esfuerzo. Vamos allá.»

Apenas consciente de mis movimientos me levanté de la mesa y me dirigí a la pista de baile. Me abrí paso entre varios hombres, me puse a su lado y entrechoqué los tacones de los zapatos para dejar claro que me disponía a bailar con ella. Me miró. Le sonreí. No me hizo caso y siguió a su aire. Empecé a bailar despacio. Poco a poco aumenté el ritmo hasta terminar convertido en un torbellino. Mi cuerpo no me pertenecía. Manos, pies y

275

cabeza se movían libres por la pista, ajenos por completo a mi voluntad. Me abandoné al baile y escuché entonces con toda claridad el movimiento de las estrellas, el flujo de las mareas, el pulso del viento. Ese era el verdadero significado del baile. Moví los pies, las manos, la cabeza, di vueltas y más vueltas. Al hacerlo, una bola de luz blanca estalló en el interior de mi cabeza.

Ella me miraba, giraba al compás de mis movimientos, pateaba el suelo. En su interior estalló esa misma luz blanca y sentí una felicidad inmensa. Nunca había vivido algo semejante.

«Esto es mucho más divertido que trabajar en la fábrica, ¿verdad?», me preguntó el enanito.

No le contesté. Tenía la boca tan seca que, aunque hubiera querido responder, no habría podido. Seguimos bailando horas y horas. Yo dirigía los pasos, ella me seguía. El tiempo parecía abrirse a la eternidad. Al final, se detuvo como si hubiera gastado todas sus energías y me agarró del brazo. También yo, o quizá debería decir el enanito, dejé de bailar. Nos quedamos plantados en mitad de la pista mirándonos fijamente. Se agachó para librarse de los tacones y, con los zapatos en la mano, volvió a mirarme.

Salimos de allí y caminamos por la ribera del río. Como no tenía coche, no nos quedaba más opción que caminar y caminar. Pronto el camino ascendió en dirección a las colinas. El ambiente a nuestro alrededor se inundó con la fragancia de las damas de noche. Me di media vuelta. Allí abajo vi las siluetas de los edificios de la fábrica. De la sala de baile emergían destellos de luz blanca y notas musicales que se desparramaban por los alrededores como el polen. El viento era suave, la luz de la luna se reflejaba en su pelo como si lo humedeciera.

Ninguno de los dos hablamos. Después de bailar así no había necesidad de hacerlo. Caminaba de mi brazo como si fuera invidente. Llegamos a una extensa pradera en lo alto de la colina. Estaba rodeada de pinos y parecía un lago en calma. La hierba estaba crecida hasta la altura de las caderas, se mecía con la brisa nocturna. De vez en cuando se veían flores de pétalos brillantes que sobresalían de entre las hierbas para atraer a los insectos.

Rodeé sus hombros con mi brazo y avanzamos hasta la mitad de la pradera. Allí la tumbé en el suelo sin decir una sola palabra.

—No eres muy hablador, la verdad —dijo con un sonrisa en los labios.

Arrojó los zapatos lejos y se abrazó a mi cuello. La besé y me separé para contemplar de nuevo su cara. Era tan hermosa que parecía un sueño. No podía creer que la tuviera allí entre mis brazos. Cerró los ojos de nuevo a la espera de mis besos.

Fue en ese momento cuando su rostro empezó a transformarse. De sus orificios nasales salió algo blanco, flácido. Era un gusano, un enorme gusano como nunca había visto ninguno. Salieron más y más y nuestro alrededor se inundó de una pestilencia a cadáver que me daba náuseas. Los gusanos le caían de los labios, del cuello, trepaban por su rostro, por su pelo. La piel de la nariz se le levantó dejando al descubierto una carne disuelta que se derritió para dejar a la vista dos agujeros negros. Montones de gusanos se esforzaban por salir de allí cubiertos de carne putrefacta.

Sus ojos empezaron a supurar con tal fuerza que los glóbulos oculares temblaron de una forma extraña antes de caer a ambos lados de la cara. En el fondo de sus cuencas, los gusanos se amontonaban como bolas de hilo blanco. En sus sesos podridos se veían a miles. La lengua le colgaba de la boca como una babosa gigante hasta que terminó por caer. Sus encías se derritieron, los dientes se le desprendieron. Toda su boca terminó por disolverse. De la raíz del pelo le brotaba sangre que le hacía perder todo el cabello. Los gusanos emergían por los folículos pilosos de su cuero cabelludo. Sin embargo, no aflojaba sus brazos alrededor de mi cuello. No podía librarme de ella ni apartar la vista. Tampoco cerrar los ojos. Tenía el estómago en la garganta, pero ni siquiera sentía arcadas. Era como si mi cuerpo se hubiera dado media vuelta. Oí la risa del enanito.

La cara de la chica se disolvió hasta que la mandíbula se le desencajó y se abrió de golpe. La carne purulenta mezclada con gusanos se esparcía por todas partes.

277

Quería gritar que alguien me sacara de aquel infierno insoportable, pero no lo hice. Aquello no podía estar sucediendo de verdad, me dije. No era real, era un ardid del enanito para hacerme gritar. Si decía algo, mi cuerpo le pertenecería para siempre y eso era lo que él perseguía.

Cerré los ojos y, al hacerlo, oí el rumor del viento acariciando la pradera. Sentí la presión de los dedos de la chica en mi espalda. La abracé, la atraje hacia mí y besé aquella masa de carne podrida donde antes debía de estar su boca. Sentí el roce de la viscosidad llena de gusanos. El olor a cadáver inundó mis fosas nasales. Sin embargo, solo por un instante. Al abrir los ojos vi que volvía a besar a la misma mujer hermosa de antes. La suave luz de la luna se reflejaba en sus mejillas color melocotón. Había vencido al enanito. Todo había terminado. No había pronunciado una sola palabra.

«Has ganado», admitió con voz agotada. «Es tuya. Yo abandono ahora tu cuerpo.»

Así fue.

—Sin embargo, la cosa no termina aquí —continuó el enanito ya fuera de mí—. Puedes ganar todas las veces que quieras, pero solo perder una. De hacerlo, será tu final. Algún día perderás y yo estaré esperando ese momento.

—¿Por qué yo? —le grité—. ¿Por qué no te buscas a otro?

El enanito no respondió. Tan solo se rió. Su risa flotó en el ambiente durante un tiempo antes de ser arrastrada por el viento.

El enanito tenía razón. Ahora me persigue toda la policía del país. Alguien me había visto bailar, tal vez aquel anciano, y se lo explicó a las autoridades. La policía empezó a vigilar mis movimientos, interrogó a mis conocidos. Mi compañero de la sección de las orejas testificó que le había hablado del enanito. Dictaron una orden de detención contra mí. La policía rodeó la fábrica. La chica de la sección ocho vino deprisa a avisarme antes de que fuera demasiado tarde. Escapé. Me escondí en el almacén de los elefantes ya terminados y me interné en el bosque camuflado tras uno de ellos. En mi huida, el elefante aplastó a algún que otro policía.

Así llevo un mes, huyendo de bosque en bosque, de montaña

en montaña. Sobrevivo con los frutos que encuentro, con pequeños animales que soy capaz de cazar, con el agua de los arroyos, pero hay muchos policías y antes o despúes me detendrán. Cuando lo hagan, me despedazarán en un potro de tortura y lo harán en nombre de la revolución. Al menos eso es lo que he oído.

El enanito se me aparece en sueños todas las noches y me pide que le deje entrar de nuevo en mi cuerpo.

—Al menos así la policía no te atrapará ni te despedazará —repite siempre.

—No. A cambio de eso tendré que bailar en el bosque para siempre, ¿verdad?

—Eso es. Tú eliges qué destino prefieres.

Al decir eso suelta una risilla, pero lo cierto es que no puedo elegir mi destino.

Oigo ladridos muy cerca. Ya casi están aquí.

El último césped de la tarde

Debía de tener dieciocho o diecinueve años cuando me ganaba la vida cortando césped, es decir, hace catorce o quince años. Mucho tiempo atrás.

Sin embargo, a veces no me parece tan lejano. Era la época en la que Jim Morrison cantaba *Light My Fire* y Paul McCartney *The Long and Winding Road*. Quizá me bailen un poco las fechas, pero fue más o menos por entonces, aunque me cueste admitirlo. A veces pienso que no he cambiado gran cosa desde aquellos días.

No puede ser. Seguro que he cambiado mucho. De no ser así, hay muchas cosas que no sabría explicar.

De acuerdo, he cambiado. Lo que sucedió hace catorce o quince años son cosas muy lejanas.

Cerca de mi casa, acabo de mudarme hace poco a esta zona, hay un colegio de secundaria y cuando salgo de paseo o voy a la compra, paso por delante. Mientras camino, observo distraído a los estudiantes que hacen gimnasia, pintan o simplemente se dedican a retozar. No es que tenga un interés especial en ellos, es que no hay nada más interesante. También contemplo los cerezos que quedan a la derecha de la calle, pero los prefiero a ellos.

Un día caí en la cuenta de que tendrían entre catorce y quince años y que ese pequeño descubrimiento me sorprendió mucho. Hace catorce o quince años aún no habían nacido y, en caso contrario, no debían de ser más que una masa de carne rosácea sin conciencia. Sin embargo, ahora ya se pintaban los labios, fumaban escondidos detrás del almacén de material deportivo, se masturbaban, escribían cartas irrelevantes a sus DJ favoritos, garabateaban grafitis en la pared de la casa de alguien y quizá leían *Guerra y paz*. ¡Uf!, pensé.

Hace catorce o quince años yo me dedicaba a cortar el césped.

La memoria se parece a las novelas. O quizás al contrario. Me había dado cuenta de eso desde el momento en que me tomé en serio escribir. La memoria se parece a las novelas y viceversa.

Por mucho que me esfuerce en darle forma, el contexto se mueve de acá para allá hasta que al final deja de existir. Es como una pila de crías de gato amontonadas unas encima de otras, cálida e inestable. A veces me avergüenzo de que eso se pueda considerar algo concluido con lo que se gana dinero. En ocasiones llego a sonrojarme, y cuando eso sucede, es como si a todo el mundo le sucediera lo mismo.

Sin embargo, cuando se entiende la existencia humana en términos de esas actividades algo absurdas basadas en motivos relativamente inocentes, la cuestión de lo correcto o incorrecto deja de tener importancia. En ese punto, la memoria despega y nace la ficción, se transforma en una máquina de movimiento perpetuo que ya nadie es capaz de parar. Se tambalea, se arrastra a lo largo y ancho del mundo marcando una línea sin fin en la superficie de la tierra.

Espero que todo salga bien, te dices. Pero nunca sucede así. ¿Qué le queda a uno por hacer?

Me dedico a reunir de nuevo a los gatitos y los amontono en una pila cálida y confortable. Se han quedado sin fuerza, están muy suaves. Cuando se despierten y vean que los he apilado como la leña de un campamento, ¿qué pensarán? Quizá solo se sorprendan por lo raro de la situación, nada más. De ser así, de no representar para ellos una verdadera molestia, mi trabajo resultará mucho más fácil. Así es como veo las cosas.

A los dieciocho o diecinueve años cortaba césped. Es una vieja historia. Tenía una novia de mi misma edad, pero las circunstancias de la vida nos alejaron cuando tuvo que mudarse a otra ciudad. En el transcurso de un año nos veíamos como mucho dos semanas. En ese breve lapso de tiempo hacíamos el amor, íbamos al cine, cenábamos en sitios de moda, hablábamos sin parar de cosas insignificantes. Casi siempre terminábamos por pelearnos para reconciliarnos enseguida y volver a hacer el amor. En resumen, como cualquier pareja de novios en una película, pero en nuestro caso en versión abreviada.

Si realmente la quería o no, es algo que ya no sabría decir. Puedo traer a la memoria ciertos recuerdos, pero no responder a esa pregunta. Me gustaba comer con ella, mirarla cuando se desnudaba despacio, entrar en la suavidad de su cuerpo. Después de hacer el amor, también me gustaba cuando apoyaba la cabeza en mi pecho y hablaba en voz baja hasta quedarse dormida. Pero eso es todo. Aparte de eso, no estoy seguro de nada más.

Fuera de esas dos semanas (como máximo) que nos veíamos, mi vida era de una monotonía aplastante. Asistía a las clases de la universidad, sacaba unas notas que estaban más o menos en la media, quizás iba solo al cine, vagaba por las calles sin un motivo especial, quedaba a menudo con una buena amiga mía que tenía novio y hablábamos de muchas cosas. Cuando estaba solo, me dedicaba a escuchar música rock. Punto. En apariencia era feliz, pero en la realidad supongo que no tanto. En aquella época todos éramos más o menos parecidos.

Una mañana de verano, a principios de julio, recibí una extensa carta de mi novia donde me decía que quería dejarlo. «Te quiero desde hace mucho», escribía, «y partir de ahora también te voy a querer, pero...» Es decir, quería romper conmigo. Había encontrado un nuevo novio. Sacudí la cabeza y me fumé seis cigarrillos seguidos. Después salí de casa para tomarme una cerveza, volví a mi cuarto y empecé a fumar de nuevo. Agarré tres lápices que tenía encima de la mesa y los partí en dos. No es que estuviera especialmente enfadado, es que no sabía qué hacer. Me cambié de ropa y me fui a trabajar. Durante una temporada, todos mis conocidos decían que me veían muy contento. La vida no es fácil de entender.

En una empresa cerca de la estación de Kyodo, en la línea Odakyu, tenía un trabajo por horas que consistía en cortar césped. El negocio marchaba muy bien. Cuando se construían casas nuevas en la zona, la mayoría de la gente ponía césped en el jardín o compraba un perro. Parecían reflejos condicionados, las dos caras de una misma moneda. Había quienes lo hacían a la vez y no estaba mal. El césped era bonito y los perros quedaban bien allí, pero transcurridos seis meses empezaban a cansarse. Había que cortar el césped, pasear al perro. Las cosas no suceden como uno quiere.

Ese era nuestro cliente habitual. Había encontrado el trabajo el verano anterior gracias a una asociación de estudiantes. Otros muchos entraron conmigo, pero pronto me quedé solo. Era un trabajo duro aunque bien pagado. No hacía falta hablar mucho y eso me resultaba muy conveniente. Gané un buen dinero que tenía previsto gastarme en un viaje con mi novia, pero después de dejarlo el viaje se malogró. Cuando recibí su carta de despedida, estuve una semana entera pensando en qué emplear ese dinero. Era incapaz de pensar en otra cosa. Una semana entera perdida. En ese tiempo, sentí como si mi cuerpo no me perteneciera. Las manos, la cara e incluso el pene no parecían míos. No podía dejar de pensar que otra persona que no era yo hacía el amor con ella. Un desconocido mordía suavemente sus pequeños pezones. Me sentía muy raro, como si hubiera desaparecido.

No se me ocurrió en qué gastar el dinero. Alguien me ofreció un coche de segunda mano, un Subaru de mil centímetros cúbicos. Tenía muchos kilómetros, pero estaba bien cuidado y me lo dejaban a buen precio. No me decidía. Pensé también en comprarme unos altavoces más grandes, aunque eso era un imposible teniendo en cuenta las dimensiones de mi diminuto apartamento. Podía mudarme a otro sitio más grande, pero aparte de para colocar los altavoces, no tenía otro motivo. Además, de hacerlo no me habría sobrado dinero para comprarme altavoces nuevos.

No sabía en qué gastar el dinero. Me compré un polo de verano y unos cuantos discos. También una buena radio Sony con un altavoz grande por el que se escuchaban muy bien las emisoras de frecuencia modulada.

Cuando terminó la semana, me di cuenta de algo evidente. Si no tenía en qué gastar el dinero, era absurdo ganarlo.

Una mañana le comuniqué al director de la empresa mi intención de dejar el trabajo. La excusa era preparar los exámenes y aprovechar antes para viajar un poco. ¿Cómo iba a decirle que ya no me hacía falta el dinero?

—Está bien, pero es una lástima —dijo con aspecto de lamentarlo de verdad. (Más que el director, en realidad parecía un jardinero cualquiera.) Suspiró, se sentó en la silla y se encendió un cigarrillo. Miró al techo antes de bajar la cabeza—. Has trabajado muy bien. De los trabajadores por horas, eres quien más tiempo lleva con nosotros y tienes buena reputación entre los clientes. Eres responsable, no como esos jóvenes de hoy en día.

—Se lo agradezco.

Mi buena reputación era resultado de mi meticulosidad. La mayoría de los trabajadores por horas, después de cortar el césped con la máquina remataban el resto sin prestar demasiada atención para terminar lo antes posible y no cansarse demasiado. Al contrario de mí. Yo usaba poco la máquina y empleaba más tiempo en el trabajo manual. Me esmeraba en los rincones donde no llegaba la máquina. El resultado era que el césped quedaba perfecto, aunque mis ingresos eran inferiores porque el salario se calculaba en función de los prados que cada uno cortaba. La superficie de los jardines variaba y como había que estar agachado la mayor parte del tiempo, uno terminaba por notarlo en los riñones. Es algo que solo puede saber el que ha trabajado de jardinero. Hasta que uno se acostumbra, le cuesta subir y bajar escaleras. Si me esmeraba, no era para ganarme una reputación. Tal vez parezca increíble, pero me gustaba cortar el césped. Afilaba las tijeras de podar todas las mañanas, cargaba el cortacésped en la furgoneta y conducía hasta la casa de los clientes, donde me ponía manos a la obra. Había muchos tipos de jardín, de césped y de amas de casa. Las había amables, tranquilas, educadas, también bruscas e incluso una joven que se ponía una camiseta ancha sin sujetador cuando iba a cortarle el césped. Se agachaba delante de mí y me enseñaba los pezones.

En cualquier caso, yo me dedicaba a cortar el césped. En la mayoría de los jardines estaba tan crecido que parecía maleza. Cuanto más alto, más me motivaba, porque al terminar la impresión que producía el jardín era completamente distinta. Era una sensación maravillosa, como si una nube oscura desapareciera de repente para permitir que la luz lo inundara todo. Solo en una ocasión me acosté con una de aquellas mujeres después del trabajo. Tendría treinta y uno o treinta y dos años. Era pequeña, con un pecho también pequeño y firme. Cerró las contraventanas, apagó las luces y después hicimos el amor en una habitación completamente a oscuras. A pesar de todo, se dejó el vestido y solo se quitó la ropa interior. Se subió encima de mí y solo me permitió tocarla de pecho para arriba. Tenía el cuerpo helado. Solo la vagina estaba caliente. No dijo prácticamente nada y también yo me quedé callado. Escuchaba el roce de los bajos de su vestido, unas veces más rápido, otras más despacio. Llamaron al teléfono mientras lo hacíamos, y después de sonar varias veces colgaron.

Me pregunté después si mi novia me habría dejado por culpa de esa aventura. No había razón alguna para pensar eso, solo se me ocurrió sin saber bien por qué. Quizá fuera por aquella llamada sin respuesta. De todos modos, no importa. Es agua pasada.

—Me pones en un verdadero aprieto —dijo mi jefe—. Si te marchas ahora, no sé cómo vamos a sacar adelante el trabajo. Es la época en la que estamos más ocupados.

La estación de lluvias provocaba que el césped creciera sin parar.

—¿Qué me dices? ¿No podrías quedarte una semana más? Si dispongo de una semana de margen, puedo encontrar a alguien y organizarme. Te pagaré un extra.

—De acuerdo.

No tenía nada especial que hacer en ese tiempo y tampoco es que odiara el trabajo. Qué extraño. Cuando se me ocurría que no necesitaba dinero, empezaba a ganarlo.

Hubo tres días de sol, uno de lluvia y los tres siguientes otra vez soleados. Esa fue mi última semana en el trabajo. Era verano, un verano magnífico. Nubes blancas flotaban a lo lejos en el cielo, el sol quemaba la piel. Se me peló la espalda tres veces. Estaba muy moreno. Tenía bronceada hasta la piel detrás de las orejas.

La mañana de mi último día, me subí a la furgoneta vestido con unos pantalones cortos, una camiseta, zapatillas de tenis y gafas de sol. Conduje hasta el que iba a ser mi último jardín. Como la radio no se oía bien, puse música que me había llevado de casa. Algo de los Credence, Grand Funk, cosas así. Todo parecía gravitar en torno al sol. De vez en cuando silbaba y cuando no, fumaba. Sintonicé la radio militar norteamericana. El noticiario largaba una lista interminable de ciudades vietnamitas de nombres imposibles de pronunciar.

El último jardín estaba cerca del parque de atracciones de Yomiuri Land. Mejor para mí. No entendía por qué una persona que vivía en la prefectura de Kanagawa había llamado a una empresa de jardinería que estaba en la otra punta, en Setagaya, pero no tenía derecho a quejarme. Yo mismo lo había elegido. En la pizarra de la oficina estaban anotados, por la mañana, todos los trabajos del día. Cada cual elegía el más conveniente. La mayoría de mis compañeros elegían sitios cercanos porque así no perdían tiempo en desplazamientos y abarcaban más jardines. A mí, en cambio, siempre me interesaban los lugares más alejados. Los demás se extrañaban, pero al ser el más veterano tenía derecho a elegir primero.

No había ninguna razón en especial para ello. Solo me gustaba ir lejos, cortar el césped lejano de un jardín lejano. Me gustaba ver paisajes distintos en calles lejanas. Creo que nadie lo hubiese entendido por mucho que lo explicase.

Conduje con las ventanillas abiertas. En cuanto dejé atrás la ciudad, el viento refrescó y el verde revivió. El olor de la tierra y de la hierba se hicieron más intensos y el perfil de las nubes se recortó contra el cielo. Hacía un tiempo magnífico, un día perfecto para una escapada veraniega con una chica. Imaginé el agua fría del mar, la arena caliente, una habitación acogedora con aire acondicionado, sábanas azules almidonadas en la cama. Nada más. Fuera de eso, no imaginé nada más. En mi cabeza solo había una playa y una cama de sábanas azules.

Me paré en una gasolinera para llenar el depósito sin poder pensar en otra cosa. Me tumbé en un pequeño trozo de césped mientras limpiaban las ventanillas y comprobaban el nivel de aceite del coche. Al pegar el oído al suelo, oía infinidad de ruidos, incluso el rugido de olas distantes, aunque, obviamente, no eran olas, tan solo rumores absorbidos por el suelo. Un bicho pequeño trepó por una hoja de hierba ante mis ojos. Era verde, tenía alas. Al llegar al extremo, se detuvo unos instantes como si dudara y se dio media vuelta. No parecía especialmente desilusionado.

La revisión mecánica terminó en diez minutos. El encargado me avisó tocando el claxon.

La casa donde debía cortar el césped se hallaba en lo alto de una colina. Un barrio elegante y tranquilo de calles sinuosas flanqueadas por hileras de olmos. En el jardín de una casa había dos niños pequeños que jugaban desnudos con la manguera. El agua salpicaba al cielo y formaba un pequeño arcoíris. Por las ventanas abiertas se oían las notas de alguien sentado al piano.

Seguí los números de las casas hasta dar con el que buscaba. Aparqué delante y pulsé el timbre. No hubo respuesta. Estaba todo en silencio. No se veía un alma. Pulsé el timbre otra vez y esperé.

Era una casa bonita, no muy grande. Los muros exteriores estaban pintados de color crema y en mitad del tejado sobresalía una chimenea cuadrada del mismo color. Los marcos de las ventanas estaban pintados de gris. Las cortinas eran blancas. Estaban cerradas. El sol se había comido el color. Era una casa antigua a la que el tiempo le sentaba bien. Parecía una de esas residencias de verano ocupadas solo la mitad del año. Desprendía esa atmósfera, un aroma especial que le daba encanto.

El jardín estaba cerrado por un muro de estilo francés a la altura de la cintura. Por encima sobresalía un rosal sin flores con sus hojas verdes bañadas por la luz del verano. Desde allí fuera no se veía el estado del césped, pero sí que el jardín era grande, con un gran alcanforero que proyectaba su sombra fresca sobre la pared color crema.

Al pulsar el timbre por tercera vez, la puerta principal se abrió despacio y apareció una mujer de mediana edad. Era una mujer extraordinariamente grande. Yo también soy alto, pero ella me sacaba por lo menos tres centímetros. Tenía los hombros anchos y aspecto de estar enfadada. Rondaría los cincuenta años. No era guapa, pero sí dotada de unos rasgos nobles y proporcionados, lo cual no significaba que su cara fuera del tipo que despierta simpatías en la gente. Sus cejas pobladas y la mandíbula cuadrada mostraban el carácter obstinado de quien una vez que dice algo ya no da un paso atrás. Me miró con unos ojos somnolientos, evidentemente molesta. Su grueso cabello entrecano se ondulaba en la parte superior de la cabeza. Del vestido marrón de algodón colgaban dos brazos robustos completamente blancos.

—Venía a cortar el césped —anuncié mientras me quitaba las gafas de sol.

—¿El césped?

—Sí, nos ha llamado.

—¡Ah, sí, el césped! ¿Qué día es hoy?

—Catorce.

—¿Catorce? —dijo extrañada entre dos bostezos.

Parecía haberse despertado de un sueño de un mes.

—Por cierto, ¿tienes tabaco?

Saqué la cajetilla del bolsillo, le di un cigarrillo y le ofrecí fuego con una cerilla. Expulsó el humo con aire satisfecho.

—¿Cuánto vas a tardar? —me preguntó.

—¿Se refiere a cuánto voy a tardar en cortar el césped?

Asintió con un movimiento hacia delante de la mandíbula.

—Depende del estado del césped y del tamaño del jardín. ¿Puedo echar un vistazo?

—Por supuesto. ¿Cómo vas a trabajar si no?

La seguí hasta el jardín.

Tenía forma rectangular, era llano, de unos doscientos metros cuadrados, con setos de hortensias, un árbol, el alcanforero y el resto césped. Debajo de una ventana había dos jaulas vacías en el suelo. En general estaba bien cuidado y el césped no muy crecido. Me desilusionó.

—En este estado podría aguantar dos semanas más —dije.

—Eso me corresponde decirlo a mí, ¿no crees?

La miré sorprendido. Me había pillado desprevenido.

—Lo quiero más corto. Soy yo quien paga.

Asentí.

—Tardaré unas cuatro horas.

—¡Qué lento!

—Me gusta tomarme mi tiempo, si eso no le molesta.

—Como quieras.

Fui a la furgoneta. Saqué el cortacésped, la tijera de podar, un rastrillo, una bolsa de basura, un termo con café frío y la radio. Lo llevé todo al jardín. El sol se acercaba a su cénit y la temperatura no dejaba de subir. Mientras metía todas las cosas en el jardín, ella sacó diez pares de zapatos del mueble de la entrada y empezó a quitarles el polvo con un trapo. Eran todos de mujer, unos de talla pequeña y otros de talla gigante.

—¿Le importa que ponga música? —le pregunté.

Me miró sin levantarse.

—Me gusta la música.

Primero recogí unas piedras pequeñas dispersas por el jardín. Después arranqué el cortacésped. Si lo pasaba por encima de las piedras, se podían dañar las cuchillas. En la parte trasera de la máquina había una especie de cajón de plástico donde se almacenaba la hierba cortada. Cuando se llenaba, lo vaciaba en el cubo de basura. A pesar de que la hierba estaba corta, el jardín era extenso, por lo que tuve que vaciarlo varias veces. El sol abrasaba. Me quité la camiseta empapada en sudor y me quedé en pantalón corto. El sol se me antojaba como las brasas de una barbacoa. En ese estado, no me salía una sola gota de pis por mucha agua que bebiera. Todo el líquido se transformaba de inmediato en sudor.

Cortar el césped me llevó una hora. En cuanto acabé, me paré a descansar y tomé un poco de café frío bajo la sombra del alcanforero. Noté como el azúcar llegaba hasta la última célula de mi cuerpo. Por encima de mi cabeza no dejaban de cantar las cigarras. Encendí la radio. Moví el dial hasta dar con una emisora decente y me detuve en cuanto oí los compases de *Mama Told Me Not To Come,* de Three Dog Night's. Me tumbé boca arriba y contemplé la luz del sol filtrándose entre las hojas.

La mujer se acercó. Vista desde abajo, se parecía al árbol. En la mano derecha sujetaba un vaso con hielo que debía de contener un whisky tembloroso bajo la luz del verano.

—Hace mucho calor, ¿verdad?

—Sí.

—¿Tienes algo para almorzar?

Miré el reloj. Eran las once y veinte.

—Sobre las doce saldré a comer algo. Cerca de aquí he visto una hamburguesería.

—No hace falta que vayas hasta allí. Si quieres, te hago un sándwich.

—No se moleste. Se lo agradezco, pero siempre como fuera.

Levantó el vaso y apuró casi la mitad de un trago. Apretó los labios para expulsar aire.

—No es ninguna molestia. De todos modos, tengo que preparar algo para mí, pero si no quieres, no pasa nada.

—En ese caso, de acuerdo. Muchas gracias.

Asintió con ese gesto suyo tan característico de adelantar la mandíbula, se dio media vuelta y se metió en la casa sin dejar de balancear despacio los hombros.

Hasta las doce del mediodía, corté el césped con las tijeras. Primero igualé las irregularidades de la máquina y lo recogí todo con el rastrillo. Era un trabajo de paciencia. Si uno no quiere tomarse molestias, acaba en un santiamén, pero si quiere hacerlo bien, la cosa se puede alargar considerablemente. Sin embargo, no siempre se valora el trabajo bien hecho. Hay quien piensa que es trabajar despacio. A pesar de todo, yo nunca renuncio a hacer las cosas a conciencia. Es una cuestión de principios, también de orgullo.

Cuando dieron las señales horarias de las doce, me llamó desde la cocina y me ofreció un sándwich.

La estancia no era grande, pero estaba limpia y ordenada. Era sencilla, no sobraba nada, práctica y funcional. Los electrodomésticos eran tan antiguos que uno casi sentía nostalgia, como si el tiempo se hubiera detenido allí. Aparte del zumbido del enorme frigorífico no se oía nada. En los platos y en las cucharas parecía haberse instalado un silencio como una sombra. Me ofreció una cerveza. Me excusé. Aún no había terminado de trabajar. Cambió el ofrecimiento a un zumo de naranja. La cerveza se la tomó ella. Encima de la mesa había una botella medio vacía de White Horse. Bajo la pila, botellas vacías de todo tipo de licores.

El sándwich de jamón, lechuga y pepino sabía mejor de lo que esperaba.

—Está muy bueno.

—Siempre se me han dado bien los sándwiches. Lo demás no. Mi difunto marido era americano y comía sándwiches todos los días. Se contentaba con eso.

Ella no lo probó. Se conformó con dos pepinillos con los que acompañaba la cerveza, que en realidad no parecía apetecerle. Se la bebía como si no tuviera más remedio. Estábamos sentados a la mesa de la cocina, uno frente al otro. Yo comía un sándwich y ella bebía cerveza. No habló más. Tampoco yo sabía qué decir.

A las doce y media volví al jardín. En cuanto terminase con el trozo de césped que me quedaba, ya no tendría nada más que hacer allí.

Lo corté con cuidado mientras escuchaba la emisora de las Fuerzas Armadas Norteamericanas. Pasé el rastrillo varias veces, lo miré desde distintos ángulos para comprobar que no quedaban irregularidades, como haría un peluquero con un cliente. Alrededor de la una y media había terminado con dos tercios del jardín. Las gotas de sudor me entraban en los ojos a pesar de lavarme cada cierto tiempo la cara en el grifo del jardín. Sin ninguna razón en concreto, tuve varias erecciones que terminaron por calmarse. Es absurdo tener una erección mientras se corta el césped.

A las dos y veinte terminé. Apagué la radio, me quité las zapatillas y caminé descalzo sobre la hierba. Estaba todo bien, no había irregularidades, suave como una alfombra.

«Aún te quiero mucho», me había escrito en su última carta. «Eres muy cariñoso, una de las mejores personas que conozco, pero por alguna razón no me basta. No sé por qué me siento así, pero es la verdad. Resulta cruel decirlo, lo sé, y quizá no sirve como explicación. Diecinueve años es una edad terrible. Puede que más adelante me sienta capaz de explicarlo mejor, pero es probable que entonces ya no te importe.»

Me lavé la cara otra vez, cargué las cosas en la furgoneta y me puse una camiseta limpia. Cuando todo estuvo listo, fui a decirle que había terminado.

—¿Te apetece una cerveza?

—¿No le importa? —pregunté educadamente.

Qué mal podía hacerme una cerveza después de todo.

De pie en un extremo del jardín, contemplamos el césped recién cortado, yo con una cerveza en la mano, ella con un vodka con tónica sin limón en un vaso fino y alargado, de esos que suelen regalar en las licorerías. Las cigarras zumbaban sin parar. No parecía en absoluto borracha. Solo su respiración resultaba un tanto forzada al escapársele entre los dientes. Pensé que podía derrumbarse inconsciente en el césped en cualquier momento, morir allí mismo sin más. Incluso vi mentalmente cómo caía al suelo, tiesa como un palo.

—Trabajas muy bien —dijo—. He llamado a muchas empresas, pero eres el primero que lo corta así.

—Se lo agradezco.

—Mi difunto marido era un maniático del césped. Lo cortaba a conciencia. Lo hacía como tú.

Saqué el tabaco y le ofrecí un cigarrillo. Fumamos. Sus manos eran más grandes que las mías, duras como una piedra. Tanto el vaso en la derecha como el cigarrillo en la izquierda parecían muy pequeños. Sus dedos eran gruesos. No llevaba anillo. En las uñas se veían unas cuantas rayas verticales.

—En cuanto tenía un poco de tiempo, se ponía a cortar el césped, pero no pienses que era un tipo raro.

Traté de hacerme una imagen de él, pero no lo logré. Me resultaba imposible imaginar al marido de una mujer que parecía un alcanforero.

Aspiró.

—Desde que murió, he tenido que llamar a varias empresas para que se ocupen de cortarlo. No soporto el sol y mi hija no quiere broncearse. Tampoco encuentro razones para obligar a una chica joven a cortar el césped.

Asentí.

—De todos modos, estoy muy contenta con tu trabajo. Habría que cortarlo siempre así. Es siempre lo mismo, pero cambian los sentimientos. Si no se pone sentimiento, no es más que...

Se le resistía la palabra justa y, en lugar de eso, eructó.

Volví a mirar el césped. Era mi último trabajo. Me sentía triste sin saber bien por qué. En mi tristeza se podía incluir mi novia perdida. Lo que ella pudiera sentir aún por mí desaparecería con ese último césped. Me acordé de su cuerpo desnudo.

La mujer alcanforero eructó de nuevo e hizo un gesto de asco.

—Vuelve el mes que viene.

—El mes que viene no puede ser —me excusé.

—¿Por qué?

—Hoy es mi último día de trabajo. Si no me concentro en los estudios, mis notas se van a resentir.

Me miró fijamente a los ojos antes de observar mis pies, para volver enseguida a la cara.

—¿Eres estudiante?

—Sí.

—¿En qué universidad?

El nombre de la universidad donde estudiaba no le decía nada. Tampoco era una de las importantes. Se rascó detrás de la oreja con el dedo índice.

—Así que dejas el trabajo.

—Sí. Este verano ya no cortaré césped. Tampoco el próximo verano ni dentro de dos años.

La mujer se llenó la boca de vodka con tónica como si quisiera hacer gárgaras. Se lo tragó despacio en dos veces. Tenía la frente perlada de sudor, como si se le hubieran pegado bichos diminutos.

—Entra. Aquí fuera hace demasiado calor.

Miré el reloj. Las dos y treinta y cinco de la tarde. No sabía si era pronto o tarde. Había terminado con el trabajo y, a partir del día siguiente, no tenía necesidad de cortar un solo centímetro más de césped. Me sentía extraño.

—¿Tienes prisa?

Sacudí la cabeza.

—En ese caso, por qué no entras para tomar algo fresco. No te robaré mucho tiempo. Me gustaría que vieras algo.

¿Ver algo?

No me dio tiempo a dudar. Se echó a andar deprisa y ni siquiera se volvió hacia mí. No tuve más remedio que seguirla. Tenía la cabeza embotada por el calor.

El interior de la casa seguía tan silencioso como antes. Pasar de golpe adentro dejando atrás la intensa luz de un mediodía de verano me provocó un intenso dolor tras los párpados. En la casa flotaba una ligera oscuridad, como si estuviera diluida en agua, una oscuridad que parecía habitar allí desde hacía décadas. No era evidente, más bien tenue, envuelta por un aire fresco logrado por la corriente, no por una máquina. Entraba por alguna parte y se escapaba por otra.

—Por aquí.

Hacía ruido al caminar mientras avanzaba por un pasillo recto. Había unas cuantas ventanas, pero el muro de la casa vecina y las ramas del alcanforero ocultaban la luz. Notaba muchos olores, todos ellos conocidos. Olor a paso del tiempo que el mismo tiempo haría desaparecer en algún momento. Olor a ropa antigua, a muebles y libros viejos, a una vida de otra época. Al fondo del pasillo había una escalera. Se volvió para confirmar que la seguía y subió. Los peldaños crujían bajo su peso.

En el rellano entraba un haz de luz a través de una ventana sin cortina. El sol del verano formaba una piscina luminosa en el suelo. En la segunda planta solo había dos habitaciones. Una parecía un trastero y la otra un dormitorio. La puerta de color verde apagado tenía una pequeña abertura con un cristal esmerilado en la parte superior. La pintura estaba ligeramente agrietada y el pomo se había blanqueado por el contacto con las manos.

Apretó los labios. Expulsó el aire despacio. Dejó el vaso de vodka con tónica en el alféizar de la ventana del corredor, sacó un manojo de llaves del bolsillo y abrió.

—Entra.

La habitación estaba completamente a oscuras. Hacía mucho calor. El aire del interior parecía no haberse renovado desde hacía mucho tiempo. Por las lamas de las contraventanas cerradas penetraban algunos rayos de sol planos como papel de aluminio. A pesar de eso no veía nada. Tan solo el polvo que flotaba en el ambiente. La mujer descorrió las cortinas, abrió las ventanas y las contraventanas. En un instante la habitación se inundó con una luz cegadora acompañada de un viento fresco del sur.

Era la típica habitación de una adolescente: una mesa de estudio bajo la ventana, una cama pequeña de madera vestida con sábanas azul coral sin una sola arruga, a juego con una almohada del mismo color. Al pie de la cama había una manta doblada. A un lado, una cómoda y un tocador con unos cuantos artículos de maquillaje. Un cepillo, una tijera pequeña, un pintalabios, una polvera, cosas así. No parecían de alguien a quien le entusiasmase el maquillaje.

Encima de la mesa había unos cuantos cuadernos y dos diccionarios, uno de inglés y otro de francés. Estaban muy usados, pero bien cuidados. En un bote había lápices, bolígrafos y una goma de borrar gastada solo por uno de sus lados. Todo lo necesario para escribir. Todo colocado a conciencia. Un despertador, un flexo y un pisapapeles de cristal completaban la mesa. Eran objetos modestos. En la pared había colgados cinco cuadros con pájaros pintados en colores primarios, además de un sencillo calendario. Toqué la mesa. El dedo se me quedó blanco del polvo. Debía acumularse allí desde hacía al menos un mes. El mes del calendario marcaba junio.

Para una chica de esa edad, la habitación resultaba muy austera. No había peluches, ni fotos de cantantes de rock, nada llamativo. Ni siquiera una papelera estampada de flores. La estantería de la pared estaba llena de libros: obras completas, antologías de poemas, revistas de cine, un catálogo de una exposición de pintura, unas cuantas ediciones de bolsillo en inglés.

Traté de imaginar sin éxito el aspecto de la dueña de esa habitación. Solo veía la cara de mi ex novia. La mujer se sentó en la cama. Seguía mi mirada con sus ojos, aunque parecía pensar en algo muy distinto. Me observaba fijamente, pero en realidad no veía nada. Me senté en la silla y miré la pared. No había nada, era una superficie blanca enyesada. Me dio la impresión de que por arriba se inclinaba ligeramente, como si fuera a derrumbarse en cualquier momento, cosa que no iba a suceder, claro. Era un efecto óptico producido por la luz.

—¿No quieres beber nada?

Le dije que no.

—No te dé vergüenza. No te voy a comer.

Cambié de opinión. Señalé su vodka con tónica. Tomaría lo mismo que ella, pero menos cargado.

Regresó al cabo de cinco minutos con dos vodkas con tónica y un cenicero. Eché un trago del mío. De poco cargado, nada de nada. Esperé a que se deshiciera el hielo. Ella se quedó sentada en la cama con su vaso de vodka en la mano. Seguro que estaba mucho más cargado que el mío. De vez en cuando mordisqueaba el hielo.

—Eres fuerte —dijo—. No te vas a emborrachar.

Asentí ligeramente. Me parecía a mi padre, pero, en cualquier caso, nadie en este mundo le ganó nunca en la carrera del alcohol. Los que no se dan cuenta creen que van ganando hasta que se ven con el agua al cuello. Mi padre murió cuando yo tenía dieciséis años. Murió sin más, tan inesperadamente que ni siquiera recuerdo si alguna vez estuvo vivo.

La mujer permaneció mucho tiempo en silencio. Cada vez que movía el vaso, se oía el tintineo de los cubitos de hielo contra el cristal. Desde la ventana abierta entraba de vez en cuando una ráfaga de aire fresco. Viento del sur que saltaba de colina en colina. Era una tranquila tarde de verano que invitaba a dormir. De algún lugar lejano llegaba el sonido del timbre de un teléfono.

—Abre la puerta del armario —dijo de repente.

Obedecí. Estaba lleno de ropa colgada en perchas. La mitad eran vestidos, la otra mitad faldas, camisas y chaquetas. Todo ropa de verano. Algunas cosas parecían pasadas de moda; otras, nuevas a estrenar. La mayoría de las faldas eran cortas. No estaban mal ni por gusto ni por calidad. No llamaban especialmente la atención, pero provocaban cierta simpatía. Con esa cantidad de ropa, su dueña podía presentarse con un modelo nuevo cada vez que quedase con su novio. La miré durante un rato y cerré la puerta.

—No está mal —dije.

—Echa un vistazo a los cajones.

Dudé un instante, pero qué otra cosa podía hacer. Abrí los cajones que había al fondo del armario. Entrar en la habitación de una chica en su ausencia y ponerme a curiosear, incluso con el permiso de su madre, no era precisamente mi idea de la decencia, aunque negarme a hacerlo me hubiera causado el mismo conflicto. No me imaginaba ni de lejos lo que rondaba en la cabeza de alguien que empezaba a beber a las once de la mañana. En el primer cajón había jerséis, polos, camisetas, todo lavado, planchado y doblado perfectamente. En el segundo, bolsos, cinturones, pañuelos, pulseras y un par de sombreros. En el tercero, ropa interior, calcetines, medias. Todo igual de limpio y ordenado. Ver todo eso me entristeció, como si algo me oprimiera el pecho. Cerré el último cajón.

La mujer no se había movido de la cama. Miraba por la ventana. Su vaso de vodka con tónica estaba casi vacío.

Me senté de nuevo y me encendí un cigarrillo. La ventana daba a una colina que descendía suavemente y se juntaba con otra. Todo era verde hasta donde alcanzaba la vista, colinas y valles con casas que parecían pegadas, cada una con su jardín, cada jardín con su césped.

—¿Qué te parece? —preguntó la mujer sin apartar los ojos de la ventana—. Ya sabes, la chica...

—¿Cómo voy a saberlo? No sé nada de ella, ni siquiera la conozco.

—Con un vistazo a la ropa, te puedes hacer una idea bastante precisa de la mayoría de las mujeres.

Pensé en mi ex novia y me esforcé en recordar la ropa que tenía. Me quedé en blanco. Solo me acordaba de algunas cosas vagas e imprecisas. Si veía una de sus faldas, enseguida se me olvidaba la blusa que iba a conjunto con ella. Uno de sus sombreros se transformó de pronto en el de otra chica con otra cara. No podía recordar nada de hacía seis meses. Me pregunté qué sabía en realidad de ella.

—No sé qué decir.

—Las impresiones generales me bastan. Cualquier cosa que se te ocurra. Di lo que se te pase por la cabeza, por insignificante que te pueda parecer. Eso me vale.

Di un sorbo al agua derretida de los cubitos de hielo para ganar algo de tiempo. Los restos de vodka con tónica sabían casi como una limonada, pero aún tenían la fuerza suficiente para calentar el estómago. Una ráfaga de viento arrastró la ceniza blanca del cigarrillo y la depositó encima de la mesa.

—Parece una buena chica. Lo tiene todo muy ordenado —dije al fin—. No demasiado engreída, pero con carácter. De entre las mejores de la clase. Debe de ir a un instituto o a una universidad solo para chicas y no creo que tenga muchas amigas, solo unas cuantas aunque muy próximas. ¿He acertado?

—Continúa.

Di unas cuantas vueltas al vaso antes de dejarlo en la mesa.

—No sé qué más decir. A lo mejor todo lo que he dicho hasta ahora ni siquiera se acerca a la realidad.

—Te has acercado mucho. Mucho, sin duda.

Sentí cómo la presencia de la chica se colaba poco a poco en la habitación. No veía su cara, sus manos, nada. Apenas una pequeña distorsión en el mar de luz. Di otro sorbo al vodka con tónica.

—Tiene un novio —continué—. O dos. No lo sé. No puedo decir si sus relaciones son muy íntimas o no, pero no creo que eso sea lo importante. El problema es que no parece capaz de acostumbrarse a algunas cosas, como su propio cuerpo, sus pensamientos, lo que busca, lo que los demás buscan en ella... Algo así.

—Sí, sí. Entiendo lo que quieres decir.

Yo no lo entendía. Entendía el significado de las palabras, ¿pero de quién hablaban? ¿Desde qué perspectiva? Estaba exhausto. Quería dormir. De haber podido dormir, muchas cosas se habrían aclarado. De todos modos, más claras no significaba que fueran más fáciles.

La mujer se quedó callada durante mucho tiempo y yo tampoco dije nada. Como no sabía qué hacer, seguí dando sorbos a los restos del vodka. El viento arreciaba. Las hojas redondas del alcanforero se mecían. Las miré fijamente con los ojos entrecerrados. Me preocupaba quedarme dormido. Contemplaba el árbol y pensaba en el cansancio acumulado en mi interior, como si lo acariciara con un dedo imaginario. Era algo que estaba dentro de mí y al mismo tiempo muy lejos.

—Lo siento. No debería retenerte más —dijo la mujer al cabo de un rato—. Has hecho un buen trabajo en el jardín y me he puesto muy contenta. Te estoy muy agradecida.

—Gracias.

—Permíteme que te pague.

Se llevó su gran mano blanca al bolsillo del vestido.

—¿Cuánto es?

—Le enviarán la factura. Puede pagar mediante transferencia bancaria.

La mujer hizo un ruido de descontento con la garganta.

Bajamos por la misma escalera, atravesamos el mismo pasillo para dirigirnos a la misma puerta. El recibidor estaba igual de fresco que cuando había entrado, fresco y oscuro. Sentí como si regresara a la infancia, a los veranos cuando vadeaba un arroyo poco profundo y pasaba bajo un gran puente de acero. Fue exactamente la misma sensación. Oscuridad y de pronto el agua fría. Piedras cubiertas de un extraño musgo. Cuando me calcé las zapatillas en la entrada, me sentí aliviado. El sol inundándolo todo, el aroma de las hojas, unas cuantas abejas zumbando somnolientas alrededor de los setos.

—Un trabajo estupendo, de verdad —volvió a decir la mujer.

También yo miré el césped. Un trabajo de primera, sin duda.

La mujer metió la mano en el bolsillo y empezó a sacar todo tipo de cosas, entre ellas un billete de diez mil yenes arrugado. Por el aspecto, se diría que el billete no tendría menos de diez o quince años. Después de vacilar un poco, llegué a la conclusión de que sería mejor no rechazarlo.

—Gracias.

Me daba la impresión de que se dejaba algo por decir, como

si no supiera la manera de hacerlo. Miró el vaso vacío en su mano derecha, perdida. De nuevo me miró a mí.

—Si decides volver a trabajar, no dudes en llamarme en cualquier momento.

—De acuerdo. Lo haré. Gracias de nuevo por el sándwich y por la bebida.

Balbuceó algo que no llegué a entender. Se dio media vuelta y caminó hacia la casa. Arranqué la furgoneta y encendí la radio. El reloj marcaba las tres pasadas.

Conduje hasta un restaurante de comida rápida. Pedí Coca-Cola y unos espaguetis. Estaban tan malos que apenas puede comerme la mitad. Lo cierto es que no tenía nada de hambre. Una camarera de aspecto enfermizo recogió la mesa y aproveché para echar una cabezada sin moverme del sillón tapizado en plástico. El restaurante estaba vacío, el aire acondicionado a la temperatura justa. Una siesta breve, sin sueños. Como mucho podría decir que la propia siesta me pareció un sueño. En cualquier caso, cuando abrí los ojos, los rayos de sol ya no eran tan intensos como antes. Me tomé otra Coca-Cola y pagué la cuenta con el billete de diez mil yenes que me acababan de dar.

Me dirigí al aparcamiento, me subí a la furgoneta, dejé las llaves en el salpicadero y me encendí un cigarrillo. Notaba ligeras punzadas de dolor en los músculos. Estaba agotado. Rechacé la idea de conducir y me hundí en el asiento. Me fumé otro cigarrillo. Todo me parecía muy lejano, como si mirase a través de unos prismáticos al revés. «Estoy segura de que quieres muchas cosas de mí», me había escrito mi novia, «pero yo misma soy incapaz de ver nada en mí que puedas querer.»

Se me ocurrió que lo único que quería era cortar una buena extensión de césped. Pasarla y repasarla una y otra vez con la máquina, rastrillarla bien, recortar los sobrantes con la tijera hasta igualarlos. Eso era todo. Podía hacerlo porque sentía que era la forma en que debía hacerse.

«¿Acaso me equivoco?», pregunté en voz alta.

No hubo respuesta.

Diez minutos más tarde, el responsable del restaurante se acercó a la furgoneta para preguntar si todo iba bien.

—Estoy un poco mareado —dije.

—Ha sido un día abrasador. ¿Quiere que le traiga un poco de agua?

—Gracias, estoy bien.

Salí del aparcamiento y conduje hacia el este. A ambos lados de la calle había casas distintas, gente distinta que vivía vidas distintas. Observé el panorama sin apartar las manos del volante. En la parte de atrás de la furgoneta la máquina cortacésped traqueteaba.

No he vuelto a cortar césped desde entonces. Un día viviré en una casa con jardín y volveré a cortarlo. Aún queda mucho, supongo, pero cuando llegue el momento estoy seguro de que lo haré como es debido.

Silencio

Me volví hacia Ozawa y le pregunté si había golpeado a alguien alguna vez en una pelea. Me miró con los ojos entornados, como si algo le deslumbrase.

—¿Por qué me pregunta eso?

Esa mirada suya no era la habitual. Había en ella una viveza, un brillo intenso, pero apenas duró un segundo. El resplandor se apagó enseguida y reapareció el gesto tranquilo de siempre.

—Por nada en concreto —le dije sin darle más vueltas.

Era una pregunta sin sentido, motivada solo por la curiosidad, tal vez innecesaria. Cambié de tema, pero él no dio muestras de interesarle la nueva conversación. Parecía sumido en sus pensamientos, como si soportara un peso enorme, como si dudase por alguna razón. Renuncié y observé las filas de aviones plateados al otro lado de la ventana.

Me había contado que practicaba regularmente el boxeo desde la escuela secundaria. Por eso se lo había preguntado. Hablábamos de cosas intrascendentes para matar el tiempo mientras esperábamos nuestro vuelo, cuando se me ocurrió esa pregunta. A sus treinta y un años aún iba al gimnasio todas las semanas y de estudiante representó a su universidad en los campeonatos de boxeo. Me sorprendió mucho cuando me lo contó. No me imaginaba que esa persona con la que había trabajado en algunas ocasiones pudiera ser un boxeador con casi veinte años de experiencia. Era un hombre tranquilo, en absoluto entrometido, honrado en el trabajo y lo suficientemente tolerante para no imponer nada a nadie. Por muy ocupados que estuviéramos, jamás levantaba la voz ni tenía un gesto de desprecio, y tampoco le oí nunca hablar mal de nadie o quejarse. Digamos que era un tipo por el que todo el mundo sentía simpatía. Su aspecto era apacible y tranquilo, lo más alejado que uno pudiera imaginar de un tipo agresivo. ¿Dónde estaba entonces la conexión entre el boxeo y él? ¿Por qué había elegido precisamente ese deporte? Por eso se lo había preguntado.

Tomábamos un café en la cafetería del aeropuerto mientras esperábamos el vuelo a Niigata. Era a comienzos de diciembre y en el cielo se veían unas nubes pesadas. Al parecer, en Niigata nevaba copiosamente desde por la mañana, con el consiguiente retraso de los vuelos. El aeropuerto estaba muy concurrido y se veían caras de fastidio por todas partes cuando anunciaban por megafonía los continuos retrasos. La calefacción de la cafetería estaba demasiado fuerte y no paraba de enjugarme el sudor de la frente con un pañuelo.

—Básicamente, no —dijo Ozawa tras un rato de silencio—. Desde que empecé a boxear, nunca le he pegado a nadie. Es algo que te inculcan desde el primer día y nunca dejan de repetírtelo. Los boxeadores jamás pueden golpear a nadie fuera del ring. Cualquiera puede encontrarse en un verdadero problema si golpea a alguien y cae en una mala postura o en un mal lugar. Si se trata de un boxeador profesional, el asunto es mucho más grave. Sería casi como usar un arma homicida.

Asentí.

—Para ser sincero —continuó—, solo una vez le di un puñetazo a una persona. Estaba en segundo de primaria y aún no llevaba mucho tiempo con el boxeo. Eso no es una excusa, pero fue antes de aprender las técnicas y cosas por el estilo. Por aquel entonces, solo me dedicaba a ponerme en forma. Saltaba a la cuerda, hacía flexiones, corría, cosas así. Ni siquiera sabía lanzar un puñetazo como era debido. Perdí el control y mi brazo salió como despedido. No supe contenerme y, antes de darme cuenta, había tumbado al tipo. Le había golpeado, mi cuerpo temblaba de pura rabia.

Ozawa empezó a boxear porque su tío regentaba un gimnasio. No era un cuchitril cualquiera donde los chicos del barrio se dedicaban a sudar, sino un centro de entrenamiento de primera de donde habían salido dos campeones de Asia de peso wélter. De hecho, fueron sus padres quienes insistieron en que empezara con el boxeo. Estaban preocupados por su hijo, por el ratón de biblioteca que se pasaba las horas muertas encerrado en su cuarto. En un primer momento no le entusiasmó la idea, pero su tío le caía bien a pesar de que el boxeo le dejaba frío y de la hora que debía pasar en el tren para llegar al gimnasio. Al final, terminó por acostumbrarse al trayecto para ir a entrenar.

Superados los primeros meses, se sorprendió al descubrir que le gustaba. Fundamentalmente porque se trataba de un deporte silencioso, solitario. Era como si se descubriera a sí mismo, un nuevo mundo que le entusiasmaba. El sudor que caía del cuerpo, el tacto de los guantes, los crujidos del cuero, la intensa concentración imprescindible para imprimir mayor velocidad y eficiencia a los músculos. Todo ello cautivó su imaginación. Pasarse los sábados y los domingos en el gimnasio se convirtió en una de las pocas indulgencias que se permitía.

—Una de las cosas que más me gustó del boxeo desde el principio fue su profundidad. Eso me atrapó. Comparado con eso, golpear o recibir golpes no me importaba nada. No era más que el resultado. Se puede ganar o perder, pero si llegas al límite de esa profundidad, perder no importa porque nada puede herirte. De cualquier modo, no siempre se puede ganar y en algún momento hay que perder. Lo más importante es llegar al fondo. Al menos para mí eso es el boxeo. Cuando participaba en un combate me sentía dentro de esa profundidad, en un agujero inmenso, tan lejos que no podía ver a nadie, donde nadie podía verme a mí. Luchaba contra la oscuridad. Lo hacía solo, pero no triste. Aunque se trate de soledad, hay muchos tipos distintos. Está la trágica y dolorosa que corta y rasga los nervios, y también hay otra muy distinta. Para llegar ahí uno debe rasgar su cuerpo, pero si supera el esfuerzo, recibe la compensación. Así entiendo yo el boxeo.

Ozawa guardó silencio unos instantes.

—No es algo de lo que me guste hablar —dijo—. Ojalá pudiera olvidarlo por completo, pero es imposible. ¿Por qué no puede uno olvidar las cosas que desea olvidar?

Miró el reloj. Aún faltaba mucho para la salida del vuelo.

El tipo al que golpeó fue un compañero de clase, un tal Aoki, que a Ozawa nunca le había gustado, aunque no sabía bien por qué. Solo sabía que nada más ponerle la vista encima, se le revolvían las tripas. Fue la primera vez en su vida que odió a alguien de esa manera.

—A veces ocurren esas cosas, ¿verdad? —me preguntó—. Todos hemos vivido algo parecido al menos una vez en la vida. Quiero decir, odiar a alguien sin razón aparente. No es que yo odie a la gente sin más, pero aquello me ocurrió. La razón no sirve de nada en esas ocasiones, y en la mayoría de los casos se trata de un sentimiento recíproco.

»Aquel tipo, Aoki, era un estudiante brillante. Sacaba las mejores notas de la clase. Estudiábamos en un colegio privado y él era de los alumnos más populares. En clase todo el mundo le respetaba y los profesores lo llevaban en palmitas. Sin embargo, desde el primer momento nunca soporté su astucia, su carácter instintivo, frío, calculador. Si tuviera que explicar en concreto por qué, no sabría hacerlo. Ni siquiera puedo dar un ejemplo. Solo sé que me daba cuenta de todo. No soportaba su aroma egoísta, orgulloso. Era uno de esos casos en que el olor de otra persona provoca un rechazo visceral. Pero era un tipo inteligente y sabía cómo esconderlo. Por eso la mayoría de los compañeros le tenían por un tipo justo, modesto e incluso amable, pero cada vez que le oía, aunque no decía nada, me invadía un profundo desagrado.

»Estábamos en posiciones enfrentadas en casi todos los sentidos. Yo era más bien callado y no destacaba en clase. Nunca me ha gustado llamar la atención y tampoco me supone un problema estar solo. Tenía compañeros a los que podía considerar amigos, claro, pero no eran relaciones estrechas. En cierto sentido era un chico precoz. Más que estar con mis compañeros, me gustaba leer, escuchar los discos de música clásica de mi padre, las conversaciones de los tipos mayores que entrenaban en el gimnasio. Como resulta obvio, mi aspecto no es precisamente llamativo. Mis notas no estaban mal, pero tampoco destacaban, y los profesores se olvidaban a menudo de mi nombre. Ese era yo. Me esforzaba en ocultarme. Nunca dije a nadie que practicaba boxeo, ni tampoco hablé de los libros que había leído o de la música que había escuchado.

»Con Aoki sucedía todo lo contrario. Hiciera lo que hiciese, parecía un cisne en mitad de un pantano. Era la estrella de la clase, el líder de opinión, un tipo brillante. Yo mismo debía admitirlo. Su cabeza funcionaba a toda velocidad. Captaba enseguida lo que querían los demás, en qué pensaban. En función de eso, cambiaba de registro con una facilidad pasmosa, lo cual provocaba la admiración de los demás. La imagen que tenían de él era la de un chico fuera de lo común. Yo, en cambio, no le admiraba en absoluto. Me resultaba superficial e incluso me hizo pensar que si eso era ser inteligente, no me interesaba nada. Tenía la cabeza en su sitio, sin duda, pero carecía de personalidad, de algo valioso que mostrar a los demás. Solo con sentirse aceptado se sentía feliz, y ese talento suyo para lograrlo embelesaba al resto. Se movía según el viento, no había autenticidad en él y nadie se daba cuenta. Yo era el único.

»Debía percibir lo que sentía por él porque era muy intuitivo. Seguro que eso le inquietaba. No soy tonto. No soy una persona excepcional, pero tampoco un necio. No lo digo por vanagloriarme, pero entonces yo ya tenía mi propio mundo. No había nadie que leyese tanto como yo, y creía que sabía esconderlo, aunque no podía evitar cierto orgullo, que una parte de mí mirase a los demás por encima del hombro. Supongo que eso le irritaba.

»En una ocasión, durante los exámenes de fin de semestre, obtuve la nota más alta en inglés. Fue la primera vez y no sucedió por casualidad. Quería algo, ya no recuerdo el qué, y mis padres me habían prometido que cuando sacara la mejor nota en alguna asignatura me lo comprarían. Me decidí por el inglés y estudié a conciencia. Me estudié el temario de cabo a rabo, y cuando tenía algo de tiempo libre, lo ocupaba en estudiar la conjugación. Me lo estudié todo una y otra vez hasta aprendérmelo de memoria. Sacar la mejor nota de la clase no me sorprendió, me pareció lógico. Sin embargo, todos se quedaron desconcertados. Incluso el profesor. Para Aoki fue un duro golpe. Siempre había sido el primero en inglés y hasta el profesor le gastó una broma cuando devolvía los exámenes. Se puso rojo de ira al sentirse el hazmerreír de la clase. Días más tarde, alguien me contó que andaba por ahí con chismes sobre mí. Decía que había copiado en el examen, que no podía haber otra razón para que me pusieran la mejor nota. Me enfadé mucho. Debería haberme reído, dejarlo correr, ahora lo comprendo, pero un chaval de esa edad no actúa con templanza en una situación así.

»Un día, en el descanso del almuerzo, le arrastré a un lugar solitario para pedirle explicaciones. Se hizo el tonto y me dijo que no le acusara en falso. Si no era cierto lo que decía de mí, por qué me molestaba tanto, por qué reaccionaba con tanto orgullo. Al fin y al cabo, todo el mundo conocía la verdad. Algo así me dijo. Antes de zafarse quiso empujarme, y, como era más alto que yo y estaba mejor formado, debió de suponer que era más fuerte. Fue entonces cuando le golpeé como movido por un acto reflejo. Antes de darme cuenta le había lanzado un directo a la mejilla izquierda. Cayó de lado y al hacerlo se golpeó la cabeza contra la pared. Escuché el estrépito. Empezó a sangrar por la nariz y se manchó la camisa blanca del uniforme. Se quedó sentado en el suelo sin dejar de mirarme. Estaba tan sorprendido que no alcanzaba a comprender lo que había pasado.

»Por mi parte, en el mismo instante de alcanzarle el pómulo con el puño me arrepentí. En ningún caso tenía que haberlo hecho. Enseguida fui consciente de que no servía para nada. Temblaba de pura rabia, pero comprendí mi estupidez.

»Pensé disculparme, aunque fui incapaz. De no haber sido él, creo que sí lo habría hecho. Pero tratándose de él, no. Me arrepentí, aunque no me sentía culpable de nada malo. Era lógico que antes o después un tipo así recibiera un golpe. Era peor que un insecto que alguien terminaría por pisotear. En cualquier caso, no tenía que haberle dado un puñetazo. Eso era indiscutible, pero ya era tarde. Le había golpeado. Me marché y le dejé allí tirado.

»No asistió a la clase de la tarde. Imaginé que se había marchado a casa directamente. Yo no lograba desprenderme de una profunda sensación de desagrado. Tardó mucho en desaparecer. Mi corazón no se calmaba hiciera lo que hiciese. No me entretenía con nada, ni con la lectura ni con la música. Algo oscuro me revolvía el estómago. No podía concentrarme en nada. Me sentía como si me hubiera tragado un bicho apestoso. Me tumbé en la cama y me miré el puño. Pensé en mi soledad. Odié aún con más intensidad al tipo que había despertado en mí semejante sentimiento.

»A partir del día siguiente, hizo todo lo posible por ignorarme. Actuaba como si no existiera y, como de costumbre, seguía sacando las mejores notas. Nunca más volví a esforzarme como con el examen de inglés. Me parecía inútil. Competir en ese terreno me aburría. Estudié lo justo para no suspender y me dediqué a las cosas que me gustaban. Mientras tanto, seguí con el entrenamiento en el gimnasio de mi tío. Me dedicaba a ello con entusiasmo. Al final, alcancé un considerable nivel para un estudiante de secundaria. Sentía los cambios en mi cuerpo, los hombros más anchos, el pecho, los brazos más fuertes, la carne de las mejillas tensa. Pensaba que así me convertiría en un adulto. Era una sensación maravillosa. Cada noche me plantaba desnudo frente al espejo del lavabo. Me divertía contemplar mi cuerpo.

»Cuando terminó el curso, Aoki y yo dejamos de ir juntos a la misma clase. Me sentí aliviado, alegre solo por no tener que ver su cara todos los días. Supuse que a él le ocurría lo mismo, que gracias a eso mi desagradable recuerdo terminaría por borrársele. Las cosas, sin embargo, no fueron tan sencillas. En realidad esperaba el momento de vengarse. A menudo las personas orgullosas son vengativas. Él lo era. No era de los que se olvidan de algo fácilmente si han sufrido una humillación. Solo esperaba el momento de atraparme por la pierna, de no dejarme escapar.

»Íbamos al mismo instituto, pues pertenecía al mismo centro privado que la escuela secundaria. Cada año cambiaban los compañeros de clase, pero Aoki y yo no volvimos a coincidir hasta el último año. Cuando volví a ver su cara, sentí el mismo desagrado. No me gustaba su mirada y nada más toparme con ella, regresó de inmediato esa sensación de pesadez en el estómago. Era un mal presagio.

Ozawa se calló y durante unos instantes se quedó pensativo mirando la taza de café que tenía enfrente. Al poco rato, levantó la cara, sonrió ligeramente y me miró. Oí el ruido atronador de un avión al otro lado de la ventana. Un Boeing 737 se ocultó en un instante tras las nubes y desapareció sin más. Ozawa siguió hablando.

—El primer semestre transcurrió en paz y tranquilidad. Aoki no había cambiado en absoluto. Hay un tipo de persona que ni avanza ni retrocede. Hacen siempre lo mismo, de la misma manera. Sus notas eran de las mejores y seguía siendo uno de los más populares de la clase. Digamos que había captado a la perfección el truco de la vida, pero para mí solo era un tipo desagradable. Tanto él como yo nos esforzábamos por no cruzar nuestras miradas. Es muy molesto tener que compartir un espacio en clase con una persona con la que se tiene tan mala relación, pero no me quedaba más remedio que aguantar, porque parte de la culpa era mía.

»Pronto llegaron las vacaciones de verano, las últimas que disfrutábamos como estudiantes de instituto. Mis notas no estaban mal y, con un poco de esfuerzo, podría entrar en una buena universidad. Preparaba las clases del día siguiente y después lo repasaba todo. Mis padres no me exigían demasiado, de manera que el sábado y el domingo iba a entrenar al gimnasio y después leía o escuchaba un disco. El resto de mis compañeros, por el contrario, tenían ojeras. Para nuestro instituto, el objetivo fundamental era preparar a conciencia el acceso a la universidad. Los profesores se felicitaban o se disgustaban en función de cuántos alumnos lograban entrar en universidades de prestigio o del puesto en el que quedaba el instituto según las matriculaciones. Al llegar al último curso, los estudiantes sufrían una considerable presión y el ambiente general era muy tenso, un ambiente que me disgustaba profundamente. Nunca me gustó y jamás llegué a sentirme cómodo allí. No tuve un solo amigo íntimo en todo ese tiempo. Los únicos con quienes mantuve una relación decente durante esa época fueron mis conocidos del gimnasio. La mayoría eran mayores que yo y ya trabajaban. A pesar de la diferencia de edad y de vida, me divertía con ellos. Cuando terminábamos de entrenar, íbamos a tomar una cerveza y hablábamos de muchas cosas. Eran completamente distintos a mis compañeros de clase, como también lo eran nuestras conversaciones. Con ellos me sentía relajado, aprendía muchas cosas. No dejo de preguntarme cómo habría sido de no haber practicado boxeo, de no haber ido al gimnasio de mi tío. Probablemente me habría convertido en un solitario sin remedio, y al pensarlo ahora aún me estremezco.

»Durante las vacaciones sucedió algo terrible. Uno de mis compañeros se suicidó. Se llamaba Matsumoto. Era un chico discreto. Más que eso era un chico que pasaba inadvertido. Cuando me dijeron que había muerto, apenas pude recordar su cara. A pesar de estar en la misma clase, creo que solo llegamos a hablar en un par de ocasiones. Me acordaba de que era un chico delgado, siempre pálido. Se suicidó antes del quince de agosto. Me acuerdo bien porque su funeral y el día de conmemoración del final de la guerra coincidieron. Hacía mucho calor. Llamaron a casa para darme la noticia y pedirme que asistiera con los demás al funeral. Fuimos todos. Se había suicidado tirándose a las vías del metro. No se sabía por qué. Dejó algo parecido a una carta de despedida, pero en ella solo había escrito que no quería ir más al instituto. Sobre la razón exacta, no decía nada. Al menos eso fue lo que nos contaron.

»Como es lógico, los responsables del instituto se inquietaron mucho. Después del funeral, el director reunió a todos los estudiantes del mismo curso para dirigirse a ellos. No dijo más que vaguedades, como lo mucho que lamentaban su muerte, que debíamos cargar juntos con el peso de lo ocurrido, superar la tristeza y dedicarnos al estudio aún con más ahínco... Cosas así.

»Después reunieron solo a los de nuestra clase. El tutor y el subdirector nos dijeron que si había alguna causa directa en relación con el suicidio de Matsumoto, debíamos corregirla. Si alguien sabía algo, debía hablar. Nos quedamos todos callados. Nadie dijo una palabra.

»Sus palabras no me preocuparon especialmente. Lo sentía mucho por Matsumoto, desde luego. No tenía por qué haber muerto de esa manera tan espantosa. Si no le gustaba el instituto, con dejarlo hubiera sido suficiente. En cualquier caso, en tan solo seis meses se acababa aquello. ¿Por qué tuvo que suicidarse? No lo entendía. Lo atribuí a una especie de neurosis o algo así. No era extraño volverse loco, porque día y noche solo se hablaba del acceso a la universidad.

»Al empezar el curso después de las vacaciones noté un ambiente extraño en clase. Todos se mostraban fríos e indiferentes conmigo. Por alguna razón, cuando me dirigía a los demás me contestaban con monosílabos. Al principio pensé que eran imaginaciones mías, que todos estábamos nerviosos y no hice demasiado caso. Al cabo de cinco días, el profesor me llamó a su despacho. Me preguntó si era verdad que practicaba boxeo. Le dije que sí. La práctica del boxeo no infringía ninguna regla. Me preguntó desde cuándo entrenaba. Desde secundaria, le expliqué. Me preguntó entonces si era cierto que le había dado un puñetazo a Aoki entonces. No pude negarlo. Después quiso saber si había sido antes de empezar con el boxeo o después. Después, confesé, aunque aclaré que fue muy al principio, cuando aún no me había puesto los guantes. Mi explicación no pareció importarle. Me preguntó si había pegado a Matsumoto. Me quedé perplejo. Apenas había hablado con él. ¿Cómo iba a pegarle entonces? ¿Por qué razón?

»Al parecer, alguien le pegaba a menudo, según me explicó el profesor con gesto serio. Se iba a casa muchos días lleno de magulladuras en la cara y en el cuerpo. Fue su madre quien lo denunció. Alguien le chantajeaba y le pegaba, pero él nunca dijo quién. Tal vez pensó que si le acusaba, la cosa empeoraría aún más. No supo qué hacer y terminó por suicidarse. Estaba solo, no podía contárselo a nadie. Los responsables del instituto buscaban al culpable. Si yo sabía algo, me dijo, debía hablar con total sinceridad. Así se podría solucionar el asunto pacíficamente. En caso contrario, la policía tendría que hacerse cargo. Me preguntó si entendía bien lo que eso significaba.

»Enseguida comprendí que Aoki estaba detrás. Utilizaba la muerte de Matsumoto para sus fines. No creo que hubiera dicho ninguna mentira. No le hacía falta. De algún modo se había enterado de que yo practicaba boxeo. Después supe que alguien chantajeaba a Matsumoto y, a partir de ahí, lo que tenía por delante era sencillo, como sumar uno más uno. Con decirle al profesor que yo era boxeador y que hacía tiempo le había dado un puñetazo era suficiente. Me imagino que exageró por aquí y por allá donde le convenía. Debió de decir que si no se lo había contado a nadie hasta ese momento, era porque yo le amenazaba. No creo que llegara al extremo de acusarme de nada grave para no quedar en evidencia si indagaban un poco y se demostraba que sus acusaciones se revelaban falsas. Aoki era muy cauto cuando se trataba de ese tipo de cosas. No tenía más que exponer los hechos crudos sin apenas añadir nada. Así logró crear una atmósfera en la que yo aparecía como implicado. Conocía bien sus artes.

»El profesor me consideraba culpable sin paliativos. En general, los profesores tienden a considerar a los boxeadores chicos malos. Encima, yo no era un estudiante al que tuvieran en especial consideración. Tres días más tarde, la policía me llamó a declarar. Sin necesidad de entrar en detalles, puedo decir que para mí supuso una verdadera conmoción. No había ningún fundamento para hacerlo. No tenían pruebas, no se guiaban por nada más que rumores. Estaba deprimido, rabioso. Nadie me creía. El profesor, que se suponía que debía mantener una posición ecuánime, ni siquiera me protegió. En comisaría, el interrogatorio fue sencillo. Les expliqué que apenas había hablado con Matsumoto. Era cierto que había pegado a un compañero llamado Aoki, confesé, pero era una de esas peleas tontas que se dan en todas partes y después de eso no había vuelto a causar problemas. El policía a cargo de la investigación me explicó que corría el rumor de que era yo quien pegaba a Matsumoto. "¡Eso es mentira!", le dije. Alguien hacía correr rumores sobre mí con mala intención. La policía no podía hacer nada más. No tenían nada en lo que sustentarse. Solo habladurías.

»Sin embargo, la noticia de que la policía me había llamado a declarar corrió como la pólvora por todo el instituto y el ambiente se enrareció aún más. El hecho de ir a comisaría fue decisivo. Todo el mundo entendió que solo por haberme llamado existía una sospecha razonable. Estaban convencidos de que yo era el culpable. Ignoro la clase de historias que circulaban por ahí, lo que Aoki contaba a los demás. No quería saberlo, pero imagino que eran cosas terribles. Fuera como fuese, nadie me hablaba. Parecían haber llegado a un pacto de silencio. Creo firmemente que lo tenían. Nadie me dirigía la palabra. Si tenía que decir algo a alguien, no obtenía respuesta. Compañeros con los que había mantenido una buena relación hasta ese momento, ya no se acercaban a mí. Me evitaban como a un apestado. Ignoraban mi existencia.

»No fueron solo mis compañeros. Incluso los profesores me evitaban. Pasaban lista y me llamaban por mi nombre, pero nada más, ni siquiera cruzaban sus miradas con la mía. Nunca me preguntaban nada. Lo peor era la hora del deporte. No podía entrar en ningún equipo cuando jugábamos a algo, nadie formaba pareja conmigo y el profesor de gimnasia no se tomó la molestia de echarme una mano. Iba a clase en silencio, recibía las clases en silencio y en silencio volvía a casa. Así un día detrás de otro. Fue una época horrible. Al cabo de dos o tres semanas empecé a perder el apetito. Adelgacé e incluso padecí insomnio. Me metía en la cama y empezaban las palpitaciones. Me venían a la mente todo tipo de imágenes que me impedían conciliar el sueño. Cuando estaba despierto siempre andaba distraído, hasta el punto de no distinguir la vigilia del sueño.

»Empecé a faltar al entrenamiento. Mis padres se preocuparon y empezaron a preguntarme qué me ocurría. ¿Qué les iba a decir? Nada, no podía decir nada, solo que estaba cansado. ¿Cómo se lo habrían tomado si se lo hubiera contado? No podían hacer nada. Después de clase, me encerraba en mi cuarto sin otra cosa que hacer aparte de mirar el techo. Imaginaba muchas cosas. La mayoría de las veces me veía a mí mismo pegándole una paliza a Aoki. Le decía a la cara lo que de verdad pensaba de él, que era basura. No paraba de darle golpes. Ya podía llorar y gritar que le perdonase todo lo que quisiera, que yo no paraba hasta dejarle la cara hecha papilla. Sin embargo, al cabo de un rato empezaba a sentirme mal. Al principio todo iba bien, solo recibía lo que se merecía, pero poco a poco empezaba a sentir náuseas y, a pesar de todo, no era capaz de parar. Miraba al techo y ahí estaba su cara mientras yo le atizaba. En poco tiempo no era más que una masa sanguinolenta que me provocaba una violenta vomitona. No sabía qué hacer.

»Pensé también en la posibilidad de proclamar mi inocencia ante todos. De haber hecho algo que mereciera un castigo, exigía ver las pruebas. Si no las había, quería que acabasen de una vez por todas con el castigo. Sin embargo, tenía el presentimiento de que nadie me creería y no quería presentarme con una excusa frente a todos los que habían creído a Aoki a pies juntillas. Hacer eso hubiera sido tanto como hacerle llegar el mensaje de que me rendía. No podía darle a entender que le situaba en mi mismo nivel. No tenía alternativa, por tanto. No podía pegarle, castigarle, tampoco convencer a los demás. Mi única opción era la de aguantar en silencio. Solo quedaban seis meses de clase. Pasado ese tiempo ya no tendría necesidad de volver a ver a nadie. Mi única opción era la de aguantar sumido en un silencio total, pero no siempre me sentía capaz de resistir. Ni siquiera confiaba en aguantar un mes. Tachaba los días del calendario a medida que pasaban. El final del día era el único momento de alivio.

»Estuvieron a punto de aplastarme, y si un día no hubiera coincidido con Aoki en el mismo tren por pura casualidad, tal vez no lo habría resistido. Solo más adelante llegué a darme cuenta de lo realmente cerca que había estado de la zona de peligro.

»Me recuperé a duras penas de aquella situación infernal más o menos al cabo de un mes. El tren en el que coincidí con Aoki iba tan atestado de gente que apenas podíamos movernos. Vi su cara cerca de la mía, tras el hombro de alguien. Entre nosotros habría dos o tres personas. Estábamos el uno frente al otro. También él me vio. Nos miramos un buen rato. Debía de tener un aspecto horrible, estoy seguro. Aparte de no dormir bien, padecía algo así como un principio de neurosis. Quizá por eso me miró con un profundo desprecio, como si se alegrase de mi sufrimiento. Yo, por mi parte, sabía que todo respondía a una maniobra suya y él era muy consciente de ello. Nos miramos con hostilidad, pero al hacerlo me invadió un extraño sentimiento. Nunca había sentido algo así. Estaba furioso con él, le odiaba hasta tal extremo que habría podido acabar con él, pero lo que sentí en aquel tren estaba más allá del odio y de la furia. Era algo más cercano a la lástima. Me preguntaba cómo podía sentirse orgulloso o triunfante por algo tan insignificante como lo que me pasaba. Al pensarlo así, me invadió una profunda tristeza. Comprendí que ese chico quizá nunca entendiera el significado de la verdadera alegría, del verdadero orgullo. Hay gente que carece de profundidad. No digo que yo la tenga. Solo que resulta esencial tener la capacidad de darse cuenta. La gente como él ni siquiera tiene eso. Llevan una vida monótona, vacía. Por mucho que llamen la atención de los demás, por mucho que se muestren triunfantes, solo es una máscara tras la cual no hay nada.

»Empecé a mirarle más tranquilo a medida que reflexionaba sobre todas esas cosas. No quería pegarle, me daba igual su existencia, me resultaba tan indiferente que incluso me sorprendía. A partir de ese momento, tomé la firme decisión de soportar el vacío durante cinco meses más. Podía hacerlo. Aún quedaba orgullo dentro de mí. Un tipo como Aoki no podía someterme, no me iba a hacer caer de rodillas.

»Le miraba sin dejar de pensar en todas esas cosas y así estuvimos mucho tiempo. También él debió de pensar que si desviaba la mirada saldría derrotado. Ninguno de los dos lo hicimos hasta que el tren llegó a la siguiente estación, pero al final sus ojos empezaron a temblar casi imperceptiblemente, lo suficiente para percatarme. Lo vi enseguida. Eran los ojos de un boxeador incapaz de mover más los pies. Él creía hacerlo, pero en realidad no lo hacía. No se daba cuenta de lo que ocurría. Sentía que lo hacía, pero sus pies estaban quietos, y cuando eso sucede, los hombros dejan de moverse con fluidez y se pierde la fuerza del golpe. Sus ojos me lo decían. También él debió de sentir algo raro aunque no supiera bien qué era.

»A partir de ese día me recuperé. De noche dormía profundamente, comía bien y volví a los entrenamientos sin faltar a ninguno. No podía perdérmelos, pero no para prepararme y vencer a Aoki, sino porque no podía perder el tren de mi vida. No iba a dejarme vencer con tanta facilidad por un tipo al que menospreciaba o por las cosas que me suponían una afrenta. Aguanté los cinco meses. No crucé una sola palabra con nadie. Me convencí de que no estaba equivocado. Eran los demás quienes estaban equivocados. Iba al instituto sacando pecho y salía de allí con el mismo gesto. Cuando me gradué, me matriculé en una universidad de Kyushu. Allí lejos, no volvería a encontrarme con ningún conocido de esa época.

Llegado a ese punto de su relato, Ozawa respiró profundamente y me preguntó si quería otro café. Rechacé su ofrecimiento. En poco rato me había tomado tres.

—Cuando uno vive una experiencia así, cambia por fuerza —continuó—. Las cosas cambian a mejor y también a peor. Si me fijo en las positivas, me doy cuenta de que después de aquello me convertí en una persona paciente, muy paciente. Comparadas con aquellos seis meses, las situaciones difíciles que he vivido después no tienen nada que ver. Me sentía capaz de superar pruebas duras, dolorosas. También me hice más sensible ante el dolor de los demás. Algo fundamental gracias a lo cual hice buenos y verdaderos amigos. Sin embargo, también está la parte negativa. Ya no confío del todo en la gente. No se trata de odio o rencor. Tengo mujer e hijos. Formamos una familia y nos protegemos los unos a los otros. Sin confianza, construir una relación así es imposible, pero, de todos modos, me pregunto que pasará si a pesar de llevar una vida tranquila y pacífica, ocurriese algo, si la maldad volviera a atacarme y poner todo patas arriba, qué pasaría aunque tenga una familia feliz y esté rodeado de buenos amigos. La posibilidad de que un buen día nadie crea lo que decimos es muy real. Es algo que sucede de improviso, en unas horas. No puedo evitar pensarlo. Lo que ocurrió entonces terminó en seis meses, pero si vuelve a ocurrir algo parecido, no tengo forma de saber cuánto podría durar, cuánto tiempo resistiría. No tengo la suficiente confianza en mí mismo. A veces tengo miedo. A veces me despierto sobresaltado en plena noche por alguna pesadilla y despierto a mi mujer. Se me saltan las lágrimas y tengo que abrazarme a ella. Me puedo pasar una hora entera sin dejar de llorar. El miedo me resulta insoportable.

Se quedó callado y contempló las nubes al otro lado de la ventana. No se movían. El cielo estaba cubierto, pesado, como si lo ocultara una inmensa tapa. Cualquier rastro de color de la torre de control, de los aviones, de los vehículos que se movían por las pistas, de las escalerillas para subir y bajar a los aviones o de los uniformes de los trabajadores eran absorbidos por las sombras proyectadas por las nubes.

—No temo a la gente como Aoki. Tipos así los hay en todas partes. Me resigno a su existencia. Cuando me encuentro con alguno, trato de alejarme pase lo que pase. Huyo en dirección contraria. No me resulta difícil. Los distingo a la primera. No puedo negar que en cierto sentido admiro su talento, su capacidad para saber esperar el momento oportuno para lograr algo, de captar al vuelo las oportunidades, de comprender los sentimientos de los demás y conducirlos por donde les interesa. No todo el mundo tiene esa habilidad. La admiro, pero me repugna hasta tal extremo que me provoca náuseas. Sin embargo, no puedo negar que se trata de una habilidad.

»Lo que me da miedo de verdad es la gente que acepta sin más, sin el más mínimo atisbo de crítica, las historias de un tipo como Aoki y se las cree tal cual. Esa gente se mueve en masa de un sitio para otro en función de lo que le digan. No aportan ni entienden nada. No aceptan que pueden estar equivocados. No son conscientes del daño gratuito y definitivo que le pueden infligir a otra persona. No asumen la responsabilidad por sus actos. A quienes temo de verdad es a ese tipo de personas. Se me aparecen en sueños, en silencio, sin rostro. Ese silencio termina por infiltrarse por todos los rincones como el agua fría y todo se disuelve. También yo me disuelvo, y por mucho que grite, nadie me escucha.

Ozawa sacudió la cabeza.

Esperé para escuchar lo que tuviera que decir a continuación, pero la conversación terminó ahí. Juntó las manos sobre la mesa y se quedó callado.

—Aún es temprano, ¿pero no le apetece una cerveza?

—Sí.

Me apetecía mucho.

El elefante desaparece

Supe por el periódico que el elefante de la ciudad había desaparecido de su recinto. El despertador había sonado a las 6.13 de la mañana, como todos los días. Fui a la cocina para preparar café, hice unas tostadas, sintonicé una emisora FM en la radio y extendí el periódico de la mañana sobre la mesa mientras me comía la tostada. Acostumbro a leer el periódico desde la primera página, por lo que tardé un tiempo considerable en llegar a la noticia del elefante. La primera página publicaba un artículo sobre las tensiones comerciales con Estados Unidos, luego había otros sobre la SDI, sobre política nacional, internacional, economía, una tribuna libre, una crítica literaria, varios anuncios de agencias inmobiliarias, titulares de deportes y, en un rincón, una llamada a las noticias locales.

El artículo sobre la desaparición del elefante abría la sección local: ELEFANTE DESAPARECIDO EN UN DISTRITO DE TOKIO, decía. Más abajo, el subtítulo, en un cuerpo más pequeño, continuaba: «Se extiende la inquietud entre los ciudadanos, que exigen responsabilidades». Publicaba una foto en la que se veía a un grupo de policías investigando dentro del recinto del elefante. Sin su ocupante, la imagen de la jaula resultaba poco natural, como un gigante disecado al que le hubieran quitado los intestinos.

Sacudí las migas de pan que habían caído encima del periódico y leí atentamente el artículo. Al parecer, la gente había notado su ausencia el 18 de mayo, es decir, el día antes, sobre las dos de la tarde. El encargado de suministrar la comida llegó con el camión, como de costumbre, y se dio cuenta de que el recinto estaba vacío. (La dieta principal del animal eran los restos de la comida de los niños de un colegio público de los alrededores.) Los grilletes de hierro de sus patas tenían la llave puesta, como si él mismo se los hubiera quitado. No solo había desaparecido él, también su cuidador.

Según el artículo, la última vez que los habían visto fue el día antes (el 17 de mayo) pasadas las cinco de la tarde. Había ido un grupo de cinco niños del colegio a dibujar el elefante y se marcharon a esa hora. Fueron los últimos en verlo a él y al cuidador. Nadie más los vio después. El personal del zoo cerró el acceso al recinto a las seis y ya no entró nadie más.

Nadie observó nada anormal, ni en el elefante ni en su cuidador. Al menos eso dijeron los niños. El elefante estaba en mitad del recinto tan tranquilo como de costumbre. De vez en cuando balanceaba la trompa a izquierda y derecha y entornaba sus ojos rodeados de arrugas. Estaba tan viejo que le costaba moverse, y quienes lo veían por primera vez sentían que en cualquier momento podía derrumbarse, dejar de respirar.

Si lo habían acogido allí era, precisamente, por su avanzada edad. Cuando el zoo de las afueras tuvo que cerrar por problemas económicos, distribuyeron a los animales en otros zoológicos del país gracias a la mediación de un hombre que se dedicaba a importar animales salvajes. Pero ese elefante en concreto era tan anciano que nadie lo quería. Todo el mundo tenía su elefante y nadie disponía de recursos suficientes para hacerse cargo de un ejemplar que podía morir en cualquier momento de un ataque al corazón. Así las cosas, el animal se quedó solo en aquel lugar arruinado cerca de cuatro meses sin hacer nada, aunque tampoco antes hacía gran cosa.

Tanto para el zoológico como para el distrito, la situación se convirtió en un quebradero de cabeza. El zoo ya había vendido el suelo a un promotor inmobiliario que tenía previsto construir bloques de pisos y contaba con la autorización pertinente. Cuanto más se prolongaba el problema del elefante, más intereses debía pagar el zoo sin poder hacer nada para remediar la situación. Tampoco podía matarlo sin más. De haber sido un mono araña o un murciélago, lo habría hecho, pero matar a un animal de esas dimensiones hubiera llamado la atención, y de descubrirse la verdad, se habría convertido en un verdadero problema. Las tres partes implicadas en el asunto decidieron reunirse para discutir y llegar a un acuerdo.

1. El distrito acogería al animal sin coste alguno.

2. El promotor cedería un terreno gratuito donde alojarlo.

3. La empresa administradora del zoológico pagaría el sueldo del cuidador.

Tal fue el acuerdo alcanzado entre las tres partes hacía ya un año.

Desde el primer momento tuve un interés personal en el asunto del elefante. Recortaba todos los artículos que publicaba el periódico e incluso asistí a una reunión municipal donde se discutió el tema. Por eso puedo explicar con exactitud todo lo ocurrido. Tal vez resulte un poco largo, pero si lo expongo aquí es porque puede que todo esto guarde relación con su desaparición.

Cuando el alcalde cerró el acuerdo y asumió que el distrito se haría cargo, la oposición estuvo en total desacuerdo (hasta ese momento yo ni siquiera sabía que existía un partido de la oposición en el ayuntamiento). «¿Por qué tenemos que hacernos cargo del elefante?», le interpelaron. Expusieron una serie de argumentos (pido disculpas por incluir todos estos listados, pero creo que así se entenderá mejor).

1. Se trata de un problema entre empresas privadas, la del promotor inmobiliario y la que gestiona el zoológico. Por tanto, no hay ninguna razón para que el ayuntamiento deba inmiscuirse en ello.

2. El cuidado y el mantenimiento iban a resultar demasiado costosos.

3. ¿Cómo iban a hacer frente a los problemas de seguridad?

4. ¿Qué beneficio obtenía la ciudad por hacerse cargo del animal?

«Antes de cuidar un elefante, ¿no tiene la ciudad otras prioridades, como la de mantener el sistema de aguas residuales o adquirir nuevos vehículos para el parque de bomberos?» No lo dijeron claramente, pero insinuaron acuerdos más o menos oscuros entre las empresas y el alcalde. En respuesta a todo ello, el alcalde hizo una declaración:

1. Si la ciudad autoriza la construcción de bloques de pisos, los ingresos derivados de los impuestos crecerán notablemente y, por tanto, los costes derivados del cuidado del elefante no supondrán ningún problema. Implicar a la ciudad en la solución de este problema es un acto de responsabilidad.

2. Se trata de un animal viejo y su apetito disminuye deprisa. La posibilidad de que suponga un peligro para alguien es ínfima.

3. Cuando muera, el terreno ofrecido por el promotor pasará a ser propiedad de la ciudad.

4. El elefante se convertirá en el símbolo del distrito y de la ciudad.

Tras largos debates, se tomó la decisión de acoger al elefante. Como era un viejo distrito eminentemente residencial, la mayor parte de sus habitantes vivía sin estrecheces y la situación financiera de las arcas municipales estaba más que saneada. Además, acoger a un viejo elefante que no tenía adónde ir despertaba la simpatía de la gente. Sin duda, todo el mundo se decanta antes por los elefantes viejos que por los sistemas de aguas residuales o incluso por los coches de bomberos.

Yo también estaba a favor. No me gustaban nada esos edificios altos de viviendas que construyen por todas partes, pero sí la idea de que el distrito donde vivía tuviera su elefante particular.

Se despejó una zona arbolada y el viejo gimnasio del colegio público se habilitó como recinto para el animal. El hombre que había estado a su cargo en el zoológico durante muchos años se mudó a una casa contigua. También se decidió aprovechar las sobras de la comida de los niños del colegio para alimentar al animal. Al fin lo trasladaron en camión desde el antiguo zoológico hasta su nueva casa, donde pasaría los años que le quedaban de vida.

Asistí a la ceremonia de inauguración de la nueva residencia del elefante. Delante de él, el alcalde pronunció su discurso (sobre el desarrollo de la ciudad y la mejora de las infraestructuras culturales); un niño, en representación de todos los alumnos del colegio, leyó unas palabras («Elefante, te deseamos una vida larga y apacible», algo así); se convocó un concurso de dibujo (después de lo cual dibujar al elefante se convirtió en una materia más en la formación plástica de los niños) y dos chicas jóvenes con vestidos ligeros (ninguna de ellas era especialmente guapa) le acercaron dos grandes racimos de plátanos. El elefante soportó aquella ceremonia insignificante (como poco, totalmente insignificante para él) y se comió los plátanos con una mirada tan ausente que más bien parecía no ser consciente de nada. Cuando se los terminó, la gente aplaudió. El animal llevaba una gran anilla de hierro en su pata trasera derecha enganchada a una cadena de casi diez metros, que estaba fijada en el otro extremo a una resistente base de hormigón. A primera vista se veía que el grillete y la cadena eran muy sólidos, irrompibles por mucho que el elefante se empeñara en liberarse de ellos durante los siguientes cien años. No hay forma de saber si le preocupaba el grillete, pero aparentemente ni se inmutaba por aquella masa de hierro que rodeaba su pata. Miraba un punto en el vacío con sus ojos distraídos. Si soplaba el viento, se le mecían las orejas y el pelo canoso.

Su cuidador era un anciano delgado, de baja estatura y edad indefinida. Podía estar en la primera mitad de los sesenta o ya entrado en los setenta. A algunas personas la edad deja de afectarles a partir de cierto momento en su vida. Él era uno de ellas. En verano o en invierno, siempre estaba moreno. Tenía el pelo fuerte, corto, los ojos pequeños, ningún rasgo peculiar, como mucho, unas orejas grandes y redondas que destacaban en su cara pequeña.

No tenía un carácter seco y, cuando alguien se dirigía a él, contestaba con cortesía. Podía incluso resultar simpático, aunque siempre se apreciaba en él cierta rigidez. Normalmente era un anciano callado y solitario que parecía gustar a los niños. Se esforzaba en ser amable con ellos, si bien nunca llegaban a establecer una relación de verdadera confianza.

El único que confiaba en él de verdad era el elefante. Dormía en una caseta prefabricada a su lado, se hacía cargo de él de la mañana a la noche, mantenían una relación estrecha que duraba ya más de diez años y bastaba verlos juntos para comprender que compartían una gran intimidad. Si el hombre quería que se moviese, no tenía más que ponerse a su lado, darle un ligero golpe en la pata delantera y susurrarle algo a la oreja. El elefante obedecía. Se movía despacio hasta donde le había indicado y, una vez allí, volvía a dejar la mirada perdida como antes.

Acostumbraba a ir los fines de semana para contemplar al animal y su relación con el anciano, pero no llegaba a entender del todo cómo se comunicaban entre sí, en qué principio se sustentaba su comunicación. Tal vez el animal entendiera unas cuantas palabras (al fin y al cabo había vivido muchos años), o tal vez era por el modo de golpearle las patas. Quizá tuviera un don, algo parecido a la telepatía, y así se entendía con su cuidador.

En una ocasión se lo pregunté al anciano. Se rió. «Son muchos años de relación», me dijo. Nada más.

Pasó un año sin que ocurriese nada especial. Al cabo de ese tiempo, el elefante desapareció sin más.

Mientras me tomaba el segundo café de la mañana, volví a leer desde el principio el artículo del periódico. Era extraño, del tipo que Sherlock Holmes hubiera comentado mientras golpeaba su pipa: «Lea esto, doctor Watson. Un artículo interesante».

Lo que producía esa extrañeza era la evidente confusión y perplejidad del periodista que lo había redactado. Una confusión que nacía de lo absurdo de la situación. El periodista quería evitarla por todos los medios, se notaba, pero no lo lograba en absoluto.

Decía, por ejemplo: «el elefante se escapó», pero estaba claro que no se había escapado, sino que había desaparecido. Ponía de manifiesto sus dudas al asegurar que había «aspectos aún por aclarar». Para mí no era la clase de asunto que se pudiera abordar con palabras como «aspecto» o «aclarar». En primer lugar, estaba la cuestión del grillete de hierro. Estaba en el recinto con la llave echada. La deducción inmediata era que el cuidador se lo había quitado, lo había vuelto a cerrar y había huido con él. (El periodista también contemplaba esa posibilidad.) Sin embargo, la principal pega a esa teoría era que el cuidador no tenía la llave del grillete. Solo había dos copias y, por motivos de seguridad, una estaba en la caja fuerte de la policía y la otra en la caja fuerte de los bomberos. Era prácticamente imposible que el cuidador o alguna otra persona hubiera podido robarla, y aun en el caso de haberlo logrado, no tenían ninguna necesidad de dejarla otra vez en la caja fuerte. En el transcurso de la investigación se descubrió que ambas llaves estaban en su sitio. Eso quiere decir que el elefante se liberó sin la llave, algo imposible a menos que le hubieran cortado la pata con una sierra.

La segunda incógnita era el recorrido de la huida. El recinto estaba cerrado con una sólida valla de tres metros de altura. Como la seguridad había sido uno de los principales temas de discusión, las autoridades habían dispuesto un sistema de protección excesivo a todas luces para un viejo elefante. La valla estaba construida sobre una base hormigón y cerrada con postes de acero (el promotor inmobiliario, por supuesto, asumió el coste de su construcción), y solo disponía de una entrada cerrada con candado. Era imposible escapar con semejante valla, que parecía una fortaleza.

Tercera incógnita sin resolver: las huellas. En la parte trasera del recinto había una abrupta colina por la que resultaba imposible subir. Si el elefante había logrado zafarse del grillete de algún modo y saltar la valla, solo le quedaba la opción de huir por el camino de enfrente, y allí no había nada que se pareciera a la huella de un elefante.

De acuerdo con aquel artículo de prensa inundado de confusión y retórica solo había una conclusión posible: el elefante no se había escapado, había desaparecido.

No hace falta decir que ni la policía, ni el periódico ni el alcalde estaban dispuestos a admitirlo bajo ningún concepto. El portavoz de la policía afirmaba que lo habían robado en una operación muy sofisticada o que alguien le había ayudado a escapar. En ningún caso cejaba en su optimismo en cuanto a la pronta resolución del caso: «Si tenemos en cuenta la evidente dificultad de ocultar un elefante, este incidente se resolverá en poco tiempo». La policía tenía previsto llevar a cabo una batida por colinas y montañas con la colaboración de las asociaciones de vecinos, de cazadores e incluso con la de los francotiradores de las Fuerzas de Autodefensa.

El alcalde convocó una rueda de prensa en la que pidió disculpas por los fallos en el sistema de seguridad. (La nota sobre la rueda de prensa se publicó en la sección nacional del periódico, no en la local.) Al mismo tiempo enfatizó: «El sistema de seguridad para la vigilancia y control del elefante era el mismo que el de cualquier zoológico del país e incluso más sofisticado de lo exigido por la normativa». También añadió: «Se trata de un atentado contra la sociedad, un acto de maldad imperdonable».

El partido de la oposición volvió a repetir lo mismo que un año antes: «Exigimos responsabilidades al alcalde que ha involucrado de manera irresponsable a los ciudadanos en este asunto y ha urdido un plan siniestro con empresas privadas».

Una madre (treinta y siete años) intervino muy inquieta: «No podemos dejar que nuestros hijos salgan a jugar a la calle».

El periódico daba todo tipo de detalles respecto a las razones que llevaron a las autoridades de la ciudad a decidirse por acoger al elefante. Publicó además un plano detallado del recinto donde había estado alojado y algo así como una cronología de la vida del elefante y su cuidador, desaparecido con él. (Se llamaba Noboru Watanabe. Setenta y tres años.) Oriundo de Tateyama, en la prefectura de Chiba, trabajó como cuidador de diferentes mamíferos en el zoológico durante muchos años y era digno de la plena confianza de sus jefes dado su «conocimiento íntimo del animal, así como por su carácter afable y honesto». El elefante, por su parte, había llegado de África oriental veintidós años antes. Su edad no estaba clara y su carácter aún menos. El artículo animaba a los ciudadanos a aportar cualquier información que pudiera ser de utilidad. Mientras me terminaba el segundo café, pensé en ello. Al final decidí no llamar a la policía. No quería tener nada que ver con ellos y tampoco me parecía que fueran a creer la información que podía ofrecerles. Decir algo a gente que no se tomaba en serio la desaparición del elefante hubiera sido inútil.

Alcancé el álbum de recortes de la estantería y pegué el artículo de ese día. Fregué las cosas del desayuno y me marché a la oficina.

En las noticias de las siete de la tarde vi las imágenes de la batida en busca del elefante. Cazadores armados con rifles de largo alcance y dardos tranquilizantes, soldados de las Fuerzas de Autodefensa, bomberos y policía, peinaban colinas y bosques cercanos vigilados de cerca por helicópteros que sobrevolaban la zona.

Por mucho que fueran colinas o bosques, eran los suburbios de Tokio, es decir, su extensión era más bien limitada. Con semejante despliegue humano y de medios, en un solo día podían peinar toda la zona. Además, no estaban buscando enanitos asesinos, sino un enorme elefante africano. Había un número limitado de lugares donde podía esconderse, pero, a pesar de todo, al caer la tarde no habían logrado dar con él. El jefe de policía hizo unas declaraciones a la televisión: «Seguiremos con la investigación». El reportero, por su parte, cerró la noticia diciendo: «Todo este asunto continúa rodeado de misterio. ¿Quién liberó al elefante? ¿Dónde lo han escondido? ¿Por qué?».

La investigación se prolongó varios días, sin resultado alguno. La policía no encontró una sola pista. Yo leía el periódico a diario hasta el último detalle. Recortaba todos los artículos que mencionaban algo relacionado con el asunto. Incluso recorté un manga que se publicó al poco tiempo sobre la desaparición del elefante. Mi álbum de recortes se llenó pronto y no me quedó más remedio que comprar otro. A pesar de lo mucho que se publicó, en ninguno se decía nada significativo. Ninguno de los artículos tenía sentido, eran incoherentes, superficiales. Decían cosas como: «Continúa desaparecido el elefante». «Los investigadores, sometidos a un fuerte estrés.» «Tras la desaparición podría ocultarse una organización secreta.»

Incluso los artículos de ese tipo empezaron a dejar de publicarse una semana después de la desaparición. Pasado ese tiempo, era difícil leer algo sobre el tema. Los semanarios publicaron algunas historias sensacionalistas y hubo quienes llegaron al extremo de contratar médiums en busca de explicaciones. Todo eso también se acabó. Todo el mundo pareció aceptar que era un enigma imposible de resolver. La desaparición de un elefante viejo junto con su cuidador no tuvo ninguna repercusión social. El planeta siguió girando al mismo ritmo, los políticos continuaron con sus vagas declaraciones, la gente bostezando camino de la oficina, los jóvenes estudiando para preparar sus exámenes. En ese infinito flujo y reflujo de la vida cotidiana, el interés por la desaparición de un elefante no podía durar para siempre. Pasaron los meses sin más, sin hechos destacados, como soldados que desfilan cansados al otro lado de una ventana.

Cada vez que tenía un momento libre me acercaba al recinto del elefante y contemplaba el espacio vacío dejado por su ausencia. La verja de hierro seguía cerrada con una gruesa cadena que impedía el paso. Desde la distancia pude ver que también en el interior, en el lugar donde se refugiaba el animal por la noche, había una cadena con un candado. Como si la policía quisiera resarcirse por su fracaso en la búsqueda del elefante multiplicando las medidas de seguridad en el recinto ahora vacío. Estaba desierto. Tan solo un grupo de palomas descansaba sobre el tejado. Nadie cuidaba del recinto y empezó a cubrirse con la hierba del verano, que parecía haber estado esperando esa ocasión. La cadena del recinto del elefante parecía una gran serpiente protectora vigilando un palacio arruinado en mitad de una selva. Unos pocos meses sin su inquilino imprimían al lugar una atmósfera de ruina, de desolación, como si su destino estuviera cubierto por una amenazante nube negra.

La conocí casi a finales de septiembre. Ese día llovió de la mañana a la noche. Una de esas lluvias finas y monótonas típicas de la época, que lavaba poco a poco el recuerdo del verano grabado en el suelo. La memoria entera de la estación parecía escaparse por los desagües hacia el río, para desembocar en el profundo y oscuro océano.

Nos conocimos en una fiesta organizada por la empresa con motivo del lanzamiento de una campaña publicitaria. Yo trabajaba entonces en la sección de publicidad y relaciones públicas de una gran compañía de componentes electrónicos y estaba a cargo de la publicidad de los electrodomésticos para la campaña de otoño y de Navidad. Mi responsabilidad era negociar con revistas femeninas la inclusión de artículos patrocinados. No era un trabajo que exigiera desarrollar una gran inteligencia, pero sí escribir más o menos bien para que los lectores no notasen el tufillo a publicidad. A cambio de la publicación de los artículos, nos anunciábamos en las revistas. En ese mundo todo se reduce al toma y daca.

Ella era redactora de una revista dirigida a mujeres jóvenes recién casadas. Vino a la fiesta para conocernos. Como estaba libre, le expliqué algunos detalles sobre neveras, cafeteras, microondas y licuadoras de distintos colores, creación de un famoso diseñador italiano.

—Lo más importante de todo es la unidad —le expliqué—. Por muy llamativo que sea el diseño, si no se integra en lo que le rodea no funciona. La unificación del color, del diseño y de las funciones es lo más importante para las cocinas actuales. Según varios estudios, las amas de casa pasan la mayor parte de su tiempo en la cocina. La cocina es su lugar de trabajo, su despacho. Su despacho y su cuarto de estar al mismo tiempo. Por eso se trata de convertirlo en un lugar cómodo. El tamaño es lo de menos. Grande o pequeña, los principios de una buena cocina son: simplicidad, funcionalidad y unidad. Esos son los conceptos que orientan el diseño de toda esta serie. Fíjese en estos fuegos, por ejemplo...

Ella asentía sin dejar de tomar notas en un cuaderno pequeño, pero su desinterés por aquellos fuegos y por el resto de las cosas era evidente, como el mío. Tan solo hacíamos nuestro trabajo.

—Sabe mucho sobre fogones —dijo ella cuando terminé, eligiendo esa palabra que me pareció muy antigua en lugar de cocina.

—Es mi trabajo —contesté con mi sonrisa profesional—. Además, me gusta cocinar. Cosas sencillas, pero cocino todos los días.

—¿De verdad hace falta unidad en los fogones?

—No son fogones, son cocinas —la corregí—. Parece un detalle insignificante, pero la empresa no quiere que usemos esa palabra para referirnos a las cocinas.

—Vaya, lo siento. En ese caso, ¿cree que es necesaria la unidad en la cocina? Me gustaría oír su opinión personal.

—Mi opinión personal no sale si no me quito la corbata —dije con una sonrisa—. Pero hoy haré una excepción. Creo que antes de la unidad hay otras cosas más importantes en una cocina, pero no son artículos en venta. En este mundo tan pragmático en el que vivimos, todo lo que no puede transformarse en un artículo de venta apenas cuenta para nada.

—¿De verdad cree que el mundo se organiza solo en función del pragmatismo?

Saqué el paquete de tabaco del bolsillo, me puse un cigarrillo entre los labios y lo encendí con el mechero.

—Es una forma de hablar, pero así se entienden muchas cosas y resulta más fácil trabajar. Es como un juego. Podemos darle otros nombres, como «pragmatismo esencial» o «esencial pragmatismo». Al pensar de ese modo me evito un montón de problemas.

—Un punto de vista interesante.

—No tanto. En realidad, todo el mundo lo piensa. Por cierto, tenemos un champán estupendo. ¿Quiere un poco?

—Gracias, me encantaría.

Mientras nos tomábamos una copa bien fría de champán, nos dimos cuenta de que teníamos conocidos comunes. Dado el reducido tamaño del mundillo donde nos movíamos, con tocar dos o tres hilos enseguida aparecían amistades compartidas. Por si fuera poco, mi hermana y ella se habían graduado por casualidad en la misma universidad. Las coincidencias ayudaron a que la conversación fluyera sin problemas.

Los dos éramos solteros. Ella tenía veintiséis años, yo treinta y uno. Ella llevaba lentillas, yo gafas. A ella le gustó mi corbata, a mí su chaqueta. Hablamos sobre lo caro que resultaba el alquiler de nuestros respectivos apartamentos, nos quejamos del trabajo, del sueldo. Intimamos. Era muy atractiva, nada avasalladora. Estuvimos de pie conversando unos veinte minutos y no encontré una sola razón para no sentir simpatía por ella.

Cuando la fiesta estaba a punto de terminar, la invité al bar del hotel para continuar a solas nuestra conversación cómodamente sentados. Al otro lado del ventanal se veía la lluvia silenciosa de principios de otoño. Tras la cortina de agua, las luces de la ciudad parecían enviar mensajes velados. El bar estaba casi vacío. Flotaba un silencio húmedo en el ambiente. Ella pidió un daiquiri helado, yo un whisky escocés con hielo.

Bebíamos y hablábamos de las cosas de las que hablan un hombre y una mujer cuando acaban de conocerse y de darse cuenta de que se gustan. Nos contamos cosas de la universidad, de la música que preferíamos, de deporte, de nuestras costumbres diarias.

Después le hablé del elefante. ¿Por qué surgió esa conversación? No sabría decirlo, no lo recuerdo. Creo que en relación con algo sobre los animales. A lo mejor quería darle mi punto de vista sobre la desaparición del animal a alguien dispuesto a escuchar. Quizá fue algo inconsciente o algo motivado por el alcohol.

Nada más empezar a hablar de ello, en cambio, me percaté de que había elegido el tema de conversación menos adecuado en esa situación. No tenía que haber hablado del elefante. No sé cómo explicarlo, pero era un asunto concluido, cerrado.

Quise cambiar de tema enseguida, pero mostró más interés de lo normal, y cuando le conté que había ido a verlo en muchas ocasiones, empezó a preguntarme sin parar. Quería saber cómo era, qué comía, cómo creía yo que se había escapado de allí, si de verdad representaba un peligro para la gente que vivía en la zona, cosas así. Le di algunas explicaciones vagas del estilo de las que publicaban los periódicos, pero ella debió de notar cierta frialdad en mi tono de voz. Nunca se me ha dado bien mentir.

—¿No te sorprendió su desaparición? —preguntó como si nada mientras tomaba su segundo daiquiri—. Es imposible prever que un elefante pueda desaparecer de repente, ¿no te parece?

—No, puede que no tanto.

Alcancé una de las galletas saladas que nos habían servido como tentempié, la partí en dos y el camarero se acercó para cambiar el cenicero.

Ella me miraba expectante. Saqué otro cigarrillo y lo encendí. Había dejado de fumar tres años antes, pero había recaído tras la desaparición del elefante.

—¿Cómo que puede que no? ¿Quieres decir que sí se podía prever su desaparición?

—No, por supuesto que no —respondí con una sonrisa—. No existen precedentes de algo así. No tiene ninguna lógica.

—Pero tu respuesta ha sido muy extraña. He dicho que era algo imprevisible y tú que no tanto. Cualquiera habría estado de acuerdo conmigo, le parecería tan raro como a mí. ¿Entiendes lo que quiero decir?

Asentí vagamente y levanté una mano para llamar al camarero. Pedí otro whisky y hasta que no lo trajo se hizo el silencio entre nosotros.

—No lo entiendo —dijo ella con un tono de voz tranquilo—. Hace apenas un momento, antes de salir el tema del elefante, teníamos una conversación normal, pero de pronto ha sucedido algo extraño. No lo entiendo. Pasa algo raro. ¿Se trata del elefante o son imaginaciones mías?

—No son imaginaciones tuyas.

—En ese caso eres tú. El problema está en ti.

Metí el dedo en el vaso y removí los cubitos de hielo. Me gusta mucho el ruido que hacen al chocar con el cristal.

—No diría que se trata de un problema. Más bien de algo sin demasiada importancia. No pretendo esconder nada, es que no confío en mi capacidad de contarlo como es debido. La historia es muy extraña, tienes razón.

—¿Qué quieres decir?

Me resigné. Di un sorbo al whisky y empecé a contarle la historia.

—Puede que yo fuera el último que vio al elefante antes de desaparecer. Fue a las siete de la tarde del diecisiete de mayo. Su desaparición se notificó a mediodía del día siguiente. En ese intervalo de tiempo nadie lo vio. El recinto cerraba el acceso al público a las seis.

—No llego a captar el hilo de la historia —dijo mirándome a los ojos—. Si el recinto cerraba a las seis, ¿por qué lo viste tú a las siete?

—Hay una especie de colina justo detrás. Es propiedad privada y ni siquiera tiene un sendero propiamente dicho, pero desde allí se ve bien el recinto del elefante. Creo que soy la única persona que conoce la existencia de ese lugar.

Lo había encontrado por pura casualidad. Una tarde de domingo paseaba por allí cerca y me perdí. Me dejé llevar y al final di con él. Era un claro más o menos llano donde cabía una persona tumbada. Al mirar hacia abajo entre la vegetación vi el tejado del recinto del elefante. Más abajo, se veía un conducto de ventilación grande y, a través de él, el interior.

Iba de vez en cuando a ese lugar para contemplar al elefante cuando estaba dentro. Si me preguntasen por qué lo hacía, no sabría explicarlo. Quería ver al animal en su intimidad, nada más.

Si el interior estaba a oscuras no se veía nada, obvio, pero al anochecer el cuidador encendía la luz. Lo primero que noté fue que, cuando estaban solos allí dentro, entre ellos había una atmósfera mucho más íntima que cuando estaban fuera delante del público. Se apreciaba en sus muestras de afecto. Incluso llegué a pensar que, de cara a los demás, se esforzaban por ocultar sus emociones. Las guardaban para la noche, cuando podían estar a solas. Eso no significa que hicieran nada especial. Al elefante se le veía tan distraído como de costumbre y el cuidador se dedicaba a las tareas normales, lavarlo con un cepillo, recoger sus excrementos gigantes, limpiar cuando terminaba de comer. Sin embargo, era imposible no apreciar una calidez especial, una confianza entre ambos. El hombre barría el suelo y el elefante le daba golpecitos suaves en la espalda con su trompa. Me gustaba mucho observarlos.

—¿Te gustan los elefantes desde pequeño? Quiero decir si te gustan otros aparte de ese en concreto.

—Sí. Hay algo en ellos que me emociona. Siempre me ha ocurrido. No sé por qué.

—Por eso estabas allí aquella tarde, ¿verdad? En mayo, el día...

—Diecisiete. El diecisiete de mayo a las siete de la tarde. Ya anochecía y el cielo aún no estaba oscuro del todo, pero las luces del interior estaban encendidas.

—¿No notaste nada raro?

—Sí y no. No tengo una respuesta clara a esa pregunta porque no sucedió cerca de mí, al menos lo suficientemente cerca para convertirme en un testigo digno de confianza.

—¿Que ocurrió?

Di un trago al whisky, aguado después de deshacerse los cubitos de hielo. Al otro lado de la ventana no dejaba de llover. Ni arreciaba ni amainaba. La lluvia parecía haberse convertido en un elemento más del paisaje.

—Nada especial. El elefante y el cuidador cumplían con su rutina de todos los días. Uno limpiaba, el otro comía. A veces jugueteaban un poco y se daban muestras de cariño. Lo habitual. Lo único que me llamó la atención fue el equilibrio.

—¿El equilibrio?

—En tamaño, quiero decir. La proporción de sus cuerpos. Era distinta a lo normal, como si se hubiera reducido.

Clavó la vista en el daiquiri durante un tiempo. El hielo también se había deshecho y el agua parecía querer mezclarse en el cóctel como si fuera una corriente marina.

—¿Quieres decir que el cuerpo del elefante era más pequeño?

—Tal vez el cuidador se había hecho más grande, no lo sé. Puede que sucedieran ambas cosas.

—¿No dijiste nada a la policía?

—Por supuesto que no. En primer lugar, no iban a creerme y si decía que observaba la escena desde un lugar escondido en la montaña, eso me convertiría en sospechoso.

—¿Estás seguro de lo que dices?

—Creo que sí, pero no me atrevería a afirmarlo. No tengo pruebas. Repito, veía el interior a través del conducto de ventilación. Observé durante mucho rato para confirmar si era cierto o no, así que no creo que me equivoque.

»En aquel momento lo atribuí a una especie de ilusión óptica. Abrí y cerré los ojos muchas veces, sacudí la cabeza, pero la visión no cambiaba. Sin duda, el elefante parecía haber disminuido. Se me ocurrió que la ciudad había acogido a otro elefante más pequeño, pero no había leído la noticia en ninguna parte, era imposible que se me hubiera pasado por alto, y por tanto no me quedaba más alternativa que aceptar que, por alguna razón, el viejo elefante había disminuido de tamaño. Ese elefante de menor tamaño hacía las mismas cosas que el viejo. Cuando el cuidador le lavaba, golpeaba el suelo con la pata derecha de puro contento. También acariciaba la espalda del hombre con su trompa reducida. Era una escena extraña. Al observarla a través del conducto de ventilación, sentí como si solo en el interior de ese edificio fluyera un tiempo distinto, más fresco. El animal y su cuidador se desenvolvían encantados en ese nuevo medio que los envolvía, como si se abandonasen, quizás atrapados ya sin remedio.

»No estuve allí más de media hora. Las luces se apagaron antes de lo normal, sobre las siete y media, y la escena se sumió en la oscuridad. Esperé por si se encendía la luz otra vez, pero nada. Fue la última vez que vi al elefante.

—Entonces —intervino ella—, ¿crees que disminuyeron lo suficiente para colarse entre los barrotes o que desaparecieron sin más, sin dejar rastro?

—No lo sé. Solo trato de recordar las cosas tal como las vi, ser lo más exacto posible. Más allá de eso no sé qué pensar. Lo que vi me produjo una impresión tan fuerte que no me siento capaz de ir más allá, de compararlo con algo.

Esa era la historia sobre la desaparición del elefante. Como sospechaba desde el principio, era demasiado extraña para ser un tema de conversación entre un chico y una chica que acababan de conocerse, demasiado oscura, por decirlo de alguna manera. El silencio se apoderó de nosotros durante un tiempo. Después de hablar sobre un elefante que desaparece, un asunto del que no había mucho que decir, ni ella ni yo supimos de qué hablar. Ella acarició el borde del vaso con el dedo y yo leí veinticinco veces seguidas el texto impreso en el posavasos. No tenía que haberle hablado del elefante. No era una historia para contar alegremente.

—Cuando era pequeña, nuestro gato desapareció —dijo ella al fin—. De todos modos, la desaparición de un gato no tiene nada que ver con la de un elefante.

—Desde luego. Los tamaños no son comparables.

Media hora más tarde nos despedimos en la entrada del hotel. Se había olvidado el paraguas en el bar y subí a buscarlo. Era un paraguas grande de color ladrillo.

—Muchas gracias.

—Buenas noches.

Fue la última vez que la vi. Hablamos por teléfono en una ocasión sobre el artículo que iba a escribir. Me hubiera gustado invitarla a cenar, pero al final no lo hice. Mientras hablábamos me sentí insignificante.

Me he sentido así muchas veces tras la desaparición del elefante. Aunque sienta el impulso de hacer algo, no veo la diferencia entre el resultado de hacerlo o no. A veces tengo la sensación de que a mi alrededor se ha roto el equilibrio del que disfrutaba antes. Quizá solo sea una ilusión, pero, desde el incidente del elefante, he perdido mi equilibro interior y muchas cosas me resultan extrañas. Creo que soy el único responsable.

Aún vendo neveras, tostadoras y cafeteras en este mundo pragmático en el que vivimos, y para hacerlo uso imágenes que retengo en la memoria. Cuanto más pragmático soy, más se incrementan las ventas (la campaña tuvo un éxito inesperado) y más me acepta la gente a mi alrededor. Quizá por eso buscamos cierta uniformidad en la cocina, en su diseño, en el color, en la funcionalidad.

Los periódicos casi nunca publican nada sobre el elefante desaparecido. Por lo visto, la gente se ha olvidado de que la ciudad alojó a un elefante durante un tiempo. Las hierbas del recinto donde vivía se han marchitado y en los alrededores ya se siente la atmósfera del invierno.

El elefante y su cuidador desaparecieron sin dejar rastro. Nunca volverán.

Últimos títulos
Colección Andanzas

837. La fiesta de la insignificancia
      Milan Kundera

838. El balcón en invierno
      Luis Landero

839. Los viajeros de la noche
      Helene Wecker

840. Al límite
      Thomas Pynchon

841. Underground
      Haruki Murakami

842. Cadáveres en la playa
      Ramiro Pinilla

843. La máquina del porvenir
      X Premio TQE de Novela
      Juan Trejo

844. El misterio de la orquídea calavera
      Élmer Mendoza

845. Vampiros y limones
      Karen Russell

846. Mistralia
      Eugenio Fuentes

847. Las letras entornadas
     Fernando Aramburu

848. El papel de nuestras vidas
     Sadie Jones

849. Aquello estaba deseando ocurrir
     Leonardo Padura

850. El metal y la escoria
     Gonzalo Celorio

851. Hombres sin mujeres
     Haruki Murakami

852. La grandeza de la vida
     Michael Kumpfmüller

853. Un árbol caído
     Rafael Reig

854. En ausencia de guerra
     Edgardo Cozarinsky

855. La habitación de Nona
     Cristina Fernández Cubas

856. Todo está bien
     Daniel Ruiz García

857. El invierno del lobo
     John Connolly

858. Don Camaléon
     Curzio Malaparte

859. Nadie es perfecto
     Joaquín Berges

860. Vidas rebeldes
     Arthur Miller

861. Somos una familia
     Fabio Bartolomei

862. Arenas movedizas
     Henning Mankell

863. Entre los vivos
     Ginés Sánchez

864. Teatro reunido
     Arthur Miller

865. Escucha la canción del viento y Pinball 1973
     Haruki Murakami
     Haruki Murakami

866. Archipiélagos
     Abilio Estévez

867. El Volga nace en Europa
     Curzio Malaparte

868. Los besos en el pan
     Almudena Grandes

869. Patria o muerte
     XI Premio TQE de Novela
     Alberto Barrera Tyszka

870. El último de la estirpe
     Fleur Jaeggy

871. El dragón de Shanghai
     Qiu Xiaolong

872. Nemo
     Gonzalo Hidalgo Bayal

873. La muerte de Ulises
     Petros Márkaris

874. Corazón Amarillo Sangre Azul
     Eva Blanch

875. Dark
     Edgardo Cozarinsky